香鼻頭

薛舒——著

香鼻頭 05
準備結婚吧 71
丁香弄 147
甘草橄欖 217
後記　生活不勝其煩 273

十

香鼻頭

一

殷小妹坐在一張舊竹椅裡，舊竹椅擺在方裁縫家門口，坐在舊竹椅裡的殷小妹眼睛定泱泱地看向西市街盡頭，那裡有一座高聳的石拱橋。下午四點鐘，石拱橋上冒出一顆碩大的黑腦袋，緊接著是一雙滾圓肉實的肩膀，然後是鼓鼓囊囊的白襯衣一高一低的前襟，再然後，兩條沾了一塊灰一塊泥的褲腿交錯上升，與此同時，一雙幾乎看不清顏色的髒球鞋露出來……待那矮壯敦實的身軀完整升上橋頭，殷小妹一挺腰肢，在一陣竹椅「吱嘎」亂響聲中站起來，朝橋頭漸漸接近的壯憨的身影呼喚道：方弟弟——方弟弟——姆媽在這裡——

自從嫁給方裁縫後，殷小妹做得最多的事，就是坐在一張竹椅裡，仰著頭顱看西市街盡頭的石拱橋，看橋上來來往往的人。方裁縫的家就在橋下的西市街上，不管春夏秋冬，那把竹椅總是擺在家門口。有人從石拱橋上走過，都要被殷小妹從頭到腳看個透，一直看到那人走至跟前，走過她家門口，她還要跟著扭轉腦袋，直看到那背影漸漸消失在西市街的另一個盡頭。看多了，殷小妹就把西市街上的街坊鄰舍認了個遍，還知道了他們都是幹什麼工作的，幾時上班，幾時落班，幾時買菜，男人幾時換一趟煤氣罐，女人幾時回一趟娘家……三十八號的沈家姆媽，每天下午四點半去買菜，那會兒，市場裡的落腳菜不到早市菜價的一半，下午五點，橋頭就會升起一顆梳著花白髮髻的瘦削腦袋，那是買完菜回家的沈家姆媽；六十七號的辛老師，在城西小學教語文，公公得了腎衰竭，學校照顧她，給她排下半天的課，中午十二點，橋頭就會升起一張蠟黃憔悴的臉，那是去醫院給公公送完飯回來的勞碌的辛老師。還有一〇一號的季先生，五十來歲的男人，不工作，成天在西市街上逛來逛去，從北頭的棉花店，逛到南頭的方裁縫家門口，再往前踱十來米，走上石拱橋，讓自己高高地站在橋上，仰著腦袋看西邊天空裡將落的太陽，或者低下頭，看橋下閃爍著光斑的川楊河。

石拱橋是西市街的制高點，晴天的傍晚時分，站在橋上朝西看，只見一枚紅彤彤、沉甸甸的大太陽在天盡頭慢慢地下沉。那會兒，日頭還保持著一天裡最後一點健朗的氣色，光線卻已融化成柔軟的一大片。那是川楊河最美的時刻，夕陽灑在河面上，泛起一團團金色的光斑，就像流淌著一河金子。其實大多時候，川楊河是很醜的，河裡沉積了太多淤泥，河面上又總是飄著一些來歷不明的垃圾，河水就顯得濃稠，綠不綠、黑不黑的色澤。所以，白天的川楊河，就是一大塊裹滿泥漿的髒兮兮的布匹，彷彿時刻被一雙巨大的手拖著緩慢前移。可是一到傍晚，川楊河就從一大塊裹滿泥漿的布匹，變成了一條流淌著金子的河了。

有人走過石拱橋，看見長久地站在橋上東張西望的季先生，就問：季先生丟了東西？要不要幫你找？季先生答非所問：多美的風景啊！沒人欣賞，就可惜了。

那人便在心裡暗笑：東西沒丟，丟的是魂靈吧。西市街人並不懂得一枚天天升起又落下的太陽和一條流淌了幾十年的髒兮兮的川楊河，又有什麼好「欣賞」的。然而，人們不贊同季先生，卻又十分清楚，「欣賞風景」這樣浪漫而又無用的事情，也就季先生有資格做。

季先生欣賞完落日以及撒滿餘暉的川楊河，從橋上折回，再次經過方裁縫家，便與坐在門口的殷小妹搭幾句話：小妹，方弟弟放學了嗎？方裁縫落班了嗎？

倘若方裁縫已經下班回家，季先生就跨進門，與男主人聊兩句，或者什麼話都不說，與方裁縫默默對坐一刻，抽完一支紅雙喜，起身出門，一路逛回西市街北頭一〇一號自己的家。

季先生是西市街上時刻遊動著的影子，他太有閒了，閒人總是有時間走街串巷、欣賞風景。方裁縫卻很忙，忙得沒時間與街坊鄰舍溝通交往，要麼去上班，要麼下班回家做縫紉活，問他三句話，他只答一句。方裁縫不是閒人，他要養家餬口，必須埋頭苦幹，多話無益。方裁縫的女人殷小妹，倒是個稱職的閒人，可惜的是，殷小妹不懂得「欣賞風景」，她不看流淌著金子的川楊河，也不看落日，她只喜歡坐在家門口看橋。只要是個人，進出西市街必須要經過石拱橋，只要經過石拱橋，就一定會被殷小妹那雙安靜的眼睛默默地追蹤。要是哪家丟了老人，只消來問殷小妹：我家壽公公又找不到了，小妹妳有沒有看見？

西市街上住的都是本地人，本地人說「壽」，就是「傻」的意思，壽公公年紀大了，腦子不大好，一不小心就會走丟。殷小妹坐在椅子上，翻一翻肉眼皮，脆生生地報告壽公公的兒媳婦：上半天沒看見，下半天看見了，三點一刻過的橋，我問，壽公公你去哪裡？他講，去領退休工資……

殷小妹就像一盞人肉攝像頭，無時不刻地攝錄著那些走過石拱橋、進出西市街的熟人和生人。「要想不讓殷小妹看見，除非穿上隱身衣。」西市街八十號生煎饅頭店的小顧說。

小顧談過一場三角戀愛，雜貨店林妹妹和絲綢廠寶姐姐。每天早上七點鐘，林妹妹拿著一個保鮮盒到八十號，讓小顧給她盛兩客生煎，打包帶回家。寶姐姐呢，十天裡有三天上的是夜班，早晨七點半下班，在廠裡的浴室洗過澡，披散著濕漉漉的頭髮，挺著前凸後翹的性感身體，走過石拱橋，走到西市街八十號，吃一客生煎加一碗牛肉粉絲湯的黃金組合。林妹妹和寶姐姐吃生煎都是不付錢的，因為她們是小顧的女朋友。小顧把他的女朋友們協調得很好，兩人從未在同一時間遭遇過。可是，紙總歸是包不住火的。有一天早晨，七點鐘剛到，林妹妹正接過小顧遞給她的兩客生煎饅頭，保鮮盒的蓋子還沒扣上，寶姐姐就像雷神一樣忽然從天而降。小顧霎時變了臉色，林妹妹不知情，還用她那糯米一樣黏軟的嗓子嗲兮兮地對小顧說：今朝我輪休，下午一點半的電影，沒忘記吧？

寶姐姐不等小顧開口，一個箭步衝到林妹妹面前，朝那張瓜子狐狸臉上扇出一記清脆的耳光。林妹妹怔了兩秒鐘才明白過來，「哇」地一聲，哭著衝出了生煎饅頭店。林妹妹的保鮮盒掉在地上，生煎饅頭滾得店堂地面上東一個、西一個。寶姐姐一腳踩住一個生煎饅頭，伸出她那隻絲綢廠女工擅長抽絲剝繭的靈巧的手，指著小顧目瞪口呆的面孔，甩下兩個字：流氓！一扭頭，跨出店門，「咚咚咚」地踏著西市街石板路，怒氣沖沖地走了。

寶姐姐罵小顧流氓，打的卻是林妹妹的耳光，這讓當時在生煎饅頭店裡吃早飯或者買早點的食客覺得有點奇怪，仔細想想，又想不出錯在哪裡。據說，寶姐姐是諮詢了從早到晚坐在家門口看石拱橋的殷小妹，才瞭解到林妹妹的行蹤，寶姐姐的腦瓜顯然要比林妹妹好用。然而結果是，擅長談三角戀愛的小顧一個女朋友都沒剩下，寶姐姐和林妹妹雙雙拋棄了他。小顧為此痛心疾首，每次經過橋頭，看見端坐在家門口的殷小妹，就恨得牙根癢癢。「西市街居委會沒給殷小妹安排一個保安的職位，真是可惜了人才。」小顧絕望地說。

然而，多年如一日地坐在家門口看一座經年不變的石拱橋，總歸是令人費解的。殷小妹剛嫁給方裁縫那會兒，西市街上的鄰舍都不明白為什麼這個女人不去上班，成天坐在家門口看橋？沒多久，七傳八傳的，人們就知道，殷小妹是常年病休在家，拿製衣廠的病假工資，一個月五百塊錢，緊巴巴養活自己。就是不曉得害的什麼病，不見瘦，說話也俐落，難不成，世上還有一種叫「看橋症」的病？

不管殷小妹得的是什麼病，總之方裁縫討這樣一個女人做老婆，苦日子在後頭呢。西市街上的人們都這麼說。要知道，方裁縫可不是季先生，季先生是西市街上的「小開」，整天逛來逛去，不去上班掙錢，也能過得無憂無慮。方裁縫卻是個窮裁縫，沒有家底，沒有祖輩傳下來的遺產，這樣的人，討個吃苦耐勞的女人，你耕田來我織布，才可以把日子安穩地過下去。

然而，稀奇的是，小開季先生過了一輩子單身生活，沒見他討過一個女人回家，窮漢方裁縫，倒是討回了殷小妹這個賠錢貨。

二

西市街上的人們總是自作多情，他們認為方裁縫討殷小妹做老婆，日子會過得比較苦，至於方裁縫自己有沒有覺得苦，他們卻並不介意。

早年間，方裁縫是製衣廠裡的技術工，做的是設計和裁衣的活，說起來，還是縫紉女工殷小妹的同事。後來殷小妹生病了，請了長病假。再後來，方裁縫從製衣廠辭了職，回家開起了裁縫店。他在家門口掛上一塊算盤大小的木牌，牌上用毛筆寫了畢公畢正的五個字：方家裁縫店。裁縫店開出沒幾天，人們就發現，方裁縫家裡多了一個女人。來店裡做衣服的客人總歸是要問的：方裁縫收徒弟了？

方裁縫聲音不大，答得卻坦然：我娘子，殷小妹。

客人不禁倒抽一口冷氣，眼珠子落定在女人身上，彷彿正為方裁縫新買的一件家具做一番周詳的審視。

殷小妹的臉上生著疏朗的眉目，皮膚油亮亮、緊繃繃，看上去比方裁縫要年輕十來歲；

殷小妹坐在裁縫店門口的一張竹椅裡，半天不動，坐得住的女人好，安分；

殷小妹擺在竹椅上的屁股，樹墩一樣厚實，看起來是個會生養的女人；

殷小妹要麼不說話，一說起話來，聲音呱啦鬆脆：方裁縫，杯子在哪裡？我要喝水。

方裁縫，有人來做衣裳了……

殷小妹好像並沒有把方裁縫當自家男人看，開口閉口「方裁縫」，哪有老婆這麼喚老公的？然而，方裁縫自己宣布的，殷小妹是他的娘子，也就是說，方裁縫結婚了。

西市街上的人們嘴上紛紛道賀：恭喜恭喜，早生貴子……私下裡卻對方裁縫不通知他們一聲就自說自話結了婚很是不滿。坐在家門口剝毛豆的沈家姆媽攔住從城西小學下課回家的辛老師，眼睛朝方家裁縫店的方向射出兩道藐視的光：辛老師，你曉得吧，方裁縫結婚了。

辛老師點頭：是啊，我聽講了，新娘子叫殷小妹。

沈家姆媽說：結婚這麼大的事，不請喜酒，也不發喜糖，我在西市街上住了三十多年，從來沒見過這種事。

辛老師點頭：方裁縫平素節儉慣了，不過，婚姻大事，照規矩，還是要辦一辦的。

沈家姆媽癟癟嘴，一臉鄙夷：什麼節儉，這叫「刮皮」。

本地人要面子，但凡家裡有婚喪嫁娶、老人壽誕、小孩滿月的大事，哪怕借鈔票，也要請親朋鄰舍喝頓酒、吃頓飯，辦不起魚刺海參，也要辦個四活靈、八熱炒。本地人最不能容忍的，就是一毛不拔的「刮皮鬼」，方裁縫悶聲不響就結了婚，那是要遭到西市街人的集體聲討的。然而，這麼草率地結婚，那也一定是有原因的。西市街上的人們很有一些邏輯推理能力，方裁縫的婚事，就在他們孜孜不倦的探索、挖掘和分析之下，漸漸露出了些許端倪。

據說，方裁縫討殷小妹做老婆，是被逼無奈。早年，他們不都是製衣廠的職工嗎？據說，殷小妹的病，是被方裁縫嚇出來的。

那是一個月黑風高的夜晚，事情發生在製衣廠集體宿舍的職工正在進行集體睡眠的時候。等到集體睡眠的人們集體醒來的第二天早晨，殷小妹已經從正常的殷小妹變成了有毛病的殷小妹。據說，有毛病的殷小妹誰都不認得，只披頭散髮追著方裁縫喊：來啊！來香鼻頭，來香個鼻頭啊——

「香鼻頭」，就是接吻的意思，本地人這麼說，是從一部叫《追捕》的日本電影裡學來的。那年月，只要有一部電影上映，全城人都要跑去電影院看一遍，也有看兩遍、三遍的。看過《追捕》的人都說，小日本的電影好看，最好看的要數杜秋和真由美在山洞裡香鼻頭……看了兩遍、三遍的人，對那個關鍵的細節簡直倒背如流：杜秋和真由美被一路追殺，逃到深山裡，真由美對杜秋說：我喜歡你！然後，兩人就抱在一起了，臉對臉，嘴對嘴，鼻子對鼻子，天旋地轉……電影裡的男人和女人，嘴臉都擠成了一堆，分不清誰和誰了，觀眾能看見的，就是兩個高聳的鼻子糾結在一起。看完電影，人們都長了見識，都知道了，男人和女人要好，除了上床睏覺，還有一件好玩的事情可以做，就是「香鼻頭」。「香鼻頭」的說法，自此流傳而開，直到如今。

話說那天早晨，殷小妹在製衣廠集體宿舍裡追著方裁縫喊：「來啊，來香鼻頭啊。」她的身後，跟著一大群剛起床，手裡還捏著牙刷、嘴角邊糊著牙膏沫的看熱鬧的工人。殷小妹就像一顆正在殞落的彗星，拖著一蓬掃帚似的彗尾，追著方裁縫一路劃去。方裁縫逃到哪裡，彗星就追向哪裡，彗尾也跟著滑向哪裡。方裁縫逃到走廊、樓梯、廁所、儲物間，把一棟五層宿舍樓的每個角落都逃遍了，最後，他逃到樓頂上的平台，再沒地方可逃了。方裁縫探頭看了看樓下遙遠的地面，耳畔是樓洞裡正湧上來的陣陣腳步聲，以及那個因為癲狂而顫抖不已的呼喊聲：來啊——來香鼻頭啊——

方裁縫像一隻掉進陷阱的麋鹿，哀傷而又無奈地喘了一口粗氣，閉上了眼睛……

方裁縫沒有從五樓跳下去，拖著大尾巴追上來的彗星一踏上頂樓平台，方裁縫就睜開了眼睛。方裁縫對著樓洞口說了一句話：好吧，我帶妳回家，妳跟我回家吧。說完，嘴角一咧，咧出一個聽天由命的慘笑。

方裁縫把殷小妹帶回了家，殷小妹做了方裁縫的女人。然而此事終究蹊蹺，製衣廠那麼多男人，殷小妹不追張三，不追李四，為啥只追方裁縫？方裁縫又為啥肯做冤大頭，帶殷小妹回家？要知道，殷小妹發病，是在半夜或者凌晨時分……人們由此推斷，殷小妹的毛病，是被方裁縫嚇出來的。方裁縫通過「英雄嚇美」的方式，贏取了製衣廠美人殷小妹，雖然不是「英雄救美」，但殊途同歸，結局都是美人以身相許。有毛病的美人，依然是美人，只是有些美中不足。

然而，不管是「英雄救美」，還是「英雄嚇美」，西市街人都有他們統一的說法，都叫「調戲婦女」。人們不敢相信，方裁縫這樣一個「三拳打不出一個悶屁」的老實人，竟還會「調戲婦女」？當然，事情的真相，還有待於繼續探索和挖掘，西市街上的人們有信心，也有毅力去挑戰這項偉大的「發現」。

方裁縫在西市街人的眼皮底下靜悄悄地結了婚。結了婚的方裁縫，卻愈發地遭到街坊鄰舍的同情以及鄙視。同情，是因為方裁縫討了一個有毛病的女人。鄙視，是因為這可憐之人，必有可恨之處，誰叫他調戲婦女了？那叫咎由自取。可西市街人又都是好面子的，對方裁縫的鄙視，自是不太會流於言表，見了面依然是「方裁縫」「方裁縫」地喊。方裁縫的縫紉活，那是真的道地，他手裡做出來的衣服，最省布料，最合身，不多一寸、不少一分，針腳細密嚴實，穿上十年，洗過千百回，都不會脫一個線頭。方裁縫收費還公平，裁衣十元，裁褲子八元，連裁帶做優惠，一套二十元。西市街上的人們要做衣服，必選方家裁縫店，可見，方裁縫「調戲婦女」的劣跡並不能證明他不是一個好裁縫，這叫瑕不掩瑜。

一個是瑕不掩瑜，一個是美中不足，倒也般配。

三

西市街上的人們全數知道了，殷小妹得過「痴病」，據說，這種病，只要嫁了男人就會好。殷小妹嫁給方裁縫後，的確再沒有發過病，令人興奮的是，她還給方裁縫生了一個兒子，肥頭大耳的，不像瘦津津的方裁縫，像足了實敦敦的殷小妹。可殷小妹並不是天生敦實，當初她還是製衣廠一大美人，只不過得了病，吃了一段時間藥，嫁到西市街上時，就是一個肥壯敦實的女人了。照這麼說，殷小妹的兒子到底長得像誰，就有些說不清了。

生了兒子的殷小妹依然喜歡坐在門口的椅子上看橋，只不過，如今她有兒子陪著一起看橋。那些從橋頭升起的一顆顆黑的、白的、黑白夾花的腦袋移過來，移到殷小妹跟前，都會停下來逗一逗她懷裡的嬰兒：「方弟弟，來，笑一笑！」或者把臉湊到殷小妹豐碩的胸懷間：「方弟弟，來啊，來香鼻頭……。」「方弟弟」就這麼被叫開了，一段時間後，殷小妹也把兒子叫方弟弟了。

「方弟弟，吃奶奶了！」殷小妹坐在家門口的竹椅上，把豎著的方弟弟往腿上一橫，撩開衣襟，晃裡晃蕩地露出一頭肥豬似的豪乳，一把端起來，黑紫的乳頭對準方弟弟嘴裡一塞，頓時，充沛的乳汁從方弟弟喉嚨裡下嚥的「汩汩」聲，都被路人聽見了。那時刻，只要有人經過，都可以毫無障礙地觀瞻殷小妹哺乳的現場直播。男人們想看，又不好看得太直接，躲閃著目光，瞄上一眼，忍不住再瞄一眼，就要被旁邊的女人罵了，敢看第三眼的，只有季先生。季先生看三眼，女人們不會罵，季先生這個人，比較特殊。至於女人，當然是可以站定在殷小妹跟前，用她們犀利的目光直視整個餵奶過程的，還要「嘖嘖嘖」地讚歎：小妹奶水真好呀！方弟弟胃口真大呀！沈家姆媽最有經驗，她一手拎著菜籃子，另一隻剛在菜場裡挑完落腳菜的黃皮老手伸過來，握住殷小妹胸前那頭被方弟弟叼住的豪大的乳，捏一捏，再捏一捏，「啊呀、啊呀」地叫起來：啊呀，這麼硬，當心生「奶結」呀！妳要動動身體，不能總坐在椅子上，啊呀，化膿就不好了……

十個月後，方弟弟斷奶了，西市街上的人們就少了一樣可看的熱鬧。季先生從北頭的棉花店一路溜達到南頭的橋下，腳步停在殷小妹家門口：小妹，方弟弟吃奶瓶了？人工餵養可不比母乳餵養好啊！季先生不無遺憾地說。雖然現在他可以直視方弟弟和方弟弟嘴裡的奶瓶，甚至還可以把他那張並不顯老的老臉湊到方弟弟叼著奶瓶的胖臉上蹭一蹭，嘴裡叨叨：方弟弟，香香……但畢竟，奶瓶而已，不稀奇了。稀奇的是，季先生從不說「香鼻頭」，他只說「香香」，自然，他湊上去香的，還是方弟弟的鼻頭。

有了方弟弟，殷小妹的日子過得飛快，一眨眼，方弟弟就長到了念書的歲數，進了離家最近的城西小學，過石拱橋，往西走一百米就到了。殷小妹接送了幾次，有一個週末，放學時間還沒到，殷小妹正坐在椅子上看橋，看著看著，就看見一顆圓胖的黑腦袋從橋上升起來，然後是一雙肥厚的肉肩膀，再然後，是前襟一高一低的白襯衣，接著，兩條沾了一塊灰一塊泥的褲腿交錯上升，再接著，一雙看不出顏色的髒球鞋露出橋面。那不是方弟弟嗎？殷小妹「噌」一下從椅子裡跳起來：方弟弟——方弟弟——姆媽在這裡——

那些日子，方家裁縫店卻漸漸凋敝下來。不知從什麼時候開始，人們都愛去服裝店買現成衣服穿，很少有人拿塊布料跑到裁縫店裡去做，費時間不說，樣子又總是不夠時髦。方裁縫呢，又是個太過認真的人，技術雖過硬，卻固執，早年師傅教的那一套，他兢兢業業沿用至今，擅長做古老、經典的款式，便不願意輕易嘗試市面上流行的新款。久而久之，年輕人就不再去他店裡做衣服，方裁縫就淪為了一個專門給老年人做衣服的裁縫。可是，老年人大多不捨得花錢做新衣服，方裁縫做的衣服品質又那麼好，衣服還沒穿壞，那老人就升了天，這種事還真遇到過幾次。這麼一來，裁縫店就入不敷出了，方裁縫就決定關門打烊，找一份別的工作。

方裁縫畢竟有技術，很快就找到了一份中外合資企業的活，據說是季先生介紹的。那家企業，專門做一種叫「伊豆堇」的日本牌子衣服。為了感謝季先生，方裁縫還做了一套煙灰色紡綢中裝送給他。「方家裁縫店」的木牌摘掉了，方裁縫不再接縫紉活，整條西市街，只季先生一人例外。季先生的衣服，方裁縫是包下來的，據說，方裁縫從不收季先生的工錢。料子錢，季先生總歸是付的吧？誰都知道，季先生是個有錢人。

方裁縫停了生意，可他還是個裁縫，人們還是習慣把這個不再給人量身定做衣服的瘦津津的男人叫「方裁縫」。殷小妹呢，自從嫁過來，就跟著人們叫她的男人「方裁縫」，一直叫到如今。方裁縫不愛說話，隔壁鄰舍走過路過，很少聽見方裁縫的聲音，沿街洞開的門戶裡傳出的，總是殷小妹那銅鈴般呱啦鬆脆的嗓音：

「方裁縫，辰光到了，好去上班了。」

「方弟弟，吃夜飯了。」

「方裁縫，落雨天，不要忘了拿傘。」

「方弟弟，揩面、汰腳，睏覺了。」

連睏覺這樣的事情，殷小妹都要拔亮嗓子呼喚，彷彿她的男人方裁縫和她的兒子方弟弟都是耳背的半聾子，她必須喊，他們才能聽得見。

方弟弟日長夜大著，又是一眨眼，方弟弟就成了一個小學五年級的學生。可是，方弟弟的學習成績卻始終不見好，長得又遠比別的小孩壯實憨大，腦袋大，身量也大，腿粗，臂膊粗，腰裡還掛著一圈肉，因為胖，面容裡就帶了些許呆蠢，看起來，就像個留級生。方弟弟每天放學，背著沉重的書包，踢著一粒石子，晃晃悠悠地從石拱橋西邊的城西小學向家的方向走。有人看見，就會逗他：方弟弟，你是留級生吧？

方弟弟從不回嘴，也不搭話，繼續踢著石子，晃悠著肥身體一步一挪地走他的路。那人就在方弟弟身後自言自語：壽頭壽腦，有種像種！

這話要是剛巧給季先生聽見，他就會說：不要這樣講，方裁縫和殷小妹聽了會傷心的。

那個說方弟弟「壽頭壽腦」的人，就閉了嘴，心裡卻嘀咕：你身上的衣裳都是方裁縫包下來的，你當然幫他說話。

可這話，又不會說出口，沒人願意得罪季先生，雖然他只是個每天在西市街上閒逛的吊兒郎當的過氣「小開」，但人們似乎對他還抱有一絲敬意。季先生是一個有家底的人，他有本錢吊兒郎當。所以說，吊兒郎當也是要講資格的，方裁縫就沒有資格吊兒郎當，方裁縫整天掛著一張嚴肅的臉，忙進忙出，一副辛勤勞累的苦命相。季先生呢，渾身上下裹著一股散漫自在的悠閒氣，從早逛到晚，從北逛到南。照理是，勞動者應該受尊敬，遊手好閒之人遭鄙視，然而，西市街上的人們，總是習慣於鄙視比自己活得更辛苦的方裁縫，卻不會看不起閒人季先生，好像，人們對有錢人，總是抱有天然的敬畏。

四

季先生的家，就在西市街北頭的棉花店隔壁，一棟單門獨戶的二層小樓。季先生長得就是一副舊時代富家公子的模樣，寬額潤面，並非濃眉大眼，卻周正清爽，五十多歲的人，皮膚竟還是細膩白皙的，眼角和額頭雖有幾道皺紋，但沒有增加他的蒼老，反是恰到好處地凸顯出某種歲月沉澱的品位。快過中年的男人，是需要少許皺紋的，這可以掩蓋季先生實際上有些浮誇的生活習慣留下的痕跡，讓人一眼看去就想像到，這個老男人，年少的時候，肯定是在優渥的環境和良好的教育中長大。

18號的壽公公還沒有完全傻掉的時候，常常提起發生在季先生家的那段不知真假的往事：老底子裡，我們西市街上的人家，有開油醬店、綢布莊的，也有開碗盞陶瓷店、圓竹木器行的，可誰也比不過季先生的阿爺。季老太爺開的是織造公司，楊樹浦有兩爿廠，一爿是織布廠，另一爿，也是織布廠，工人就有好幾千，大資本家，鈔票多得來，當牆紙貼。那年紅衛兵抄家，搬走一房子紅木家具，搜出金條首飾無數，可是翻遍角角落落，沒找到一張現金和存摺。小將們一窩蜂湧出門，準備去抄第二家。不想，走在末尾的一個小將，無意中回頭看了一眼，這一看嚇呆了，滿牆貼的花紙頭，乖乖，全都是鈔票，連屋頂上都貼滿了……

壽公公這麼說的時候，人們多半是不相信的：牆上貼滿鈔票，那麼多人，會看不見？

壽公公顧自搖頭歎息：太多了，牆壁上，屋頂上，貼滿了……

有人說：壽公公肯定吹牛皮，人民幣誰認不出？要是美元，倒有可能認不出，只當是牆上貼的花紙頭。還有一種可能，就是冥幣……

壽公公忽然停下搖晃的腦袋，瞪大眼睛說：我講過是人民幣嗎？我講過嗎？

人們頓時興奮起來：那是什麼鈔票？真的是美元？還是冥幣？

壽公公並沒有宣布答案，只繼續搖頭晃腦地歎氣：唉！誰見過那麼多鈔票？嚇死人啊……

到了這份上，人們似乎已經相信「鈔票當牆紙貼」的故事，紅衛兵小將當道的年代，誰見過美元啊？認不出完全有可能。當然，那也是一個破四舊、除迷信的年代，小將們沒見識過冥幣，自然也是認不出的。可總有那麼幾個人，為了牆上貼的究竟是美元還是冥幣爭論不休。認為是美元的，多半是生煎饅頭店小顧那樣的現實主義者，沈家姆媽和棉花店老闆娘卻堅持認為是冥幣，年歲大一些的女人都迷信。然而，誰都沒有懷疑，滿牆貼著鈔票的房子，就是如今季先生住的那棟小樓。

季先生的小樓，是西市街上最好的房子，雖是老屋，但用料極為考究，進口水泥廊柱，進口木料門窗，整棟樓是暗沉沉的灰色基調，看上去很是結實牢靠。雙開黑漆院門將近兩米高，門上掛著兩個金燦燦、沉甸甸的銅環。隔著並不太高的圍牆向裡眺望，只見小樓外牆上覆了一層厚厚的爬山虎，密麻麻一片碧綠，令人不禁想像，倘若住進那片碧綠籠罩下的房子裡，一定是冬暖夏涼、極為舒適。

然而，人們天天看見在西市街上兜來兜去的季先生，卻從未進過季先生的家，暗沉沉的小樓端端地立在西市街北端的盡頭，被路過的人們一次次觀瞻，小樓裡面究竟什麼樣，誰都不知道。總有好奇的人們趁著季先生出門逛街的時機，特意跑到小樓門口，踮起腳尖，朝著圍牆裡面看。可他們能看見的，只有小樓二層的兩扇木格子窗戶，兩道厚重的暗紫色天鵝絨窗簾常年遮擋著屋內的任何蛛絲馬跡，人們的好奇心，便也從來沒有得到過滿足。

說來也是怪事，季先生平常待人滿和氣，可從來不讓人進他家的門。居委會派人去收電費，季先生也只是把黑漆木門打開一條縫，探出一張謙遜的臉，報上一個數字，或者伸出捏著錢的手，接過找零，道聲「謝謝，再會」，隨即縮回腦袋，閉上了大門。收電費的人，一根頭髮絲都擠不進季先生的家。

季先生還有一個怪癖，就是從不穿服裝店買的衣服，他身上的衣服，都是方裁縫做的，一年四季，黑、白、灰三種顏色，樣式古老，不管是舊式中裝還是改良中山裝，都是立領的，即便是夏天，也只穿純棉中式立領布衫。西市街上的人，誰還到裁縫店去做衣服？連沈家姆媽那個開計程車的兒子，都穿著冒牌ＣＫ牛仔褲或者POLO衫招搖過市，季先生卻一如既往地穿著方裁縫做的不露出脖子以下部位的衣裳，一身潔淨乾燥，看上去，就是一個對自我形象有一定要求，卻又食古不化的老式男人。

城西小學教語文的辛老師說：《雷雨》裡的周萍，要是沒有舉槍自殺，活到四、五十歲，大概就是季先生的模樣……辛老師說的是一九八四年孫道臨版的《雷雨》，張瑜演四鳳，馬曉偉演周萍，秦怡演魯媽，和早年香港版的《雷雨》比起來，這個版本的周萍，更顯懦弱，也更神經質。就好像，一條年輕漂亮的純種狗，到了發情期，在追逐美麗可愛的母狗時，忽然遭受到人類的驚嚇，一副精神趨於崩潰的樣子。

事實上，西市街人並不懂得那麼多，哪怕是教語文的辛老師，也只是說出了她的某種直覺。好比，一個富家公子，不需與人爭奪，就順利地成長起來，自然而然，就養得一身散漫、退讓與謙遜，又因落了魄，便顯得懦弱。可對自己的落魄，他又是滿不在乎的，這就讓人感覺，這落魄，是要富有做底子的，那簡直就是另一種驕傲了。所以，季先生這個人，就很矛盾，他就是一個驕傲、謙遜、落魄、富有，曾經被驚嚇過，僥倖存活下來，卻又不願意丟棄種族純正性的「落難公子」。

對於落難公子，人們的態度總是微妙，他們很想一探落難公子的身世祕密，對他的行為，就有了大尺度的包容心。好比，坐在家門口的殷小妹給方弟弟餵奶，別的男人只敢偷偷瞄上一眼，看兩眼的，就要被女人罵「流氓」了。可季先生多看好幾眼，女人們倒也從沒有罵過他「流氓」。

西市街上的人們，對季先生不愁吃穿、悠閒自在的生活發自內心地豔羨。可他那種生活，卻是別人效仿不來的。住在這條街上的人，哪個能像季先生這樣天生好命，擁有一棟祖上傳下來的小樓，還擁有一大筆人們從未確知的遺產？

季先生神祕的身世、怪異的習慣，以及他那棟從不對人開放的小樓，促發了西市街人無盡的想像，倘若有一天，他們有機會推開那扇厚重的黑漆木門，跨進門檻，進入小樓裡面，然後，他們驚惶的眼睛將會看到什麼？人們想像著，一進門，應該是一間偌大而又空曠的客廳，裡面，應該有一個壁爐，還應該有一盞很大很大的水晶吊燈，別的家具……他們怎麼還能看得見別的家具？他們能看見的，只有四壁以及屋頂連片的彩色花紙，那些花紙毫無疑問地使他們眼花撩亂。是的，他們的眼睛被突如其來的金錢的色彩完全迷懵了，那就是傳說中貼滿鈔票的房子吧？如今，它依然被許許多多的鈔票嚴絲合縫地覆蓋著。因為歲月的侵蝕，那些鈔票看起來有些陳舊黯淡，可是，陳舊黯淡的鈔票也是鈔票啊！當鈔票鋪滿人的視線，那場面該有多麼壯觀？很多很多錢聚集在一起，怎麼能不把人的眼睛刺痛？人們仰著腦袋數滿牆的紙幣，數得眼睛裡淌出一股股濃澀的淚水，他們怎麼都數不過來，那到底有多少錢，這輩子，他們何曾見過那麼多錢？

當然，這些都只是人們的想像，事實上，沒人進過季先生的小樓，一個都沒有。並且，季先生無家室，亦無子嗣，真正是荒廢了他那滿屋子的財富。「他為啥不討個女人回家一起過日子？要是擺在解放前，他是可以養三房姨太太的。」人們背著季先生交頭接耳，卻沒人敢當面這麼問。

有一次，季先生端著一口小號鋼精鍋去生煎饅頭店買早點，小顧犯人來瘋，說：季先生親自來買早點？你對我講一聲，我可以送到你家裡去呀！

季先生謙恭地笑笑：使不得，那樣我不成剝削階級了嗎？

小顧馬上說：那你可以付給我腳步鈿呀！

季先生臉上的笑容有些僵硬：腳步鈿？我付不起的，謝謝你哦！

季先生端著一鍋十六隻生煎匆匆走了，剛離開，人們就議論起來：「他家牆上貼滿鈔票，怎麼會付不起腳步鈿？」

「十六隻生煎，四客，胃口介好？有人幫他一起吃的吧？」

人們終是在千百次的討論過後，獲得從不意外的結論：季先生之所以不讓人進他家的門，是因為他那棟小樓裡，藏著見不得人的勾當。至於什麼樣的勾當見不得人，西市街人的想像力就有些捉襟見肘了，他們討論了無數回，也只提出過兩種可能性，要麼是，小樓裡藏著太多鈔票，不想露富；要麼，一個西市街人從未謀面的女人被季先生豢養在小樓裡，十六隻生煎饅頭，兩個人吃，正好……

五

深秋的一日，殷小妹去西市街另一頭的棉花店給方裁縫彈一條六斤重的厚棉被。殷小妹亮開呱啦鬆脆的嗓子，對老闆娘和彈花郎夫婦說得頭頭是道：方裁縫瘦，天寒睏覺怕冷，我胖，我不怕冷，六斤的棉被是給方裁縫蓋的，不是給我蓋的。

殷小妹這麼一說，黑頭髮上沾滿白棉絮的老闆娘就給彈花郎的老婆使了個眼色：林根阿嫂，你和林根阿哥睏覺，是蓋一床被子，還是蓋兩床被子？說完，不等林根阿嫂回答，就抖著肩膀「嘿嘿」笑起來，笑得滿頭白棉絮直往下掉。彈花郎的老婆反應慢一拍，但也只用了兩秒鐘，就明白了老闆娘的意思，緊跟著「哈哈」笑起來，笑出一股狡猾的豪氣。

殷小妹似乎並不懂得女人們在笑些什麼，藏藍底色白碎花罩衫包裹的身軀靠在門框上，專注地看彈花郎林根頗有韻律的動作。林根垂著眼皮，舉著大竹弓，敲著木榔頭，「砰——砰——」，面無表情地彈著棉花。白棉絮隨著顫抖的弓弦，一朵朵飛起來，飛得滿屋子都是，有幾朵飛到門口，黏在殷小妹的頭髮上。女人們的笑聲，也像那些白茫茫的棉花絮一樣，瀰漫在弓弦的震動聲中。

老闆娘笑停，問殷小妹：小妹，你和方裁縫不蓋一條被子，那你們睏不睏一張床？你家有幾張床？幾條被子？

殷小妹很認真地想了想，說：我家有兩張床，三條被子，以前我和方裁縫睏一張床，後來和方弟弟睏了。

老闆娘和林根阿嫂對視一眼，大笑。老闆娘笑著說：小妹和方裁縫睏適宜呢，還是和方弟弟睏適宜？

殷小妹想了想：和方裁縫睏要蓋兩條被子，熱，不適宜。方弟弟比我還怕熱，我們不要蓋兩條被子，蓋一條適宜。

老闆娘和林根阿嫂的笑聲幾乎要把棉花店的屋頂掀掉了，惹得殷小妹也笑起來，懸浮在半空中的一蓬蓬棉花絮，也在笑聲中一顫、一顫地發抖，彷彿跳起了集體抽筋舞。殷小妹不知覺的自暴隱私，使這一日的棉花店裡洋溢著歡樂的氣氛。

殷小妹跟著老闆娘和林根阿嫂笑了一會兒，又看了一會兒彈棉花，就說：我要去等方弟弟了，明天再來拿被子。

老闆娘捨不得殷小妹走，她一走，就失去了令人歡笑的話題：「小妹再等一歇，就好了，半個鐘頭，很快的。」說著拉一把椅子到門口：「坐在這裡等吧，小妹你坐一歇。」

殷小妹搖頭：坐在這裡看不見方弟弟放學，我要回家了。說完，扭過沾了幾片白花絮的腦袋，抬起粗壯結實的腿，跨出了棉花店的門檻。老闆娘的臉上浮起一層遺憾的訕笑，自言自語道：小孩自家會走路的，還用等？壽頭壽腦……殷小妹沒有聽見棉花店老闆娘說她「壽頭壽腦」，殷小妹急著回家等方弟弟，她跨出門，頭也不回地朝南走了。

兩分鐘後，棉花店老闆娘眼角餘光裡見著穿灰色改良中山裝的季先生一閃而過的身影，老闆娘知道，那是季先生逛完街，欣賞完風景，回家了。可是沒過半分鐘，眼角餘光裡又是一閃，這回，是藏藍底色白碎花罩衫的女人身影，就那麼一閃，從棉花店門框外面過去了，不是朝南面的石拱橋方向，而是北面。北面，除了季先生的小樓，沒有別的住戶了。

老闆娘忽然明白過來，拔腿追出門。北邊，十米開外，季先生的小樓寂寞地蹲在街尾，黑漆木門緊閉著，門上的兩個銅環乖巧地垂著，沒有一絲晃動的跡象，靜悄悄的西市街北頭，半個人的影子都沒有。老闆娘扭頭朝南張望，也不見有人，沒有藏藍底色白碎花罩衫的殷小妹，也沒有季先生灰色改良中山裝的修長身影。

才一分鐘，這兩人就沒影了？還是做了一天活，眼睛花了？老闆娘揉了揉眼睛，反把掛在眼睫毛上的棉絮揉進了眼眶，淚水頓時冒了出來。

「碰著赤佬了！」老闆娘捂著眼睛，回身跨進了棉花店門檻。

接下來，棉花店老闆娘就一直守在店門口，眼睛一刻不離地看著門框外的西市街。倘若殷小妹真的跟季先生進了小樓，那總有出來的時候。她只要出來，必定會經過棉花店，殷小妹回家的路，僅此一條。

那一日，西市街北頭的棉花店一直開到深夜，人們都以為，天氣越來越冷，來彈棉被的人多了，棉花店生意來不及做，只好開夜工。其實，彈花郎林根和林根阿嫂老早回家睡覺了，只老闆娘一人，撐到半夜十二點。遺憾的是，老闆娘並沒有守到門框外面殷小妹或者季先生走過的身影，終於，掛著一頭白棉絮的女人揉了揉千斤重的眼皮，關了店門，睡覺去了。可是躺到床上，老闆娘又睡不著了，這個守了十多年寡，膝下無兒無女的半老徐娘，今夜裡有些莫名的躁動。她在一張只有她一個人睡的雙人老床上翻過來，覆過去，心裡想著：明明看見殷小妹跟在季先生後面向北去的，卻不見她回來，難不成，今夜她睏在小樓裡了？

老闆娘被自己的想法驚得從被窩裡坐了起來：不可能！殷小妹不回家，方裁縫難道不會尋她？再說，殷小妹犯過痴病，季先生怎麼會看得上她？

可是，殷小妹犯痴病以前，可是個美人呢，要不方裁縫為啥要嚇唬她？不是每個婦女都有被調戲的資格的，自己守了十來年寡，就沒有一個男人來調戲她、嚇唬她，把她嚇出殷小妹那樣的痴病來……棉花店老闆娘想過來，又想過去，想得有些複雜，唯獨沒有想到的是，她這麼想別人家的事，究竟是為什麼。可她還是止不住要去想：難不成，殷小妹睏在季先生的小樓裡，方裁縫是默許的？並且，不是一次兩次了，其實，殷小妹老早就和季先生勾搭上了？要不，方裁縫為啥不和殷小妹睏一張床？

想到這裡，老闆娘豁然開朗，彷彿破解了一樁千古奇案，心裡頓時全明白了。可不知道為什麼，想明白了的老闆娘竟然鼻子一酸，眼睛裡莫名其妙地湧出了一汪鹹水。半夜三更的，這個沒有男人的女人，莫名其妙地，竟傷了心。

第二天下午，殷小妹準時來到棉花店。老闆娘熱情得出乎意外，她拉過一把竹椅子：小妹，坐呀，快坐，棉花胎彈好了，六斤二兩，二兩算我送妳的。

殷小妹沒有坐，只說：方裁縫夜裡睏覺不會冷了，謝謝妳，老闆娘。

老闆娘說：街裡街坊，客氣啥？話題一轉，又說：隔壁季先生家的小樓裡，養了一隻狗，也不曉得為啥，昨天夜裡叫得我沒辦法睏覺。

林根阿嫂不明就裡：老闆娘，妳哪能曉得是季先生養的狗？妳又沒進過他家的門。

老闆娘就衝著殷小妹說：肯定是季先生養的，狗叫聲離得很近，就在隔壁頭，小妹妳說，季先生是不是養了一隻狗？說著，伸手推了推殷小妹厚實的肩膀，眼神裡，竟帶了幾分急迫和焦慮。

殷小妹呢，好像沒有聽見老闆娘的問話，只低著頭，咬著牙，用力捆紮六斤二兩重的厚棉被。捆紮完，又從褲袋裡掏出一個小布包，問道：幾鈿？

老闆娘忽然就生了氣，指著牆壁上油漆塗的幾行字：幾鈿，你說幾鈿？六斤的棉胎，明碼標價的，自己看。

殷小妹似乎沒覺出老闆娘突如其來的態度轉變，數出十八元錢遞了過去，然後抱起捆成一大捲的被子，出了棉花店的門。

六

冬天馬不停蹄地來了，北風颳了兩天，把樹上的殘葉颳得一片都不剩，光禿禿的枝椏橫七豎八地戳進灰濛濛的天幕，給沉鬱的天加重了幾分晦暗的成色。第三天，竟淅淅瀝瀝下起了雨夾雪，搞得西市街上濕漉漉、滑膩膩，看起來，要作大雪的樣子。棉花店老闆娘一早起來，想著要去菜場逛一圈，多買一些菜蔬魚肉，大雪落下來，菜肯定會漲價。便開了店門，探出亂蓬蓬還沒來得及梳的腦袋，抬頭看看灰突突的天，低頭看看濕黏黏的路，再左看看，右看看，這一看，就嚇了一跳。右邊十米開外，季先生家的小樓外面，雙開黑漆木門邊，筆挺地站著一個戴大蓋帽穿制服的員警。老闆娘抬腿跨出門檻，朝著小樓碎步小跑，徑直往門上撞去，嘴裡還念叨著：啥事體，出啥事體了？

員警厲聲喝道：站住，不許進去。老闆娘嚇了第二跳，後退了好幾步。員警很年輕，學生仔一樣，聲音都還澀澀的，不像街道派出所那幾個老兵油子，即使繃著臉，也掩不住渾身上下滑膩膩的腔調。這小孩，大概是實習生，實習生嚴肅起來，那是真的嚴肅。老闆娘不敢造次，小心翼翼地在她那張還沒洗過的隔夜臉上堆起討好的笑：小阿弟，季先生家裡出了啥事體？昨日我看見他好好的，下雨天還出來逛街，捏著一根香菸，香菸被雨淋濕了，還捏著，今天怎麼就……

小員警一臉正色，目不斜視，薄薄的嘴皮一掀：不要瞎講八講，快走開。

老闆娘只好別轉身，悻悻地往回走，嘴裡還罵罵咧咧：凶啥凶，小棺材，嘴上沒長幾根毛，就對老娘凶……

老闆娘洗漱完，拎著籃子去了菜場，等她從菜場回來，季先生家門口已經不見了員警，黑漆木門緊閉著，周圍一片寂靜。老闆娘走到圍牆外面，退後兩步，踮起腳尖，伸長脖子，想看看院內有什麼動靜。圍牆說高不高，說矮也不矮，踮著腳的老闆娘只能看見二樓沿街的兩扇木格子窗，窗上依然掛著暗紫色天鵝絨窗簾，什麼都看不見。老闆娘乾脆把菜籃子往石板路上一坐，走到門邊，側耳貼住冷冰冰的黑漆木門，聽了好一會兒，耳朵都要凍掉了，也沒聽見一絲聲音。

老闆娘忽然想起，剛才去菜場，經過西市街南頭的方裁縫家，大門也是緊閉的，居然不見坐在門口的殷小妹。以往這個刻點，殷小妹早應該起來，伺候好了方裁縫和方弟弟吃早飯，踏踏實實地坐在門口看橋了。

出大事了！老闆娘打了一個激靈，轉身逃也似地朝西市街南邊跑去，坐在石板路上的菜籃子都忘了拿。

陰寒的冬雨下了一整日，人們顧不上壞天氣，走街串巷的勁頭遠超平日。他們一次次光顧西市街南頭的方裁縫家和西市街北頭的二層小樓，一次次興奮地相互轉告：季先生失蹤了，方裁縫也失蹤了，殷小妹呢，殷小妹自然是被員警帶去詢問案情了，要做筆錄的，與案件有關的人，都要被員警召去……方弟弟呢？方弟弟又去了哪裡？

人們派辛老師下半天去城西小學上班的時候，看看方弟弟有沒有在教室裡。辛老師傍晚回家，帶來了令人興奮的消息——方弟弟沒去上學。

人們等了一天，此時終於等到可以放心地搖頭歎息的結果：季先生不可能再出現了，他被方裁縫殺了。人們這麼說的時候，確乎相信，昨晚西市街上發生了一起凶案，就在北端街尾的二層小樓裡，兇手是方裁縫，被害者是季先生。

夜幕拉下時，天空終於憋不住落起了紛紛大雪。這個雪夜，西市街上的人們有些意猶未盡，他們不肯早早上床捂被子，窗外的雪片片越落越大，屋裡的人總忍不住跑到窗口，一次次撩開窗簾，看黑天裡落下的白雪，然後一次次膽戰心驚地想像著發生在小樓裡的兇殺案，血液熱呼呼地流竄著，讓人亢奮得簡直要衝出門去，去看看那棟正被大雪漸漸覆蓋的小樓，看看小樓裡的牆壁上，是不是貼滿濺了血跡的鈔票……

棉花店老闆娘不敢獨自睡，她央求彈花郎林根家的女人留下來陪她。林根阿嫂勉強同意，卻有言在先：我睏覺會打呼嚕的，妳不要嫌貶。

老闆娘說：打呼嚕好，我就怕夜裡沒聲音，沒聲音最嚇人了。

林根阿嫂打了一夜轟轟烈烈的呼嚕，直把老闆娘搞得耳鳴不已，凌晨終於昏昏睡去，卻被一個尖嘯的女聲驚醒，彷彿是做夢，又彷彿不是夢，只聽得那女聲喊道：來啊！來香鼻頭——來香鼻頭啊——

老闆娘伸腳到另一個被窩裡，用力踹了兩下：林根阿嫂，林根阿嫂，有沒有聽見聲音？

林根阿嫂被踹醒：啊？什麼聲音？

老闆娘說話都發抖了：我聽見一個女人的聲音，喊了一夜「來啊！來香鼻頭啊——」

林根阿嫂激靈一下醒了：老闆娘妳不要嚇我，早曉得我就回家睏覺，不陪妳睏了……

兩個女人嚇來嚇去，再也睡不著，天一擦亮，就起了床。撩開窗簾一看，外面的世界一片白亮，雪白的房頂上，瓦楞草的尖頭從雪蓋裡鑽出來，房檐的翹角上頂著一嘟嚕一嘟嚕雪球，夜裡的一場大雪，讓昨天還灰沉沉的世界，忽然變得明朗了。

兩個女人的心情頓時也明朗起來，說，店門肯定給雪堵住了，去掃一下，今天來彈棉被的人肯定多。女人們穿戴好棉襖、圍巾、半截頭絨線手套，打開棉花店的門。眼前，西市街的青石板路，果然被厚雪覆蓋，兩米寬的街面上，鋪展著一條悠長、縱深，像一匹白色柔潤的綢緞一般的雪路。然而，白綢緞上竟布滿了錯落雜遝的腳印，那些腳印浮在雪路上，彷彿兩、三個行走的人，從南走向北，一直走到那棟同樣被雪覆蓋的小樓門口，寂靜的圍牆，寂靜的黑漆木門，寂靜的金色銅環，門口，白雪覆蓋的地面上，腳印愈發顯然，彷彿光潔的綢緞被燙出無數個黲黲的黑洞……兩個女人不約而同地用戴了半截絨線手套的手捂住了嘴。整個早晨，驚恐始終停留在她們的臉上和眼睛裡，直到彈花郎林根踩著兩腳雪渣子闖進店門。

林根帶來了幾條最新消息。適才走過橋頭，遇到正在方裁縫家窗口探頭探腦的沈家姆媽。沈家姆媽逮著人就說：曉得嗎？殷小妹發病了，半夜裡穿著棉毛褲跑出來，下著雪呢，也不怕冷，一邊跑一邊喊：來啊——來香鼻頭啊。後來？送去了醫院，到現在還沒回來，痴病復發了……

林根繼續往北走，走到辛老師家門口，看見她和壽公公的兒媳婦正說話。辛老師說，方裁縫去日本了，他上班的那家叫「伊豆堇」的服裝公司，派業務最出色的職工去日本的總公司工作一年，以後回來，要升中國區高管的。壽公公的兒媳婦說：怪不得，方裁縫一走，殷小妹就發了痴，殷小妹是一天都離不開男人的。

林根還是往前走，走過生煎饅頭店，就聽小顧的說話聲伴隨著「吡啦吡啦」的油煎聲，飄得滿街都是。小顧說：昨天凌晨，季先生家遭了賊骨頭，派出所朋友傳出的消息，不吹牛皮的。

有人問：是季先生報的警嗎？

小顧回答：不曉得誰報的警，反正，季先生這兩天沒出來逛街。

有人接口說：這就叫好事無雙、壞事成對，季先生家凌晨遭了賊骨頭，殷小妹半夜裡痴病復發，不太平啊！

有人乘機發揮：作興賊骨頭就是殷小妹，要麼，是方裁縫……

人們的思維被啟動了，曖昧甚而促狹的推理和想像，讓人們過足了嘴癮。然後，就有人把話題轉到大家最感興趣的問題：貼滿牆壁和屋頂的鈔票，有沒有被賊骨頭偷去？

小顧回答：賊骨頭不笨的，是鈔票，肯定偷。

有人問：冥幣呢？冥幣也偷？

小顧反應很快：偷冥幣的不是賊骨頭，是小鬼。

這麼一說，生煎饅頭店裡就爆發出一陣哄笑……

林根帶來的消息讓老闆娘的臉上呈現出一忽悲、一忽喜、一忽怨、一忽愁的複雜表情。林根阿嫂鬆了一口氣：遭了賊骨頭，不是殺人，那今夜我就不用陪老闆娘睏了。

老闆娘眉梢一挑，嚷道：只一天不和男人睏覺就受不住了？你也快變成殷小妹了！

老闆娘這麼嚷嚷的時候，眼睛裡分明流露出兩股怨婦獨有的哀光。她心裡還有一句話沒說出口：我一個人睏了十幾年，我怎麼就受得住？我怎麼就不發痴？

七

西市街上連連發生事故，這無疑增加了人們的飯後談資。第一樁事故，就是101

號季先生家的小樓發生了盜竊案，雖不如兇殺案刺激，但牆上貼滿鈔票的傳說也許可以得到證實，那也未嘗不是一種勝利。然而，竊賊似乎並未「先他人之憂而憂」，也許是派出所保密工作做得太好，傳出的消息只說遭了賊骨頭，除此以外，沒有別的。人們對小樓的期許落了空，如此重要的線索，怎就一點兒都沒提到？起碼應該告訴大家，賊骨頭進小樓後，都看到了什麼吧？對那個雖然成功進入小樓卻什麼都沒得到還讓自己身陷囹圄的賊骨頭，人們便也充滿了哀其不幸而怒其不爭的複雜感情。

第二樁事故，就是殷小妹病了。事情發生在方裁縫悄沒聲地去了日本的那天晚上，雪下得最大的凌晨時分。人們並未見到當時的場景，卻聽得西市街上雜遝的腳步聲，遠遠的呼喊聲，還有彷彿被捂住了嘴卻又掙扎著尖叫的聲音，口齒不甚清晰，卻也聽得見，似乎是：來啊！來香鼻頭啊——毫無疑問，殷小妹舊病復發了。

銀裝素裹的早晨來臨時，走過方裁縫家、走上石拱橋去買菜、上班、上學的人們都看見，方裁縫家的門緊鎖著。接下來好幾天，坐在門口看橋的殷小妹的身影一直沒有出現，這就讓西市街少了一道必要的景致，這景致必須與石拱橋配套著出現才對，現在沒有了，竟讓人寂寞得有些意外。不過，這也進一步證明了，只要離了男人，殷小妹的痴病就會發作，這個女人，確乎是不能沒有男人的。不曉得去了日本的方裁縫有沒有得到消息，他的娘子發病了。辛老師每天下班回家，都要向街坊鄰舍報告她的偵查結果，方弟弟沒有去城西小學上學，方弟弟沒有參加期末考試，方弟弟沒來領寒假作業……放寒假了，別的孩子也都不去上學了，方弟弟，就更是沒了著落，也不曉得去了哪裡，許是被殷小妹的娘家人接走了？

第三樁事故，不能叫事故，只能叫發生在季先生身上的怪事。自從小樓遭賊後，整天在西市街上逛來逛去的季先生，竟變得深居簡出，很少露面了。西市街上不見了那個從北頭的棉花店逛到南頭的方家裁縫店的季先生，不見了讓自己高高地站在橋上看風景的季先生。西邊天空裡將落的太陽，或者橋下閃爍著金光的川楊河，沒了欣賞的人，人們見不到欣賞完風景的季先生從橋上折回，經過方裁縫家門口，與殷小妹搭上幾句話，或者，進門與方裁縫對坐一刻，抽完一支紅雙喜，再出門，逛回西市街北端的小樓……沒有了，這麼浪漫而又無用的事情，季先生不去做，西市街上的人，就沒有一個能做了。

季先生變得一點都不浪漫，有人見到他偶爾出門的身影，卻沒有機會與他搭訕幾句。季先生總是捂著厚厚的中式棉襖，頭上扣一頂黑色厚呢帽，脖子裡的羊毛圍巾掩住大半張臉，腳步還總是急匆匆，去的多是雜貨店、油醬店，買一條紅雙喜菸，或者一斤裝的捲麵、十個雞蛋，然後，也不逛街，就直接回了家，彷彿家裡有什麼重要的事，或者重要的人，一刻都離不了他。可他這樣六根清淨的單身男人，不需為生計苦惱，也無需為兒女在外面闖禍擔憂，能有什麼事，竟讓他失卻了欣賞風景的興致？

這樣的問題，西市街上的人是想不明白的，人們能感覺到的，就是缺了點什麼，或者說，生活少了一些意思。這一年冬天，本來總是能令人興味十足的西市街，變成一條了無趣味的西市街，沒有整日價坐在家門口看橋的殷小妹，又沒有身穿立領中裝隨時都在欣賞風景的一本正經而又吊兒郎當的季先生，那簡直就不是西市街了。人們只能靠著回憶，生出些許熱鬧的話題來。生煎饅頭店裡的食客，吃完兩客生煎，喝完一碗牛肉粉絲湯，還不肯走，還要爭執一下，季先生家的牆上究竟貼了多少張鈔票，賊骨頭可曾偷到幾張？人們竭盡所能地探討著、計算著，卻因沒有新鮮的資料充實，意義就顯得薄弱了幾許，人們的想像力，也像被這深冬寒冷的天氣凍住了似的，生不出些許新東西來。

就這樣，寂寞的冬天過去了，三個月後，初春的一個早晨，人們意外地發現，季先生竟從西市街北端的小樓裡出來了。季先生端著一口有幾處凹痕的小號鋼精鍋，到生煎饅頭店裡買了四客早點，然後端著鍋，朝西市街南面的石拱橋走去，是的，不是北邊的小樓方向，而是南邊。

一百多天來，人們就沒見到季先生在西市街上走過這麼長一段路，更沒有清晰地見著季先生囫圇的整個人。早春了，季先生終於脫掉厚呢帽和羊毛圍巾，露出了整張臉和整個腦袋，這回，人們總算是把他看清楚了。看清楚了季先生的人不約而同地發現，幾乎一百多天沒露面的季先生，竟真的成了一個老男人。雖然季先生仍舊是一身中式服裝，深灰色緞子立領夾襖裹著瘦削挺直的身軀，仍舊是一張白皙乾燥的面孔，帶著些微謙遜而又顯然更是清高的微笑，然而，那微笑裡，嵌入了比以前多得多的褶皺，並且，季先生的頭頂禿了，露出一圈煎餅似的不毛之地，彷彿外星人登陸過他的腦袋，飛碟的停留壓出了一圈規整的圓形痕跡。有人遠遠地跟在季先生身後，也有人壯起膽子追上去與他搭話：季先生早啊！季先生買早點吶？季先生無話，只用鼻子回答人們的問候：「嗯」、「嗯」，臉上依舊帶著輕弱的微笑，腳下更是一刻不停地走著。

端著一鍋生煎饅頭的季先生馬不停蹄地走到方裁縫家門口，停下了腳步。那一日，方裁縫家的門竟也是開著的，竹椅還在，並且，有一個人，正坐在椅子上，仰著腦袋朝南端的石拱橋方向看。這個看橋的人，不是殷小妹，而是方弟弟。

方弟弟長高了，長瘦了，長高長瘦了的方弟弟成了一個傻氣的少年。少年方弟弟坐在椅子上，目光定泱泱地看著石拱橋上走過的每一個人，那眼神，與他的母親殷小妹如出一轍。

季先生把盛著四客生煎饅頭的鋼精鍋遞到看橋人的眼皮底下：方弟弟，吃早飯了。方弟弟接過鋼精鍋，揭開鍋蓋，拎出一隻生煎饅頭塞進嘴裡，鼓著腮幫子咀嚼了兩下，喉嚨口一陣滾動，生煎就被他吞了下去。方弟弟張了十六次嘴，喉嚨口滾動了十六下，四客生煎一個都沒剩下，全被他吃了下去。

方弟弟胃口好，長身體的年紀，是要多吃點，站在旁邊看熱鬧的人紛紛說。不過，他們沒有說出口的是，他們看見方弟弟嚥生煎饅頭的時候，喉嚨口鼓出一個包，方弟弟長喉結了。還有，方弟弟嚼生煎饅頭的時候，上嘴唇覆蓋的一層細細的黑絨毛跟著一動、一動。這個小孩，小學剛畢業，就長喉結、出鬍鬚了，不曉得這三個月他是怎麼過的。

人們圍在方裁縫家門口，忍不住交頭接耳：就三個月，方弟弟發育了，季先生變老了，這三個月，賽過三年。

季先生站在門口，看著方弟弟吃完生煎饅頭，接過空了的鋼精鍋，問了一句：

吃飽了嗎？不夠再去買。方弟弟沒有答吃沒吃飽，方弟弟的目光沒有離開過西市街南端的石拱橋，橋上有人走過，方弟弟就緊盯著看，直看得人家低下腦袋，不敢與他對視。沈家姆媽聽說方弟弟回家了，一驚一乍地從自家門口跑過來，人還沒到，聲音就到了：方弟弟，你回家啦！方弟弟，你去哪裡了，你姆媽呢？姆媽身體好點嗎？

沈家姆媽的腳步追著自己的聲音落定在方裁縫家門口，看見瘦了一圈的方弟弟，沈家姆媽幾乎要掉下老淚來：方弟弟啊！你受了什麼苦？變得這樣瘦？說著，伸出一隻黃皮老手，想要去摸方弟弟的腦袋。手還沒挨到，方弟弟一甩頭，躲掉了。沈家姆媽尷尬地舉著手，眼睛看向一旁的季先生，「哎呀、哎呀」地叫喚著：哎呀方弟弟，我是看著你長大的，一直胖乎乎的，哎呀，作孽啊！姆媽。

季先生端著空鍋子，朝沈家姆媽謙遜地笑笑，像要解釋什麼：「小妹住在醫院裡，小孩子沒得人照顧。」又朝沈家姆媽點了點頭：再會！說完轉身，向北頭的街尾走去。從後面看，季先生的身形依然是修長挺拔的，然而頭頂上卻蓋著一塊白麵煎餅，白燦燦的，觸目驚心。人們注視著那個漸漸遠去的背影，一肚皮的意猶未盡。沈家姆媽忍不住說：這個季先生，三個月裡老了十歲。轉頭再看坐在椅子上的方弟弟，瘦津津，俊朗朗，腿長胳膊長的，一副英俊少年的模樣。沈家姆媽好像想起什麼，一拍大腿，叫出聲音來：哎呀！這就對了。旁邊的人也都被驚醒了似的，眼睛裡頓時散發出恍然大悟的光芒。

沈家姆媽拍在大腿上的一巴掌，把西市街人丟棄多時的探索精神重新拍活了。那幾天，有關季先生的往事，傳得紛紛揚揚。據說，季先生年輕的時候，長得那個英俊瀟灑、風流倜儻啊！每個見過他的女人，都會不由自主地喜歡上他。

棉花店老闆娘掛著一臉少見多怪的表情對彈花郎老婆林根阿嫂說：哪個女人不喜歡季先生？可季先生對每個喜歡他的女人都一樣，瞇起眼睛笑一笑，點點頭，哪個女人都搭不上話。

沈家姆媽不知道從哪裡聽來的，說：其實，季先生是有過女人的，一起過了一年，還有了一個孩子，結果是，那女的騙了季先生一大筆錢，帶著孩子和別的男人私奔了。

這是什麼女人啊！這麼英俊、有教養、又有錢的季先生都不要，她還想要什麼？人們義憤填膺，都替季先生打抱不平。可是，當年，被女人甩了的季先生什麼都沒做，沒有想辦法去尋回他的女人和孩子，也沒有討回那筆被騙的錢，所以說，這個男人，其實是懦弱的，一點用都沒有。可是，辛老師說：季先生很驕傲，驕傲的人大多被動，他怎麼肯主動去追回一個背叛他的女人？打死他都不肯的。

這麼一說，倒也頗得認同，人們都覺得，一般的女人，是配不上季先生的。他願意做的，就是讓一切發生，再讓一切過去，所以，這個男人，就只能孑然一身地生活著，看來是要孤獨到終老了。

然而，如今的季先生，每天早上都要送一鍋十六隻生煎饅頭去給方弟弟吃。方弟弟是方裁縫和殷小妹的兒子，又不是季先生的兒子，季先生這樣一個高貴、散漫而又被動的人，又怎麼能這麼主動地給方裁縫的兒子送生煎饅頭？還不是送一天兩天，而是十天半個月，天天送，看起來還要繼續送下去，眼見得是要送到方裁縫從日本回來那一天了。季先生對誰都溫和，卻又和誰都疏離，為什麼唯獨與方裁縫、殷小妹一家走得這麼近？就為方裁縫包了他身上的所有衣服，季先生就要湧泉相報，替他照顧他的兒子？這實在是令西市街人大惑不解。

要不然……人們大膽地猜測著方裁縫、殷小妹、季先生之間戲劇化的關係，方弟弟的來歷，便也在人們的想像中，出現了很多種可能性。

八

又一年的深秋來臨，冬季將近，去日本工作了一年的方裁縫回來了。方裁縫一回來，就把殷小妹接回了家，那天傍晚，人們紛紛跑到西市街南端，去探望讓他們牽掛了一年的殷小妹。沈家姆媽「哎呀哎呀」地叫喚著：哎呀小妹，妳胖了，這一年妳都吃啥了？

在精神衛生中心住了一年的殷小妹，成了一個又白又胖的呆女人，她依然坐在家門口的竹椅上，目光定泱泱地看著西市街盡頭的石拱橋。沈家姆媽與她說話，她似乎聽見了，翻一翻厚厚的肉眼皮，視線緩慢地移到說話的人臉上，卻什麼都不答，定定地看上三秒鐘，又把視線移回石拱橋……石拱橋上，季先生有些蒼老卻還挺拔的身軀正矗立著。

季先生恢復了欣賞風景的習慣，正是傍晚時分，站在橋頭的季先生抬起禿了頂的腦袋，看一會兒西邊正落的太陽，又低下頭，看一會兒閃爍著金子般光芒的川楊河。夕陽的餘暉披在季先生身上，他那穿著立領中裝的身影，就被一圈金光鑲成了一尊佛像。因為挺拔，所以，不是彌勒佛，又不是兇悍而嚴肅的，所以，也不是韋陀佛，而是，而是……人們怎麼都想不出來，披著金光的季先生到底像哪尊佛像。然而，街坊鄰舍們彷彿又都明白了一些什麼，你看看我，我看看你，面面相覷，而又心照不宣。

殷小妹呱啦鬆脆的嗓子裡不發出任何聲音，人們便也無法從她嘴裡挖掘出她自曝的隱私，圍觀了一刻，便紛紛準備回家。正要散時，有人忽然發現，石拱橋上升起一顆黑色的腦袋，然後是一雙平直的肩膀，接著，藍色球衣包裹的身軀升起來，等到那個挺直修長的身軀完全進入人們的視線時，人們「轟」地一聲嚷嚷起來：方弟弟，方弟弟回家了。

殷小妹也看見方弟弟了，只不過，殷小妹沒有像以前那樣對著橋頭喊：方弟弟，姆媽在這裡——殷小妹不發聲，看著橋頭的目光也是呆滯的，這一年來，她好像把她的兒子方弟弟也忘了，只坐在家門口看橋，也不知道她要看的，究竟是哪個。

方弟弟遠比同齡孩子高大的身軀與站在橋上看風景的季先生擦肩而過，有那麼一瞬間，橋上的兩個身影同時被夕陽籠罩著，在人們的注視下閃爍著金燦燦的光。人們沒有聽見季先生說了一聲：方弟弟，放學啦！人們只看見方弟弟目不斜視地從季先生身邊走過，下橋，徑直向自己家走去。方弟弟走到家門口，撥開人群，鐵著臉吼了一句：看什麼看？走開！

方弟弟下了逐客令，人們只好散了。回家路上，沈家姆媽對辛老師說：看出來了沒有？殷小妹的痴病不是方裁縫嚇出來的，我看就是季先生害的。

辛老師心領神會地笑了一笑：方弟弟越長越帥氣了，不曉得是像殷小妹，還是像方裁縫。

棉花店老闆娘聽見了，跟在後面說：哪個女人動得了季先生的心？殷小妹是發夢，把自己給發痴了。

辛老師便說：剛才，我倒想起《西遊記》裡有一段，唐僧去西天取經，路過女兒國，國王讓他留下來做她的夫婿，唐僧沒動心。娶一國之王做老婆，他都不動心。我看季先生，就是個唐僧，和尚命。

辛老師這麼一說，旁人都想起來，剛才站在橋上披著一身夕陽像一尊佛像的季先生，不像彌勒佛，不像韋陀佛，而是，像唐僧，只不過，唐僧不是佛，唐僧只不過是一個和尚。

沈家姆媽不知道《西遊記》，她關心的事情要比《西遊記》現實得多：可憐方裁縫，把方弟弟養得這麼大，不作興……

棉花店老闆娘用一種不以為然卻又深以為然的語調跟了一句：管他是哪個的種，總之是種在了殷小妹的肚皮裡。

然而，沒過多少日子，人們便發現，被他們可憐著的方裁縫，其實並沒有那麼可憐。那天，沈家姆媽開計程車的兒子帶回消息，說拉了一個客人去「伊豆堇」公司，聽他在車裡和一個叫「方總」的人打電話，說的是服裝交易的業務。客人掛掉電話後，沈家姆媽的兒子就與他搭訕：「伊豆堇」我有熟人，方裁縫，我們住一條街，隔壁鄰舍。

客人說：方裁縫？開什麼玩笑，是方總吧，方士良，伊豆堇公司負責生產、技術、質監的總經理。

西市街上的人們叫慣了方裁縫，他們幾乎忘了方裁縫的真名，那個叫方士良的瘦津津的裁縫，居然當上了總經理？簡直撞了狗屎運！沈家姆媽非常生氣，可又說不出來什麼事讓她這麼生氣，她指著穿一件冒牌BOSS夾克衫的兒子，咬牙切齒地說：你這個不爭氣的貨色，你啥辰光給我掙一個女人回來？

兒子不明白老娘為啥忽然發起了脾氣，咕噥了一句：碰著赤佬了！一轉身，進了自己房間，再也不出來。

方裁縫比過去更忙了，忙得幾乎沒時間回家。然而，只要方裁縫回家，總是要接受一番西市街人欽慕的注視。人們再也不似以往那樣低看一個埋頭幹活的裁縫，他們用的是仰望，儘管方裁縫的身高並不適合被仰望，但這並不妨礙人們對他的尊敬與愛戴。人們想與他搭話，可方裁縫總是掛著一張嚴肅的臉，一副來去匆匆、時間就是金錢的樣子，人們便對他陡增了幾分敬畏。相比之下，整天在街上吊兒郎當閒逛的季先生，儘管他比方裁縫高，比方裁縫挺拔，可人們看他的眼光，卻越來越低。更重要的是，季先生那棟二層小樓裡的牆壁上，是不是真的貼滿鈔票，終究未得到證實。也就是說，季先生完全有可能是一個遊手好閒的窮光蛋，即便有家底，這樣坐吃山空，也總有一天會變成窮光蛋。

有可能是窮光蛋的季先生，依然不改舊日習慣，成天在西市街上逛來逛去，從北頭的棉花店，逛到南頭的方裁縫家，與坐在門口竹椅上看石拱橋的殷小妹搭上兩句話：小妹，今朝夜飯準備吃點啥？小妹，方裁縫落班回家了沒有？

殷小妹沉默著，視線落在遠處的石拱橋上，卻又是渙散而不聚焦的。殷小妹不搭理季先生，季先生便繼續向南踱十來米，走上石拱橋，然後，站在橋頭欣賞一會便也折身返回，回到方裁縫家門口。方裁縫是肯定不會在家的，方總經理還在公司裡忙著呢，季先生也不再如以前那樣跨進門，與方裁縫對坐片刻，抽上一支紅雙喜，再出門回家。季先生只是站在門口，看看呆坐的殷小妹，再看看洞開的門內正忙著做家務的保母。如今的方裁縫，有身分、有鈔票了，專門請了一個保母來照顧殷小妹，還給方弟弟做飯。方弟弟呢，一放學，就鑽進自己房間，沒了影。

一切安好，季先生似乎放了心，抬腿，從西市街南端的方裁縫家，一路逛回北端的自家小樓。人們看著季先生閒逛的身影，愈發覺出了他的蒼老和孤獨，這個過氣小開，真正是過氣了。

轉眼，方弟弟初中畢業，考不上好高中，被方裁縫送去美國念書了，據說外國的高中，只要有錢，隨便上。現在的方裁縫，還有什麼事辦不了？據說，「伊豆堇」原本的日方公司倒閉了，被一個中方大老闆接手，成了一家民營企業，改了名字，叫「博仁織造」。方裁縫也升了，從原來負責生產、技術、質監的總經理，變成了常務副總裁，也就是說，除了大老闆之外，他是公司第一人。

然而，奇怪的是，方裁縫花錢送方弟弟出國讀書，卻沒有花錢給自己買一棟好一點的房子，他依然住在西市街上的老房子裡，守著愈發痴胖起來的殷小妹。並且，方裁縫天天回家，從不在外面過夜，顯見沒有別的女人。西市街上的人們親眼所見，每天晚上七、八點鐘，石拱橋上一定會出現方裁縫披著夜色回家的身影，千真萬確。方裁縫那輛奧迪小車開不進西市街，只能停在城西小學門外的路邊停車場，然後走一百多米，走上石拱橋，在殷小妹日漸呆滯的目光的注視下，做著一個讓西市街上的人們傳頌的歸家男人。

九

西市街上的人們還在過著慢吞吞的日子，外面的世界卻在馬不停蹄地變化著。這個城市裡變化最大的，就數房子，人們怎麼都沒想到，多年後的今天，房子竟是比黃金還貴。城裡的老街老房幾乎都拆遷了，一棟棟高樓大廈建起來，輪到拆遷的住戶，得了新房子，還得了補償款，那可不是一萬、兩萬的數字，而是一百萬、兩百萬。西市街人盼星星盼月亮，盼著什麼時候輪到拆遷，也可以當回百萬富翁。沈家姆媽的兒子，好不容易掙回一個女人，也有了兒子，沈家姆媽就變成了沈家阿婆，眼看著人家住進有電梯的大樓，自家還守著沒有衛生間的老房，實在是有些不甘心。還有生煎饅頭店的小顧，雜貨店的林妹妹和絲綢廠的寶姐姐甩了他，他娶了一個外來妹，沒多久又離了婚，原因是，外來妹嫌他做生煎饅頭賺不了大錢。小顧也不甘心，憑什麼別人揣著幾百萬拆遷費當富翁，自家卻要靠著一爿小店苦巴巴過，連個女人都留不住？

可是，有人不曉得從哪裡聽來的消息，說西市街是城裡最老的一條街，一百多年歷史了，政府不捨得拆，要給所有的住戶做一次免費修繕裝潢，原來早已關掉的油醬店、綢布莊、碗盞陶瓷店、圓竹木器行，都要重新開張，還有雜貨店、棉花店、裁縫店、生煎饅頭店，本來就有的，也還要有。在政府的規劃裡，西市街要開發成一條觀光懷舊老街，老街上的居民，自然還要住在裡面，做做小生意，賣賣本地小吃，保持一份原生態的老街生活面貌。

西市街人終還是隨遇而安的，輪不上拆遷，就想想不拆遷的好處：搬進大樓裡的人家，那是一次性補償。西市街要開發觀光街，政府年年都要給補貼的。到時候，家家都破牆開店，人人都當老闆，天天都有鈔票進帳，日子比拆遷戶好過不是一點點。再說，拆遷戶搬去的新公寓，地段很不好，在城市邊緣，靠近農村了。西市街呢，就在市中心，周邊都是現代化建築和商業設施，只要朝南走，過石拱橋，出街口，就是大商場、大飯店、超市、影城、娛樂城，什麼都有，所以說，過日子呢，還是住在西市街方便……說來說去，最後人們都確信，西市街不拆，該當慶幸才是。人們開始打算，臨街的門面，是開一爿小吃店，賣賣薺菜肉餛飩、油煎臭豆腐，還是開一爿土特產專賣店，經營甜酒釀、狀元糕、走油蹄膀土雞蛋……

西市街人有了期盼，他們盼著政府趕快來修繕這條上百年未變的老街，人人當上老闆，賺足觀光遊客的鈔票。唯獨殷小妹，外面的世界怎麼變，她都不為所動，十年如一日地坐在家門口痴痴地看橋，看得頭上都生出了白髮。那把椅子，以前是青黃枯澀的，如今也已被殷小妹坐得紅亮剔透，不是塗過清漆的生硬的紅亮，而是與人體長久接觸，在汗水、油脂的不間斷浸潤之下，散發出的骨董一般暗沉的紅亮光澤。

季先生呢，大概是年歲大了，失卻了欣賞風景的興致，現在，人們很少見到他在西市街上閒逛的身影。至於方裁縫，他是西市街上最不用擔心拆遷問題的人了，方裁縫已經是方總裁了。原先的「伊豆堇」，後來的「博仁織造」，如今已經成了一家集團公司，做的是輕工紡織、服飾製造業，差不多算是本地最大的企業了。西市街上的人們，已經很久很久沒見過方裁縫，他們都快忘了，那個整天繃著臉的瘦津津的小個子男人，究竟長什麼樣。

那一年春末初夏，西市街上幾乎所有的住戶都驚恐地發現，家裡竟出現了成群的白蟻。最先發現的是棉花店老闆娘，那些長了翅膀的蟲子，它們無孔不入地鑽進她家的磚縫、木柱和房梁。接著，白蟻從北到南一路蔓延開來，西市街上的房子，一家家地被白蟻占據。如此一來，觀光老街的開發規劃就化為了泡影，西市街終是留不住，輪到拆遷了。這又正中了人們的下懷，搬新房子，終究還是比住老街好。

拆遷檔正式下來後，方裁縫是第一個搬家的，也不知道哪一天，悄沒聲的，就搬走了。方裁縫做什麼都效率高，有一天忽然結婚了，有一天忽然去了日本，有一天忽然當了總裁，有一天忽然搬了家……人們忽然不見了坐在家門口看橋的痴女人殷小妹，卻也不覺得缺少什麼，那些日子，人人都把心思用在了研究拆遷政策上。補償費和面積是按人頭算，還是按磚頭算？做人不能太老實，會哭的孩子有奶吃，大不了當釘子戶……西市街是動盪的西市街了，誰還顧得上殷小妹？

緊跟著搬家的是季先生，季先生搬家，那可是件大事。西市街北端的二層小樓，終於要撩開神祕的面紗了。彷彿是為成全西市街人多年的願望，搬家那天，季先生竟不在場。人們看見一個領班模樣的男人，帶著七、八個穿著搬家公司土黃色工作服的工人，從西市街南端的石拱橋，一路開向北端的二層小樓。看熱鬧的人跟在後面，一直跟到小樓門口。領班率先打開黑漆木門，毫不遲疑地跨了進去，工人們跟著魚貫而入。看熱鬧的人卻站定在門口，不知道該進還是不該進。猶豫了一番，有一、兩個率先抬腿，嘗試著跨進門檻，居然沒人阻攔，便掛著一臉欣喜，朝小樓裡面走去。後頭的人，跟著爭先恐後地朝那扇兩米高的黑漆木門裡擠，擠得門上的銅環不停地晃啊晃。人們終於得了個千載難逢的機會，都急著想看看，這棟從不讓人進入的房子，究竟是什麼樣的，倘若牆上、屋頂上真的貼滿鈔票，那究竟是美元，還是冥幣？

搬家公司領班打開一樓主客廳的大門，剛想跨進去，卻被屋內的情形嚇住了：等等！

跟在後面的人探頭看一眼空蕩蕩的客廳，頓時一個個驚得目瞪口呆。只見很多很多抖動著透明翅膀的飛蟲，密密麻麻地叮在客廳的牆壁和屋頂上，彷彿覆蓋著一層微微蠕動的白色雲霧。有人抬起一條腿，朝門內跨了半步，蠕動的雲霧就「轟」地一下散開，一蓬白色煙塵瞬間升騰而起，人們隨之發出一陣驚叫：白蟻，是白蟻！

從沒有人見過那麼多那麼多的白蟻聚集在一起，簡直是滿牆滿壁啊！怪不得，西市街遭的這場蟻災，源頭就是季先生家的小樓，這裡就是白蟻的老窩。滿屋的白蟻阻擋了搬家工人和看熱鬧的人的腳步，人們擠在主客廳門口，誰都不敢朝裡多走一步。糾結了大約三、五分鐘，搬家公司領班忽然回過神來，扭頭朝身後的跟班吼了一聲：操！我倒不相信白蟻會咬人，走，跟我進去！

說完，低頭貓腰，一抬腿，率先闖進了客廳。七、八個土黃色制服的工人緊跟在領班身後，一股風似地，大呼小叫著湧了進去。看熱鬧的人中，有幾個大膽的，跟著衝了進去。一時間，小樓的主客廳裡，一股股白色的煙塵伴隨著男人們的呼喝聲蓬勃而起。那些被人類驚擾的蟲子全體飛了起來，無數雙透明的翅膀相互撲打著，刮擦著人們的頭面，發出密集的「撲簌簌」、「撲簌簌」聲響，彷彿一場陣雨忽然落下，落在人們的頭髮上、衣服上。霎時間，人們身上落滿了相撞後落下的白蟻屍體，更多的白蟻，朝著洞開的大門旋風般飛出去，或者，飛向屋內某個人類無法走進的角落……

足足半個小時，白蟻才漸漸疏落下來，白色雲霧消散了，小樓的主客廳終於露出本來面目。只見牆上、屋頂上綴著一灘灘、一撮撮淡綠色的東西，細看，彷彿是紙，卻因蟲子的啃噬，早已支離破碎，有一些已成顆粒粉末狀，根本看不出曾經的形狀和顏色。人們無從獲知，那究竟是牆紙還是鈔票，可這並沒有使他們失望，而是，更加興奮起來。一個謎語，也許永遠不會有答案，才可以盡由著想像去杜撰一切可能與不可能的答案，那才更有意思。

消息一傳十，十傳百，不到一個鐘頭，西市街上的所有人都聽說季先生的小樓開放了，前呼後擁的，全都跑去看了，搞得二層小樓前前後後擠滿了人，彷彿正舉行一場親友告別會。適才還被洶湧的飛蟲布滿的整棟小樓，此刻被更為洶湧的西市街人完全占據。人們興奮地在小樓裡擠來擠去，有人像考古學家一樣從牆上小心翼翼地剝下幾粒碎紙，攤在手心裡細細觀察，可惜的是，他們到底不是考古學家，他們看不出這些碎紙粒曾經的樣子。可是依然有人堅持認為，那肯定是鈔票，並且，那些碎粒帶一點淡綠色，估計是美元。也有人認為，淡綠色是牆壁發了黴，都搬家了，誰會讓那麼多美元貼在牆上不拿走？億萬富翁也不會這麼幹。人們爭來爭去，終是沒有確切結論，於是放棄牆壁和屋頂，開始考察小樓有多少房間。很快，通過樓下樓下一趟趟計數，人們統計出，整棟小樓有客廳一間、廚房一間、臥室和起居室上下各三間、衛生間各一間，書房一間，儲物室一間，總計十二間。正如人們的想像，樓下的大客廳裡果然有壁爐，屋頂上還掛著一盞大蓮花似的水晶吊燈，真正是資本家的派頭。幸好，吊燈是由三根粗壯的鐵鍊條掛著的，要不早就被白蟻蛀得掉下來，摔得粉碎了。屋裡的陳設，卻已老舊得不成樣子，這麼多年，季先生一定沒請人來修繕過，廚房裡的瓷磚都裂了，家具被白蟻蛀得斑駁破爛，除了水晶吊燈和壁爐，所有東西都已打包，堆在房間的地板上。看來季先生是早有準備，就等工人來搬了，只是，這破敗的場景，看著不太像大戶人家，倒像是準備逃難的破落戶。人們不免對那個「落難公子」，生出了些許「恨鐵不成鋼」的惋惜。

和當年的紅衛兵小將一樣，人們找遍了小樓每一個角落，遺憾的是，他們沒有發現哪怕是一張完整的鈔票。生煎饅頭店的小顧腦子比較活絡，他說：按這棟房子的面積，季先生得的拆遷補償，大概要上千萬，一千萬元人民幣，一百元一張，就是十萬張，十元一張，就是一百萬張，貼在牆上，還不一樣貼滿啊！

看熱鬧的人們頓時醍醐灌頂，便也不覺得再需為牆上貼的究竟是不是鈔票而爭執了。

就這樣，人們在季先生的房子裡左看右看、七嘴八舌，搬家工人抬著家什、扛著箱子在人堆裡擠來擠去，不停地吆喝：讓開讓開，借過借過。忽然，人群中發出一記「嘩啦」碎響，人們紛紛扭頭，只見一個面色驚惶的小工人，提著一隻不小心開了口的褐色大皮箱，皮箱裡的東西掉了一地，一只老式鬧鐘、幾本很舊的書、一捆信件、一本厚厚的相冊，還有一只十六寸鏡框，玻璃全碎了。幾張黑白舊照片從相冊裡滑落出來，照片上，有長波浪旗袍的女人，有飛機頭西裝的男人，還有穿長衫馬甲的老人，興許是季先生的父母，以及他那個開了兩爿織布廠的資本家阿爺。

工人慌裡慌張地蹲下，把掉出來的東西一樣樣撿回皮箱，又從碎玻璃下面撈出那張原本鑲在鏡框裡的照片。那是一張被放大了的，經過精心著色的彩色舊照。照片的背景，是一棟小洋樓，兩個年輕的男人並肩站在樓前的台階上。小洋樓的外牆上爬滿了綠色的藤蔓，二樓的木格子窗戶上，掛著暗紫色天鵝絨窗簾……人們立即認出來，照片裡的小洋樓，就是他們此刻身在其中的季先生的這棟二層小樓，並且，照片上站在左邊的年輕人，就是帥氣的、挺拔的、微笑的季先生。年輕的季先生穿著黑色立領青年裝，三十歲左右的樣子，一隻手插在褲袋裡，另一隻手，緊摟著身邊人的肩頭。這身邊人，就更年輕了，比季先生矮一個頭，看上去頂多二十歲，瘦津津的身條，緊繃著臉，表情很嚴肅，好像是緊張，又好像是害羞，感覺，就是一個沒見過世面的靦腆青年。人們並不認識這個靦腆青年，可又覺得很是眼熟，眉眼呢，有點像長高長瘦以後的方弟弟，可面相，又不似方弟弟那般猛煞，況且，按照片上季先生的年齡推算，這年輕人，絕不可能是方弟弟……人們終是想不起靦腆青年究竟是誰，只慨歎著季先生年輕時，真正如傳說中一般風流倜儻、英俊瀟灑，看來，是貨真價實的富家公子。只不過，照片裡，季先生摟著身邊的年輕人，臉上的笑容，不像平素人們見到的那樣謙遜與驕傲，而是，很溫柔、很甜蜜、很幸福。

西市街人的探索精神畢竟大不如前，老照片被工人收回了箱子，小樓也已完完全全地參觀過，人們便也不覺得再有必要去關心季先生的故事了。眼下他們最關心的，是怎樣讓自家的拆遷房多算幾個平方，或者，怎樣得到最多的補償款。季先生和方裁縫都搬了家，有錢人不用等補償款去買房，也不用等政府分配安置房，自己卻什麼都要靠著爭奪才能獲得的，不去千方百計、鑽心脫骨地想辦法，哪裡來更好的生活？

十

西市街全部拆遷了，所有的住戶都拿了補償款，搬進了政府為拆遷戶建造的住宅區。按著戶口上的人頭以及老房子的面積，幾乎家家都得了兩套或者三套新房子，住不完，就出租，每個月的房租就有好幾千，過日子綽綽有餘。曾經在西市街上做的營生，現在不用繼續做了，小顧不開生煎饅頭店了，棉花店老闆娘不給人彈棉被了，沈家阿婆的兒子也是三天打魚兩天曬網，不再天天出車拉客……不用上班的日子，每天東逛逛、西逛逛，悠閒得，幾乎人人都成了從前那個季先生。不過，季先生閒來無事喜歡欣賞風景，他們閒來無事，喜歡搓搓麻將，正好，原來的西市街鄰居，除了季先生和方裁縫，其餘都住一個社區，也還是鄰居，湊一桌麻將，很容易。

一日晚上，小顧吃飽夜飯沒事幹，約了沈家阿婆的兒子、棉花店老闆娘，還有早已升天的壽公公的兒媳婦，到家裡來搓麻將。沈家阿婆的兒子最後一個到，手裡捲著一張報紙，進門就問另外三個：認不認得一個叫季伯仁的人？

三人齊刷刷搖頭：不認得，季伯仁是誰？

沈家阿婆的兒子攤開報紙念起來：博仁織造集團在東南亞投資的第一家企業正式動工，董事長季伯仁出席簽約，與印尼合作方簽訂十年協議……

「好了好了，不要念了。」棉花店老闆娘打斷他：「我們怎麼會認識什麼董事長？快開始吧，搓麻將。」

別急，聽我念下去啊！沈家阿婆的兒子繼續照著報紙念：集團總裁方士良表示，「博仁織造」投資建設境外企業，之所以選擇東南亞，是其具備勞動力優勢，印尼是第一家，未來將會有第二家……

壽公公的兒媳婦叫起來：方士良，不就是方裁縫嗎？這總裁，和董事長到底有啥區別啊？

小顧想了想：這麼講吧，董事長呢，是投資的人，總裁呢，拿董事長的鈔票去做生意，賺回更多鈔票，給董事長。

沈家阿婆的兒子表示贊同：董事長就是公司的大老闆，總裁是他雇的高級打工仔。

小顧對沈家阿婆的兒子說：你應該問問你媽，你媽年紀大，作興記得季伯仁這個名字。

沈家阿婆的兒子說：怎麼沒問？看到報紙我就回家問了，可是老娘說不認識季伯仁。現在她的腦子，就是一隻漏篩，不要說裝不進東西，存在裡面的東西，也在一點點漏掉。

壽公公的兒媳婦跟著說：沈家阿婆多精明的人，現在也是個「壽婆婆」了。對了，我記得，我家「壽公公」活著時講起過，老底子，季先生的阿爺，就是季老太爺，開的也是織造公司，楊樹浦有兩爿織布廠，工人就要一千多，大資本家……

這麼一說，大家似乎明白了什麼，又不能確定地明白究竟是什麼。棉花店老闆娘聽煩了，催促道：好了好了，辰光不早了，先搓麻將。

四人圍住一張方桌坐下，開始摸牌。可是，手裡摸著牌，心裡卻還在想著同一個問題：報紙上寫的那個季伯仁，和曾經在西市街上閒逛著欣賞風景的季先生，是不是同一個人？感覺像，又不太像。

麻將搓到第三圈，小顧忽然想起什麼，說：前天晚上，我去影城看了一部電影，這電影真叫複雜，導演吧，是個台灣中國人，電影呢，又是美國電影，還得了奧斯卡獎，名叫《斷背山》。

「斷背山是啥意思？」棉花店老闆娘年歲畢竟大一些，不瞭解新事物。小顧想了想，說：看過「香鼻頭」的電影吧？

壽公公的兒媳婦打出一張「發財」，說：現在的電影，香鼻頭的鏡頭不要太多哦！我還記得第一次看，是日本的電影，叫《追捕》，杜秋和真由美香鼻頭，那時候我還沒結婚呢。

小顧喊了聲：碰！收了那張「發財」，打出一張「九條」，說：我也是在《追捕》裡第一次看到香鼻頭，不過，那是男人和女人香鼻頭。這個《斷背山》呢，就是男人和男人香鼻頭。

沈家阿婆的兒子「嘿嘿」笑了兩聲：男人和男人香鼻頭？那男人和男人睏不睏覺？

小顧被問住了，不過，憑他聰明的腦瓜，想想也能想出來：睏覺，也不是不可以，只不過，難度高一點。說完，顧自「呵呵」地笑。沈家阿婆的兒子反應很快，緊跟著「咯咯」地笑。兩個女人反應慢一些，不過也就兩、三秒，就好像明白過來似的，「哈哈」地笑開了。一屋四人，彷彿都要證明自己不比別人笨，前赴後繼、爭先恐後地大笑起來。

二〇一五年十一月九日初稿

二〇一五年十二月二十日修改，於復旦江灣

準備結婚吧

一

春節過後，經過十年愛情馬拉松的蘇羊和徐麟決定正式結婚。其實他們早已同居了六年，只是沒去民政局開證書。過年徐麟帶蘇羊回老家，徐老母對首次上門的媳婦很不滿意，跟了兒子那麼幾年，這才回來拜見公婆，還長個白蒼蒼瘦削削的臉，兩條腿細得像麻桿，屁股瓣瓣不是圓圓的而是扁扁的，鼻子上還架兩個玻璃片片，一看就少了下蛋母雞那種飽滿皮實的氣息。徐老母正經發話，徐麟是獨子，眼看她就要死了，徐家無後她是死不瞑目的。老母當著蘇羊的面這麼說，蘇羊只是沉默，她一點都沒生氣，老年人思想古舊很正常，只要徐麟還是徐麟就可以了。然而徐麟卻招架不住老母的「以死相逼」，請求蘇羊還是正式結婚吧，畢竟不是不食人間煙火的神仙，有個孩子也是必要的。

六年前，蘇羊堅定地認為，結婚是一件和第三人無關的事，她反對把自己與一個男人共同生活的消息向群眾以及民政局宣布，也反對大張旗鼓地舉辦婚禮。蘇羊拖著一口二十八吋拉桿箱悄無聲息地轉移到徐麟的住處，從此過上了二人生活。蘇羊沒想過是否要孩子，好像這是一個離她十分遙遠的問題。徐麟倒不是沒想過，只是想得太多，就有了憂慮：孩子好不容易到世上來走一遭，就讓他呼吸被汙染的空氣？喝三聚氰胺奶粉？從小背著沉重的書包去上學？長大了為一個萬里挑一的公務員位子擠破腦袋？要是這孩子天資平平甚至有缺陷，比如一不小心得個自閉症、唐氏綜合症、小兒麻痺症……以後我們老了，死了，他怎麼辦？

呸呸呸！蘇羊連發三記「呸」，不要孩子也別咒自己啊！

蘇羊不是小女人，但在這種細節上還是表現出一點小女人的小情緒，只是一點點。

既然不要孩子，就更沒必要開結婚證書了，於是就這樣過了六年，倒也平和安好，基本順利，好像，兩人都沒打算改變現狀。然而六年來，蘇羊一直拒絕他人干涉的「婚姻」生活，事實上使更多人參與了進來：她居然不要名分和一個男人同居了六年？六年了，她還沒有一套屬於自己名下的房產？最要命的是，她還不想生孩子……這一切，都成了親朋好友乃至冤家仇人議論她、勸導她、批判她的依據。最終，蘇羊強大而倔強的心在準婆婆「死不瞑目」的威嚇下妥協，她接受了世俗的教育，準備結婚。

一旦準備結婚，蘇羊就變成了一個世俗的女人。要買一套大一點的房子，環境、地段、價格要綜合考慮；有了房子就要裝修以及配置家具，材料和風格是頂要緊的；買一對戒指也是必要的，不需鑽戒，只要純金，作為結婚紀念，其背後兼備的用意還有保值；雖然不打算舉辦隆重的婚禮，但總要請至親好友吃一頓飯，還要請徐麟的母親來上海住幾天，以此宣告正式成家……總之需要做大量的準備工作，所以，他們給自己留了充分的時間，並且鄭重選擇了一個領結婚證的日子——端午節。從春節到端午節有六個月，這六個月是結婚準備期，其實還應該算上同居的六年，也就是說，他們用六年零六個月作為結婚的準備時間，這足以說明這場婚姻的基礎有多紮實。

蘇羊在做準備工作時，心裡不時湧動著一種奇異的感覺，談不上快樂，也不是悲傷，而是一種由期待和恐懼交織而就的興奮和焦慮。她從未體驗過這種感覺，蘇羊想，怪不得女人都把做新娘這一天看得那麼重，大概這就是女人的天性吧。

然而，蘇羊與別的新娘畢竟不太一樣，她早已與她的新郎一起生活了六年，徐麟身上的每一顆痣，每一絲毛髮，每一寸肌膚，包括他喜歡用什麼姿勢做愛，偏愛什麼牌子的保險套……這一切，蘇羊瞭若指掌，沒什麼想像之外的神祕感可言。然而問題在於，他們過去的生活是未經法律和社會的認可和檢驗的，就像一名演員，在台下排練了六年，還是帶妝彩排，屬於她的戲份她是再熟悉不過了，卻從來沒有登台演出過。一個沒有經過觀眾檢驗的演員，就不能稱其為合格乃至優秀的演員。雖然上台演出並非蘇羊的終極夢想，可是一旦真的要上台，她還是感覺到內心深處是有渴望的，便無端地生出了些許怯場感。

蘇羊需要好好準備，以保證上了台不出洋相。可是很多事情糾纏在一起毫無頭緒，簡直成了一團亂麻，眼看著春天洶湧澎湃地來了，蘇羊總覺得什麼都沒準備好。

徐麟動用兩個人的貸款買下了一套三居室，在城市邊緣，房子正在裝修。徐麟說，什麼時候去家具城看看，訂一套新家具。妳，要不要一起去？

你去吧，家裡還有很多東西要整理，蘇羊回答。蘇羊主觀上有些被動，客觀上卻是積極的，她在徐麟的指揮下做這做那，顯得十分勤勉，內心卻有些茫然，有些不知所措。

週末，徐麟去了還在裝修中的新房，蘇羊留在家裡整理舊物。六年來積攢的家什用品，大多是臨時過渡的，品質比較低劣，幾乎沒一樣可以搬到新家去。可是當初蘇羊並沒有想過有一天會正式嫁給徐麟，也沒想過是否要把這段兩個人的生活持續一輩子，更沒想過要為徐家生一個孩子。可是現在，這一切都真實地發生了，並且蘇羊沒有覺得被欺騙、被脅迫，也不曾發過半句怨言，結婚是她自願的，她從不認為她的婚事要由別人來決定。

蘇羊在租住了六年的房子裡巡視了一圈，最後把自己鎖定在書房。這個家，除了書籍以外的任何東西都是可以扔掉的。蘇羊開始整理書櫥，倒出外國文學書籍時，她發現一個發黃的小本子，是通信錄，不知什麼年代留下的，夾在一本《城堡》和一本《瓦爾登湖》*之間。

這是兩本來自不同國度的作家的書，一本小說和一本散文，文字風格迥異，但十多年前的蘇羊在迷戀卡夫卡接近偏執狂的囈語式敘述的同時，也迷戀著梭羅的唯美和棄世。這兩本書有著相似的內核——極度孤獨與極度豐富的矛盾結合，兩個遠離世俗的男人，兩個在靈魂裡遊走的、自言自語的男人。為此蘇羊經常把卡夫卡和梭羅混為一談，作為一名中文專業畢業的高中語文教師，她幾乎能背誦他們兩個並無絲毫關係的簡歷，但她依然願意把他們當作父子、兄弟，甚至是同一個人換了一套衣服在另一場合的出現。一本破舊的通信錄，夾在曾經被蘇羊珍愛的兩本書中，想必也曾得到過她同等的重視。

蘇羊把通信錄從頭至尾翻了一遍，第一頁上寫著父親蘇澤厚的地址和電話號碼，第二頁開始都是她的同學、老師，和同事……蘇羊最終確定，這本破舊的通信錄差不多是在十五年前漸漸淡出她的生活的，因為第一頁上蘇澤厚的聯繫電話塗改了三次。

十五年前，蘇羊的母親得肝癌去世，兩年後蘇羊的父親娶了第二個老婆，一名交響樂團的小提琴演奏家，很年輕。婚後一年，蘇澤厚花鉅款把妻子送去奧地利學習小提琴演奏家出國半年後寄給他一紙離婚協議，蘇澤厚再度成為單身男人。又是兩年後，蘇澤厚和他所在研究院的一位女碩士結婚，至此，蘇羊不再與父親聯絡。蘇澤厚有一個奇怪的嗜好，每次結婚都要更換電話號碼，不知是為了斬斷舊生活的糾纏，還是慶賀新生活的開始。

十五年過去了，蘇澤厚早已超過五十歲，十五年間，蘇羊從一名大學生變成了一個三十多歲的大齡女青年，十五年前還很少有人用手機，後來手機越來越普及，直至保潔工阿姨或者農民工也人手一個行動電話，於是，紙質通信錄毫無懸念地被淘汰……

蘇羊看著通信錄，心想，它怎麼沒在十五年裡的歷次大掃除中被扔進垃圾桶？怎

＊台灣譯名為《湖濱散記》。

麼就在她準備結婚前突然出現了？並且出現在她曾經喜歡的兩本書中間？一個正準備結婚的女人，是很容易把發生的一切意外與結婚聯繫起來的。蘇羊想，通信錄的突然出現，是不是在提示她，她需要把即將結婚的消息告知某位她已然遺忘事實上卻至關重要的人？

蘇羊忽然為自己的墮落感到深深的不安，她一點都沒料到，自己居然會這麼重視結婚。以前她總是自嘲地把結婚叫做「墮落」，可不知為什麼，現在她很想把她「墮落」的消息告訴別人，是為與他人分享這種「墮落」帶來的喜悅？還是想通過他人的反應來證實自己的選擇沒有錯？她不知道，但她顯然接受了自己即將成為一個世俗女人的現實。

二

連續下了一個星期雨，新房子的裝修進度受到了影響。徐麟說，要是再下雨，端午節前沒法搬過去了。蘇羊沒有回答，她正在看書，膝蓋上躺著一本《城堡》，手裡捏著一本《瓦爾登湖》，這本看幾頁，換一本再看幾頁，有時候返回看過的地方重新看。這幾天，蘇羊熱中於做這件事，對結婚準備工作有些懈怠。

徐麟臉色慍怒：哎，我剛才說的話，妳聽見沒有？

蘇羊抬起頭：你說端午節前住不上新房？那有什麼關係？

徐麟軟下口氣：好吧，不管怎麼樣，得去訂家具了。

蘇羊：去訂吧，是該訂了。

說完繼續埋頭看書。徐麟無言，只好默默地換衣換鞋，準備去家具城，出門前對蘇羊說：妳就不對新家具提點要求？

蘇羊回答：我沒要求。路上小心，再見！

徐麟走了，家裡只剩下蘇羊一個人。她又翻了一會兒《瓦爾登湖》，並且在第六十頁以及第七十三頁上再次閱讀自己曾經用紅色曲線畫下的句子：

我希望世界上的人，越不相同越好；我願意每一個人都能謹慎地找出並堅持他自己的合適方式，而不要採用他父親的，或母親的，或鄰居的方式；

你們要盡可能長久地生活得自由，生活得並不執著才好。

蘇羊忘了當時為什麼要畫下這些句子，現在回頭再看，還是不太明白，腦中卻持續跳出「端午節」、「端午節」……是的，四個星期後的端午節，她將成為徐麟的妻子，如果沒有意外，「徐麟之妻」的身分將持續到她老死，除非……除非離婚。

蘇羊嚇了一跳，還沒結婚就想到離婚？她驚恐地發現自己內心隱藏著逃離的衝動。

蘇羊拿出通信錄，再一次從頭至尾瀏覽了一遍，最後在汙跡斑斑的本子上找出兩個形跡可疑的電話號碼，用紅筆打上了圈。這兩個號碼所對應的主人分別叫「胖子」和「尻」，顯然不是真實姓名，大約是綽號。整本通信錄，只有這兩人蘇羊不認識。搜索記憶庫，幼稚園期間倒是有個小胖子，叫王斌，是她的同桌，除此以外她不認識任何胖子。可是小學二年級時蘇羊家搬離了老城廂，此後她就再沒見過小胖子王斌，她不可能有他的電話號碼。至於「尻」，她連蛛絲馬跡都想不起來。

「尻」是古語「臀」的意思，說得通俗一些，就是屁股。很奇怪，一個人，為什麼要叫「尻」？難道他（她）擁有一個引人注目的性感的臀部？還是圍繞著這個人的臀部發生過什麼眾所周知的故事？

蘇羊沒有研究出這兩個綽號所代表的人究竟是誰，也不知他們與自己是什麼關係。不過蘇羊覺得，既然他們被她記錄在通信錄上，那一定是熟人。兩個被遺忘的舊相識，假如找到他們，也許會得到一些她意想不到的驚喜。蘇羊是一個有著強烈好奇心的女人，相比之下，她比徐麟更具備某些屬於男人的挑戰性格。

蘇羊決定從「尻」入手，這個奇異的名稱引發了她強烈的探究欲。她打開手機，按下「尻」的電話號碼。她感到心臟跳得有些快，呼吸有些喘急，就像一名剛加入特工組織的新手開始了她人生第一次的間諜工作。聽筒裡響起接聽長音，很快，有人接電話了，蘇羊驚喜地聽見，一個沙啞的女聲用一種大多數人聽不懂的方言說了一句通俗易懂的話：你找誰啊？

這種方言蘇羊並不陌生，她不僅聽懂了，還聽出了一絲親切感，就像某部台灣電視劇裡台南婦女的說話聲，沙啞而直白，幾乎像喊叫。蘇羊一向喜歡台灣電視劇裡的女配角，她們總是把一口閩南普通話說得粗拙而熱情洋溢，就像，她的母親……母親已經去世十五年，蘇羊近乎忘了母親的祖籍是福建，電話裡的閩南女聲讓她毫無準備地重拾已然遺失的愛戀，一句「你找誰啊」，蘇羊的眼睛立即像是被熱蒸汽熏著了，無端地冒出兩大團熱辣辣的水霧。

蘇羊準備發問，卻發現很難用口語表達「尻」這個稱謂，正猶豫著，聽筒裡的女聲用比剛才快了一倍的語速表示了她的不耐煩：喂喂說話啦，你到底說嘸說？嘸說鵝掛了啊！

蘇羊慌忙開口：對不起，我想打聽一個人，不過，我只知道綽號，不知道姓名，所以，很難說清楚……

沙啞的女聲打斷她：妳哪來那麼多繪畫？鵝問妳到底找誰？她把「廢話」說成「繪畫」，把「我」說成「鵝」，典型的台灣電視劇女配角特點，急性子的說話語氣以及粗俗、豪邁甚至缺乏教養的聲音令蘇羊想掉眼淚。蘇羊深吸一口氣：對不起，事情比較複雜，請您耐心聽我說完，很不好意思……

對方安靜下來，似乎願意耐心聽蘇羊說下去。

這個人，是我的朋友，只是綽號聽起來比較拗口，那是一個書面用詞，我找他，是想對他說一件要緊事……蘇羊準備直言那個「屄」字，她清了清嗓子，卻聽見電話裡傳來一聲長長的歎息，彷彿一個背過氣去的人忽然回過魂來：唉——隨即，沙啞的女聲忽然變得尖銳幽怨，像是從另一個世界飄來：人都已經死啦，還打電話來做什麼啊——

蘇羊打了一個激靈，毛孔霎時豎起來：喂喂！妳，妳是誰？

女聲繼續以飄逸的方式鑽入蘇羊的耳朵：人都死了，為什麼還要找他？連死鬼都不肯放過嗎？是要叫我按怎活？是要叫我按怎活？

死了？誰死了？蘇羊試圖詢問，然而緊接著，一記尖嘯的長音像利劍一樣刺向蘇羊的耳膜：妳以為鵝不曉得妳是誰？妳一分錢都別想得到，賺食查某（妓女）！臭婊仔（婊子）！袂見笑（不要臉）！滾——

耳朵一陣劇痛，隨即是急促響起的忙音，蘇羊臉上霎時淌滿了眼淚。

蘇羊無意與「尻」發生任何不清白的關係，但是看來，電話裡的女聲把她當成了「尻」的「二奶」抑或「小三」，假如這個電話的確是「尻」的，那麼「尻」已經死了，閩南女聲是「尻」的遺孀，蘇羊的電話讓這個女人認為小三來向她追分財產了……

蘇羊很不幸地成了一個陌生女人子虛烏有的情敵，台灣電視劇女配角的聲音依然在她留有餘痛的耳朵裡震盪：臭婊仔！滾——

蘇羊感到胃裡很不舒服，腦中不時生出一種恐怖的幻覺，彷彿，電話那頭閩南口音的女人正是她的母親，蘇澤厚的背叛使她變成一個病入膏肓卻又乖戾跋扈的女人，這個女人指著自己的女兒破口大罵，罵得粗俗不堪而痛快異常。

蘇羊依然記得母親躺在病房裡衝著父親怒目橫視的樣子，她伸出瘦成一把骨頭叉子的手，指著站在病床前的蘇澤厚厲聲謾罵。起初她的罵詞大部分還是普通話，只夾雜了一、兩個閩南語詞彙：你這個「大顆呆」（大呆瓜），「嘸人愛」（沒人愛）。後來，她的靈魂越來越呈現出返鄉的趨勢，她開始罵他「一普塞」（一坨屎），「呷飯配狗塞」（吃飯夾狗屎）。再後來，她完全進入神志不清的狀態，此時的謾罵則呈現出道地的鄉音，她罵他「尻川生啊嫁文蟲（屁股生蛔蟲）」；「棒塞棒啊規領褲（拉屎拉得整褲子）」……

蘇澤厚甚至懷疑他的妻子並不是在罵他，而是在罵她自己，因為那時候，她已經大小便失禁，只不過蘇澤厚從來不願意親自動手為妻子擦身換褲子，這一切都是護工做的。

每次罵到筋疲力盡，她總是在最後一刻把主題轉移到一個被她視為「臭婊仔」的女人身上。這種時候，蘇澤厚只能在她的罵聲中垂首沉默，臉上露出無奈而又不屑的笑意，臉色卻慘白。她卻在停頓下來之後的大口喘息中滿臉通紅、氣血旺盛。每一次謾罵都是她的自我掙扎，她掙扎了很多很多次，最後一個月，她幾乎每天都在謾罵中度過，她憑藉「罵人」這種特效藥讓殘喘的生命維持亢奮狀態，為此她多活了一個月。

母親住院期間，蘇羊大多時間在學校，只偶爾旁聽過一、兩次她對父親的謾罵。

當蘇羊因為那些難聽的罵人話而停下走進病房的腳步時，她發現她正為母親感到屈辱，同時，對父親的仇恨像一張巨大的毯子從天而降，仇恨壓住了慚愧，壓住了愛，壓住了心疼和依戀，一切都在仇恨的毯子的覆蓋下隱沒身首。母親死後，蘇羊很少回家，她常年住在學校宿舍裡，假期也不回去。兩年後，蘇羊大學畢業，報名去雲南支教。

時隔十五年後的今天，蘇羊在一個探險抑或遊戲性質的電話中聽到了曾經從病重的母親嘴裡噴濺而出的罵聲，熟悉的謾罵隔著時空穿越而來，傳到她耳朵裡，彷彿，那個與父親苟且偷情的女人，那個被罵稱作「臭婊仔」、「賺食查某」、「袂見笑」的女人，就是蘇羊自己。

原來，母親和電話裡的陌生女人是一樣的，這種女人被成年後的蘇羊判斷為粗俗以及缺乏教養。她從未想過母親就是那樣的女人，即便她在知識分子聚集的單位裡從事一項並非完全以知識考量的職業——圖書管理員，即便她擅長辱罵丈夫，她依然是知識女性。蘇羊因此而認為，當女人成為某個男人的妻子時，謾罵這個男人就成了她日常生活的重要內容。

蘇羊不再如過去那樣為母親感到屈辱，現在，她只感到嫌惡，嫌惡世界上任何想成為某個男人的妻子的女人，嫌惡那些意欲成為某個女人的丈夫的男人，同時，她為自己即將正式結婚的處境感到心灰意冷。

也許這些年，蘇羊下意識地對過去的生活進行了選擇性遺忘，所以，在她決定和徐麟同居時，不曾想過應該做一個什麼樣的妻子，或者，她壓根沒打算做任何男人的妻子。

三

這段日子，蘇羊總是把自己糾結在通信錄上，那兩個紅圈環繞的數字，一個叫「尻」，另一個叫「胖子」。蘇羊對「尻」的追查可以說無果而終，得到的唯一資訊是，「尻」死了。從接電話女人的口音聽來，「尻」若非閩南人，就是與閩南人有密切關係，因為閩南話把屁股叫做「尻」。可是蘇羊依然想不起那個死了的「尻」究竟是誰，也許與母親有關，可母親的所有親人都在福建，並且近年來，他們家從未接到過親人死亡的消息，除了蘇羊的母親。

打電話的初衷僅是好奇，然而出其不意的死亡消息讓蘇羊突然心生緊迫感，彷彿有一個聲音在催促她，叫她趕快撥打剩下的「胖子」的電話，好像，打通這個電話是她結婚前必須完成的使命，要不然，「胖子」也將與「尻」一樣，在她不知覺的某個時刻悄悄地死去。

蘇羊相信，尋找「胖子」一定要比尋找「尻」容易得多，至少接電話的人一聽就能明白。通俗樸實的綽號甚至讓蘇羊聯想到綽號的主人平易近人的長相，情不自禁地，她想起了幼稚園的往事。冬天，六歲的蘇羊一雙小手被凍得冰涼麻木，同樣六歲的叫王斌的小胖子，卻很豪邁地以一件毛衣的穿著度過整個冰天雪地的冬季，小胖子的同桌蘇羊總是理所當然地把她的小手伸進小胖子王斌熱呼呼的毛衣裡……蘇羊情不自禁地發出一聲歎息：唉——小胖懷裡真溫暖啊！

蘇羊打開手機，按下了胖子的電話號碼，這一次沒有撥打「尻」的電話時的興奮和忐忑，相反，現在蘇羊很冷靜、很堅定，手指頭按電話時動作乾脆有力。

電話號碼以一束短波信號的姿勢發送出去，片刻，蘇羊聽見了音樂鈴聲，隨即，聽筒裡響起徐麟不容置疑的聲音：羊，到家具城來一趟，現在，馬上。

窗外掠過一條巨大的白蟒蛇，雷聲在遙遠的天邊發出沉悶的吼叫，霎時間，雨聲籠罩了人間的所有喧囂，世界被困在了一隻巨大的水籠子裡。蘇羊看了一眼天色，慢吞吞地、很不情願地答應了徐麟。出門前，蘇羊把破舊的通信錄塞進隨身攜帶的手包，並且自言自語了一句：人，為什麼要結婚呢？

半小時後，蘇羊在家具城的一爿店鋪內與徐麟會合。徐麟已經和老闆娘糾纏半天，砍掉了三分之二的價，決定買那套水曲柳實木套裝。他問蘇羊：妳覺得怎麼樣？要不要買？

蘇羊像一個正在夢遊的人忽然被驚醒，猛地一顫：什麼？你說什麼？

徐麟面露尷尬：算了，問你也是白問。

蘇羊頓覺愧疚，一種不經大腦思考的下意識的愧疚。

與大多數上海家庭相反，徐麟和蘇羊這一對組合中，主事的是男人。徐麟太能幹了，不僅腦子好用，行動力還強，買家具這種小事自然不需要女人插手，況且他要娶的老婆還是一個大大咧咧的女人。這兩人倒是屬於互補型，要是夫妻倆都能幹，都精，反而過不到一起去。也許這正是徐麟經過周密考慮後的謹慎選擇。

問題是，徐麟在作為一家之主的同時，還要讓自己成為一個有風度的男人。他把蘇羊臨時招來確認這套由他決定買下的家具，其實有著推卸責任的意思。一套四萬八千元的家具可以砍到一萬五千元，可想而知灌水有多大。可是買房子、裝修房子已經讓徐麟成了一個囊中羞澀的男人，所以他把購買這套折價家具的決定權推給了蘇羊，這樣既顯示了他尊重女性，並且將來家具使用中出現問題，徐麟就可以說，是妳決定買的，不是我……

現在，蘇羊冒雨來到家具城，卻像傀儡一樣跟在徐麟身後，充當著一名女主人，這位女主人擁有購買家具的決定權以及未來的使用權，但她顯然不太重視這份權利，她說：那就買這套吧。

徐麟立即卸掉了心頭的包袱，大大喘了一口氣，然後發表了一句心態輕鬆、邏輯嚴密的意見：好吧，既然妳決定買，那我就付錢了。便填好訂貨單，拿出信用卡付了訂金。寫送貨地址時，徐麟問蘇羊：家具直接送到新房吧？

蘇羊想起那本通信錄，蘇澤厚以三個電話號碼的變遷史占據著第一頁，於是開玩笑說：不送到新房，難道送到蘇澤厚家去？

徐麟看了她一眼：那倒是，嫁妝應該是女方辦的，蘇教授要是願意出錢，那就送到他家去，結婚那天再搬到新房好了。

徐麟的意思顯然昭著，蘇羊聽著不太入耳，不過她還是努力動用女人的普遍思維：想得美，要是送到他家，人家還以為是那個女人給辦的嫁妝呢。

蘇羊在徐麟面前提過多次「那個女人」，這是她對蘇澤厚的第二和第三任妻子的統稱，一般在調侃和嘲笑蘇澤厚時使用。蘇羊並不忌諱談論父親和他的第二或者第三任妻子，好像蘇澤厚和「那個女人」是一對專供蘇羊取笑以及引戒的、具有典型教育意義的反面角色。事實上，這些年蘇羊與「那個女人」沒有發生過絲毫關係，甚至與蘇澤厚也斷了聯絡。蘇羊此刻提到的「那個女人」，顯然是指蘇澤厚的現任妻子，只是未經考證，不知是第幾任。

蘇羊依然記得，作為第二任妻子的「那個女人」嫁給蘇澤厚時，母親剛去世兩年。正值蘇羊大學畢業，她決定報名參加援教隊，去雲南紅河支教三年。臨行那天，蘇澤厚帶著比女兒大不了幾歲的新妻去火車站送行。小提琴演奏家以文藝工作者慣用的大膽隆重的裝束出現在蘇羊面前，蘇羊卻並不領情，當時的情景是，身在青年支教者隊伍中的蘇羊與送行人群中的蘇澤厚夫婦保持著形同陌路的關係。蘇澤厚始終在說話，對象卻模稜兩可，好像在對蘇羊說，可蘇羊的目光並沒有關注他，他便時常把視線掃向身邊的新妻。身材苗條口紅鮮豔的女人堅強地微笑著，她與她的老夫還算默契，只是演對手戲的女兒並不配合，因此她在精心準備的這台戲中顯得有些落寞。

火車啟動前，蘇澤厚朝車窗內並沒有看他的女兒揮著他巨大的手掌，他身邊的女人也舉起了手，可是只揮了一下就放下了，她快要撐不住了。那會兒，蘇羊正以故作熱情的姿態與對座初次相識的徐麟說話，他們不同校，但同樣被派往雲南支教。事實上，蘇羊只是為了向月台上的一對男女表示她的示威和抗議，她要告訴他們，她寧願與一個陌生男子談一些不著邊際的話，也不會看他們一眼。

火車鳴叫著緩緩啟動時，蘇羊和徐麟已經像老朋友一樣熟稔。徐麟也許永遠不會知道，蘇羊為什麼那麼主動熱情地與他搭訕，當時不知道，後來也不知道，現在，當然也沒有必要知道了，蘇羊是鐵定要做他法律允許的妻子了，他還有什麼必要去追查發生在十多年前的一場戀愛的起因？

其實，徐麟應該感謝蘇澤厚的，是蘇澤厚成就了他的姻緣。這麼想的時候，蘇羊抬起頭看了一眼徐麟。男人正在送貨單上填寫聯繫電話，也許裝修房子搞得他十分疲憊，他眼皮浮腫，下眼瞼處漂著兩坨肥厚的眼袋，臉頰肌肉鬆弛下垂，下巴頦抵著脖子，頸部肌膚白嫩鬆軟，呈現出多層次疊套的立體感……蘇羊忽然發現，徐麟是一個挺胖的男人，怎麼從來沒注意到？她想，他是最近幾年胖起來的，還是起初就這麼胖？蘇羊試圖回憶十多年前他們剛認識時徐麟長什麼樣，可是想不起來，她完全遺忘了那個出現在開往雲南的火車上的小夥子，一點印象都沒有了。

假如把徐麟叫做「胖子」，他會答應嗎？蘇羊心裡突然冒出這麼個奇怪的念頭。

四

訂完家具，蘇羊和徐麟坐地鐵回家，兩人一路沉默，只低頭擺弄著各自的手機。蘇羊沒在手機裡找到蘇澤厚的電話，她從包裡拿出通信錄，翻到第一頁。坐在身旁的徐麟看了她一眼，只是一眼，就埋下頭繼續玩自己的手機。

手機這東西，大多時候的確便利了人與人之間的聯絡溝通，可是有時候，它又讓咫尺之近的人互為陌路。人們寧願用手機與相距遙遠的人聯絡，也不願意抬起頭來與身邊的人多說一句話。蘇羊就從來沒有當面對徐麟說過「我愛你」，當然徐麟也沒說過，可他們在短信裡倒是經常會相互發出「吻你」、「親親」、「抱」之類親昵的語言。他們的嘴巴好像已經退化，而手指卻因為每天要打大量字而變得靈活異常。他們用手指表達愛意，用手指親吻對方，用手指摟抱彼此，甚至，用手指撫摸、纏綿，以及做愛……

有一次，徐麟去外地學習一個月，這一個月裡，他們竭盡所能地運用短信的方式表達了相互的想念、愛戀、渴求等等各種欲望，文字的效果讓蘇羊感到意猶未盡並且欲罷不能。一個月的離別使這對男女積累了充分的情欲，蘇羊以為，大量積壓的情欲所產生的能量將在小別之後的相聚中極致發揮。然而令蘇羊感到萬分驚異的是，當他們真正相聚時，她在短信中表達得那麼自然流暢的語言，根本無法從嘴裡說出來。那些話倘若說出來，簡直肉麻得驚人，甚至帶有淫穢色彩，無論如何，蘇羊是說不出口的。因此，小別之後的蘇羊和徐麟只是用行動快速高效地表達了彼此的需要，醞釀了整整一個月的思念如同遭遇劇烈陽光的烈性酒，迅速揮發得只剩下寡淡的白水。

從那以後，蘇羊幾乎不再用嘴巴談情說愛，有時，晚飯後兩人各自看書備課，差不多完成工作前，彼此會收到對方邀約做愛的短信，當然，文字的前戲讓真正的床上戲更具魅力，久之，做愛前的短信成了必不可少的環節。倘若這一夜某一位突發奇想意欲交合而事先並沒有發過短信，那麼這一次的品質就會大打折扣。蘇羊早已有過預想，不久的將來，手機將替代人們完成一切交際，倘若沒有手機，就像聾啞人不會手語，盲人失去了手杖，生活將變得舉步維艱。

現在，坐在地鐵上的蘇羊和徐麟就一句話都不說，這種狀態他們已成習慣。蘇羊存下了蘇澤厚的電話號碼，什麼時候打，她還沒決定。剛才在家具城徐麟提到「嫁妝應該女方準備」，這話讓蘇羊感到憂心忡忡，並非為娘家不能在婚事上為她掙來輝煌的面子發愁，而是，蘇羊十分猶豫，結婚這事，是不是應該告訴蘇澤厚？

在還沒有接通「尻」的電話前，蘇羊從未想過要把結婚的消息通知蘇澤厚，是那個閩南口音的女人讓蘇羊心中忽生愧疚，她驚恐地發現，自己身上的某些性格完全來自蘇澤厚的遺傳。蘇澤厚以反覆結婚與離婚來昭示他的人生觀，而蘇羊一開始就想以永遠不結婚來保住她的安全和自由。他們採用了不同的方式，核心卻大致相同。那個在「尻」的電話裡發出無情謾罵的女人無意中打開了蘇羊與父親之間的通道，蘇羊想，告訴父親結婚的消息，是不是相當於主動求和？

到站前，蘇羊收到一條短信，是徐麟的：想了，回家就要妳。

倘若是往常，蘇羊也許會給徐麟一個比較誘人的回覆：寶劍出鞘了？也想你……緊接著，兩人會你來我往發好幾條頗具色彩的調情短信。然而現在，蘇羊沒有如往常那樣給徐麟回覆，她只是扭頭看了他一眼，嘴角輕輕一扯，露出一個冷靜的微笑。徐麟立即看懂，「回家就要」的希望落空了。

蘇羊剛收回臉上的笑容，手機又發出一記短信提示，是一個陌生號碼：您打我電話？十二點五十四分。請問哪一位？

蘇羊不記得打過誰的電話，翻開已撥電話，十二點五十四分，的確打過，一個座機號。想起來了，是「胖子」，剛撥出去，徐麟的電話就來了。當時蘇羊以為沒撥通，事實上，她給胖子已然撥通的電話被徐麟橫插一腳打斷了。

胖子在座機有來電顯示，蘇羊想，於是回了一條：您好！我叫蘇羊，我想找一位叫「胖子」的朋友，現在我正忙，稍後給您去電，不好意思，打擾了。

回信馬上來了，簡短之極的寒喧：您客氣了。

這個人並沒有否認或者承認自己是「胖子」，很有可能就是胖子。蘇羊看著手機想，忽然感到臉龐熱辣，彷彿被一束探照燈強光掃到，抬頭，發現徐麟正看著她，眼神有疑問。蘇羊猶豫了兩秒鐘，開口道：整理書房，找到一本舊通信錄，發現一個以前很要好的同學的電話號碼，好久沒聯繫了，我想邀請這個同學來參加婚禮。

我們要舉辦婚禮嗎？徐麟詫異地問。

蘇羊有些語無倫次：不是讓你媽來，來一趟，再請人吃頓飯嗎？你在上海沒什麼親屬，我，也就這麼幾個，幾個同學……

徐麟嗤之以鼻：哼哼，是嗎？那你這個好久沒聯繫的同學，男的女的？

當然……是女的。蘇羊說完，臉上立即浮出兩朵病態的紅暈，突兀地頂在顴骨處，好像忽然發起了高燒。

五

傍晚，兩人在住處樓下的蘭州拉麵館吃晚餐，他們已經連續一個禮拜在外面吃晚飯，因為東西都打包了，家裡亂哄哄的，沒法做飯。徐麟喝了一大口飄著碎香菜的麵湯，心滿意足地抬起頭說，以後搬了新家，妳就可以在乾淨漂亮的廚房裡大顯身手了。

蘇羊忽覺眼前一片黑暗，乾淨漂亮的廚房總有一天會變得邋遢骯髒，大顯身手的日子卻不是一天兩天，而是一輩子，何況，她什麼時候有過在廚房裡大顯身手的理想了？

蘇羊勉強笑了笑：做飯我最不拿手，你將就吧。

徐麟說：我當然可以將就，已經將就六年了，不過以後有了孩子，孩子是不能將就的。

蘇羊無言以對，是，孩子不能將就，孩子要長身體，長腦子……蘇羊心裡頓生一腔煩躁，努力耐著性子說：要是生不出孩子，你只能將就一輩子了。

徐麟斜眼看蘇羊：不許說不吉利的話，吃麵。說罷埋頭大碗「呼嚕呼嚕」吞麵條，額頭和鬢角處立即冒出一層細密的汗粒子。一碗麵吃完，徐麟的臉部肌膚呈現出一派雨後新土的滋潤感。徐麟是西北人，一吃上麵條就如補充了一帖營養劑，渾身上下散發出蓬勃的生命力。在上海這幾年，徐麟已經養得一身肥腴的城裡肉，除了吃麵時的勁頭和睡覺時光膀子的習慣，其他方面愈發像個上海男人了，尤其是形象上，簡直亂真。

蘇羊吃了幾口就說飽了，推開大碗：我想，結婚的事，還是要告訴一下我爸。

徐麟怔了怔，隨即表現出男人的寬宏大量：隨妳，只要妳願意。

蘇羊拎起手包：我這就去一趟蘇澤厚家，你一起去嗎？

徐麟詫異：妳什麼時候和他聯繫過的？

蘇羊沒有回答，只說：你到底去不去？

徐麟搖頭：第一次上門，沒準備禮物不太好，下次吧，下次我正式去請蘇澤厚他老人家參加婚禮。

請蘇澤厚參加婚禮？他是你的朋友？同事？還是親戚？蘇羊沒好氣起來。

徐麟趕緊彌補：對不起說錯了，重說重說，下次，我正式去見岳父大人，請求他老人家把女兒嫁給我，行了吧？

蘇羊笑了笑，站起來，朝徐麟擺了兩下手，轉身出了拉麵館。徐麟訕笑的臉上堆起不滿，心裡亦覺奇怪，自從決定結婚後，蘇羊一天比一天像個上海小女人了，原來提到自己父親時一口一個蘇澤厚，也不尊稱一聲「爸爸」，現在卻忽然對他苛刻起來，不知吃錯了什麼藥。看起來，結婚會讓一個知性、獨立的女人變得庸俗。這麼想著，徐麟憤憤地端過蘇羊的麵碗，把剩下的麵條「稀哩嘩啦」倒進了嘴裡。徐麟是一個勤儉的男人，他肯吃女人的剩飯，這一點，也像上海男人。

蘇羊招了一輛計程車，對司機說了一個地址。她知道，小提琴演奏家幾乎讓蘇澤厚破產，他沒有財力搬離原來那套住房。研究院當年分給蘇澤厚的房子面積不小，他一個人住過於寬敞，並且寂寞難當，他需要女人的陪伴，他也從未斷過女人的陪伴。

計程車緩慢行進中，傍晚的交通高峰時段，十分壅堵。蘇羊想，是不是先打個電話給蘇澤厚？便拿出手機，翻出存下的號碼，卻並不是蘇澤厚，而是「胖子」，鬼使神差地，手指一按，就撥了出去。

音樂響了好一會兒，聽筒裡傳來一個男聲，疑似感冒的濃重鼻音禮貌地問候：你好！請問哪一位？

蘇羊自我介紹：你好！我叫蘇羊，蘇州的蘇，綿羊的羊。

哦——鼻音男好像想起了蘇羊是誰，卻並未表現出驚喜或者熱情，只是平靜對答：你好蘇羊，請說。

蘇羊心裡「咯噔」一下，他不是小胖子王斌？隨即又想，未必，幼稚園的同學，太久遠，想不起名字也在情理之中。蘇羊原諒了小胖子的健忘，對著電話說：我想找一位老朋友，他叫王斌。

是的，我是王斌，鼻音男答道。一陣驚喜滾過蘇羊的胸腔：真是王斌啊！太好啦！王斌，小胖，我們多少年沒見了？你還住在朱雀弄嗎？我家以前住同和里，和你家隔一條街，小學二年級我家搬走了……

鼻音男打斷蘇羊：哎，等等，妳是誰？

電話裡有雜音，蘇羊放大音量：我是蘇羊啊！你幼稚園的同桌，想起來了嗎？

男聲再次發出一記長長的「鵝——」，蘇羊由衷地笑了：我就知道你能想起來。還記得嗎？十二月二十六日，幼稚園園長生日，我們吃大肉麵，我不愛吃肥肉，你就替我把肥肉全吃了，你那麼胖，就是因為愛吃肥肉，哈哈……

蘇羊一打開回憶的閘門就滔滔不絕起來，電話裡那個叫王斌的男聲靜靜地聽著，好像被蘇羊的回憶打動，呼吸都停止了。蘇羊一時煞不了車：冬天的時候，你還記得嗎？我們要穿三件毛衣再加一件棉襖，可你只穿一件毛背心，身上還熱呼呼的，我就把手伸到你毛背心裡面，你的肚子肥肥的，軟軟的，真暖和啊……

電話忽然傳來忙音，來不及閉嘴，蘇羊喉嚨口的話隨著慣性倒了出來：小胖，我想告訴你一件事，我要結婚了……

車窗外忽然響起一陣「劈哩啪啦」的聲音，蘇羊捏著斷了線的手機，眼角餘光裡閃過一道賊賊的亮，扭頭看窗外，一堆積雨雲低低地壓迫在頭頂上，大雨正從天空傾倒而下。

江南的春天最顯著的特徵就是降水，空氣裡瀰漫著一股黃梅雨季特有的黴味。蘇羊看著窗外機槍子彈一般密集的雨，忽然感到臉上癢癢的，伸手一抹，竟擄下一手濕漉漉冒著熱氣的水。「我哭了？」蘇羊吃驚地想，再看手機，同樣濕漉漉的，像剛從桑拿房裡拿出來。

計程車停在一座高架橋下，暴雨使汽車長龍停止不前。司機問蘇羊：要不要結帳下車？蘇羊沒回答，司機回過頭，卻見女乘客呆呆地看著車窗外，眼睛裡全是淚水。司機沒敢再說話，關了發動機，靜靜地等著。

十分鐘後，蘇羊收到王斌的短信：抱歉，剛才進入信號盲區。我的確叫王斌，但不是你要找的那個人。我家不住朱雀弄，並且我不胖，從來沒胖過。另外，我記得三十多年前，全國人民都在十二月二十六日吃麵條，因為這一天是毛主席生日。

蘇羊推算了一下，自己念幼稚園時毛主席已經逝世，幼稚園不可能為一個死去的領袖過生日。可是，幼稚園園長生日，居然讓全體小朋友吃大肉麵為她祝壽？也不太可能。難道是自己記錯了？腦子記錯還是通信錄記錯？

蘇羊沒想通是怎麼回事，不過她還是用短信向那個叫王斌的男人表示了感謝：我要找我幼稚園的同桌，他叫王斌。我想告訴他，我要結婚了。打擾你了，對不起！

回信很快傳來：假如你願意，我可以幫你找那個叫王斌的人，在沒找到前，妳不妨可以把我當作你幼稚園的同桌……呵呵！順便說一句，妳的聲音很好聽。

蘇羊忍不住咧開嘴角笑出來。

雨漸漸小了，「劈啪」聲變成了「唰唰」聲，汽車的長龍慢慢移動起來。

六

計程車停在一棟高層大樓邊，蘇羊下車，走進樓洞，只要進電梯，上到十二樓，在A〇三門口停下，就能見到久違的蘇澤厚了。可是蘇羊站在電梯口猶豫不決，三年雲南支教結束後她回過一趟這裡，取她以前留在家裡的舊物，之後她就再沒來過，甚至一個電話都不打，今天卻不邀自來，她該如何向蘇澤厚說明來意？尤其是，她必須面對那個女人。假如蘇澤厚沒有娶第四任妻子，現在他的女人應該是那位女碩士。蘇羊想，那個女人，會不會認為她是來向父親討嫁妝的？

電梯門開了，一個中年男人提著一大袋垃圾出來，蘇羊下意識地抬腿跨了進去。電梯門關上的瞬間，蘇羊發現提垃圾袋男人的背影正是她記憶中蘇澤厚寬闊健碩的後背。這個男人穿著微皺的無領汗衫，烏黑的頭顱表示他還不太老，而他手提垃圾袋一甩一甩悠然自得地走出樓洞的樣子，讓蘇羊想起那些不太注意公眾形象，亦無遠大理想以及追求的居家男人。蘇羊驚異地想：他已超過五十五歲，怎麼沒有白頭髮？他去倒垃圾嗎？他是研究院的教授，對穿著素來挑剔，並且從不涉手家務，過去他要麼在妻子的罵聲中歸然不動地保持著無奈與不屑的微笑，要麼讓身軀跟隨自由的靈魂逃離家庭，並且常常夜不歸宿。

蘇羊不敢相信，什麼樣的女人能讓蘇澤厚變成一個穿著無領汗衫特地坐電梯下樓去倒垃圾的男人？好奇心讓蘇羊的挑戰欲如脫韁野馬般跳竄而出。十二樓到了，蘇羊出電梯，走到A〇三門前，毫不猶豫地按下了門鈴。大約響了七、八下，她幾乎懷疑家裡沒人，正打算放棄，門開了。一個女人正用一把大梳子梳著瀑布般濕漉漉的頭髮，濃密的黑髮罩住了整個頭部，使這個正在梳頭的女人失去了面容，瀑布內部傳出一串尖銳的、幾乎沒有喘息的責備聲：怎麼又不帶鑰匙說過多少遍了出門要帶好鑰匙我要是不在家你又要把自己關在外面我看你是老年痴呆了這麼快回來嬰兒油買了嗎別告訴我你又忘了……

蘇羊不說話，蘇羊站在門口看著沒有面孔的女人，彷彿看見她童年時代的母親已然復活。女人嘮叨了一通，發現沒有應答，猛地一甩腦袋，罩住面孔的瀑布頓時被甩到腦後。女人看見了站在門口的蘇羊，臉上的焦躁變為驚愕：妳，妳是誰？

這是一個與蘇羊年齡相當的女人，微胖，可以說豐腴，談不上漂亮，但也不難看，很普通的長相，潮濕的頭髮表示她剛才在洗頭。蘇羊聞到打開的屋門內飄出一股奇怪的氣味，奶香、尿騷、未消化的蛋白質以排泄物的形式散發出的腐敗味，以及滴露消毒水交織而成的複雜氣味。這種氣味多半會出現在有剛出生的嬰兒或者常年臥床不起的老人的家裡，適才女人提到「嬰兒油」，想必這一家有新生兒。

新生兒？蘇羊嚇了一跳，不會吧？這是蘇澤厚的家嗎？蘇羊這麼想著，卻聽門內的女人又問了一聲：妳到底要幹什麼？找人嗎？

蘇羊擦了擦被女人的頭髮甩到臉上的水珠：請問，這是蘇澤厚的家嗎？

女人用目光在蘇羊身上從頭到腳撫摸了一遍，臉上堆起誇張的笑容：妳是他的學生吧？不好意思，教授不在家，有事告訴我好了，我替妳轉告。

蘇羊嘴角一咧，扯出一縷無以掩飾的譏諷的微笑，想都沒想就脫口回答：是，我是他新帶的研究生。既然教授不在家，那我走了，回頭我打他電話好了。

蘇羊轉身朝走廊另一頭的電梯走去，女人的追問從身後傳來：哎，妳叫什麼名字，我好告訴教授妳來找過他。

蘇羊不回頭地朗聲道：謝謝，不必了，他會知道的。

電梯上來了，蘇羊走進去，轉過身，面朝門外，電梯門緩緩關閉。走廊盡頭的A〇三屋門大開著，那個女人怔怔地站在門口，好像正戀戀不捨地目送一位老友，蘇羊心裡閃過一絲惡作劇的快感。電梯門合攏時，走廊盡頭傳來一陣嬰兒的哭聲。蘇羊感到心臟一沉，電梯開始下降，整個身心都在下降，彷彿溺水的人，被漩渦的水流拉拽著，無法自控地下沉……

蘇羊走出大樓，她想，幸好沒有碰到蘇澤厚，現在她已經不想把結婚的消息告訴他了。蘇澤厚壓根忘了還有蘇羊這個女兒，他老來得子，他對家庭完全負起了責任，雖然這個家庭不屬於蘇羊和她母親，但對於蘇澤厚來說毫無區別。為妻子倒垃圾，為孩子買嬰兒油，乃至做飯、洗衣服，甚而接受妻子的責備，雖然這種責備遠比母親當年的謾罵溫和，但是「老年痴呆」這樣不帶髒字的辱罵，其意義比之那些閩南語罵詞毫不遜色。如今的家庭婦女都會這種優雅的罵人方法，沒有碩士學位亦可勝任。看來，蘇澤厚依然在一個庸常女人的罵聲中活著，只是活得心甘情願，從他悠然自得地甩著垃圾袋下樓的樣子來看，他並未感到受委屈，甚至還覺得很享受。可是當年，蘇澤厚是連一只碗都不會洗的，一個教授，一個高級知識分子，怎麼能從事那樣的低級勞動呢？蘇羊感到傷心極了，為母親，也為自己。她使勁回憶小時候，父親有沒有特地去商店為她買一樣禮物？沒有，至少從她記事起，他就從來沒有為她做過這樣的事。

蘇羊低著頭朝社區外面走，雨雖已停下，但氣壓很低，地面泛起潮濕的水汽，一隻低飛的蜻蜓幾乎撲到她鼻尖上。蘇羊一閃臉，差點與擦肩走過的路人相撞，她下意識地道歉：對不起！抬頭，發現竟是蘇澤厚！這個男人怔怔地站在她面前，手裡拎著一個塑膠袋，裡面裝著奶粉、嬰兒油、消毒液之類的瓶瓶罐罐，戴著眼鏡的面部一時間交替出現驚異、疑惑、尷尬、緊張等複雜的表情。片刻後，他努了努嘴，發出一聲缺乏自信的輕弱的呼喚：羊羊……

蘇羊愣了愣，很突兀地亮開嗓門：真巧啊！我來拜訪一位朋友，撞到您了，對不起。

蘇羊盡力讓語氣顯得平常，就像路遇天天一起上班的某位同事。蘇澤厚點了點頭，咧嘴笑，有些無奈：那，既然來了，去家裡坐坐吧。

蘇羊發現，蘇澤厚咧嘴笑的樣子依然如故，那些日子，每每母親對他發出謾罵，他就這麼咧著嘴無奈地笑，並且長久沉默，他以此表示他的無能為力，他甚至無意反駁那些謾罵中屬於無中生有的部分，這並不代表他的寬宏大量，而是，他不屑，不屑與一個低俗的女人爭論什麼，哪怕被她誣衊，被她侮辱。他越不去反駁，母親越生氣，於是謾罵進一步升級，直至採用最刻毒的詞彙和句子。

現在，蘇澤厚面對蘇羊，同樣咧嘴，同樣無奈地笑，同樣不屑，是的，他對他的女兒從來是不屑的，要不這些年他何以對她不聞不問？這麼想著，蘇羊便冷冷道：您不必對我這麼客氣，您去忙吧，我不打擾您，而且，我也有事呢。

蘇羊用的是普通話，並且強調了「您」，說完還咧咧嘴，試圖還給蘇澤厚一個同樣無奈而又不屑的笑。蘇羊笑了，但在蘇澤厚的眼裡，她的笑有沒有無奈？有沒有不屑？蘇羊無從獲知，於是迅速收起笑容，轉過了身。

蘇澤厚的聲音從身後傳來：等等羊羊，妳，給爸爸留個電話吧……

蘇羊沒有回頭地邁步向前走著，蘇澤厚的聲音繼續追來：羊羊，妳有一個弟弟了……

蘇澤厚最後的餘音傳至蘇羊的聽覺神經時，她幾乎笑出來。羊羊，妳有一個弟弟了……多麼好笑啊！她想，她的決定是對的，不該把結婚的消息告訴他。蘇羊用後背看著呆怔站立在原地的蘇澤厚，她相信他是呆怔的，此刻，現在，他呆怔地看著他的女兒越來越遠的背影，臉上的表情，除了沮喪，還有，如釋重負！

蘇澤厚肯定會感到如釋重負吧？因為女兒不認他這個父親，他便不需要向三十多歲的女兒交代自己是如何讓她擁有一個弟弟的，他也不必拉下老臉請求女兒的原諒，更不需要為自己對兩個孩子的厚此薄彼而承擔情感的債務……

陰澀的天空又開始落下雨滴，蘇羊不知道可以去哪裡。倘若回家，徐麟一定會問：見到我未來的岳父大人了嗎？他對我們的婚事什麼態度？他願意和我們一起吃頓飯嗎？他沒有送妳結婚禮物？紅包？或者項鍊戒指之類的家傳首飾……當然，徐麟不會問得這麼直接，他會拐彎抹角地表達他的意思。蘇羊可以假裝糊塗，或者以耍賴和撒嬌的方式逃避此類問題，同居六年來蘇羊一貫這麼做的，她不需為維持家庭和諧而小心翼翼，她和徐麟共同生活的時空，並非屬於「家庭」概念。但是現在，蘇羊即將婚姻，她必須面對與徐麟之間諸多難以協調的矛盾。

一想起很快將步入真實的婚姻，蘇羊的嗅覺和聽覺就過敏起來，她忍不住擤了擤鼻子，鼻息中頓時充滿了尿騷味、奶香、以排泄物形式呈現的蛋白質腐敗味，同時，耳朵裡瀰漫著嬰兒的哭聲，以及女人的謾罵……這就是婚姻，蘇羊忽然發現，她找到了一種可以代表婚姻的抽象形式，這種形式是用嗅覺與聽覺來感知的。

一陣急雨「嘩啦啦」落下，蘇羊拔腿奔向街邊一家咖啡館，一頭撞了進去。蘇羊喘著粗氣找到角落裡的一個火車座，剛坐下就打了一個凜冽的寒噤，一股濃烈的酸楚從心底湧起。她想給誰打個電話，除了蘇澤厚和徐麟以外的任何人，她可以向這個人傾訴，抑或只是閒聊。或者，就像小時候，冬天的幼稚園，她把手伸向小胖子王斌的毛衣，那裡有他肥厚的肚子，有他熱呼呼的體溫，她把手塞進那團暖熱，得到溫暖的並不僅僅是她凍僵的手。

七

蘇羊握著手機蜷縮在人造革座椅靠牆的角落裡，濕漉漉的襯衣貼著皮肉，潮氣使她渾身毛孔一陣陣擴張，身體激靈靈地打顫。蘇羊喝了一口咖啡，溫吞的，並不滾熱。蘇羊最討厭不冷不熱的飲料，這讓她感到缺乏純度和厚度。蘇羊招來服務員，對咖啡的溫度提了意見。服務員貌似新手，一時不知如何是好，只紅著臉說「對不起」，搞得蘇羊都要替她感到委屈，便歎了口氣，問：有沒有微波爐？

服務員說「有」，蘇羊剛想說「拿去加熱一下」，手機忽然響起短信音。快速查看，是王斌的：蘇羊妳好，我已查過，上海沒有朱雀弄，過去沒有，現在也沒有。

這條短信使蘇羊再次進入回憶，她搜索童年記憶中那些街道：同和里、朱雀弄、雲台坊……沿著一條大馬路，兩邊分別東西向伸展出幾條弄堂。蘇羊的記憶庫中，這些街道的名稱清晰而確切，她相信自己沒記錯。

蘇羊想給王斌回短信，卻發現服務員依然原地站著，便揮了揮手：沒事了，你去吧。說完端起半涼的咖啡喝了一口，好像為了證明她對咖啡的溫度的確已經沒有要求。服務員戰戰兢兢地退去，蘇羊才發出回信：怎麼會沒有？我有可能記錯一個老同學的名字，但不可能記錯曾經的住址。

王斌很快回覆：我是戶籍警，檔案裡沒有這條弄堂的紀錄。

原來王斌是員警，蘇羊想。便又覆了一條短信：真對不起，麻煩您了，我還想查一查有沒有同和里。謝謝！

王斌沒有馬上回覆，蘇羊想，戶籍警也要下班的，今天不可能查到了，也許明天才會來消息。可是，怎麼會沒有朱雀弄？哪怕拆遷或者改名也應該有記載。她清楚地記得，她童年的幼稚園就坐落在朱雀弄和同和里對面的雲台坊，一棟連體二層小樓，夾在石庫門弄堂裡的住戶中間。這棟小樓過去可能是一戶有錢人家的住宅，有著高高的門楣，黑色雙開木門，門上有兩只閃閃發光的銅環。六歲的蘇羊踮起腳，伸直手臂，指尖剛好夠到銅環，手指撥動，銅環便撞到門上，發出金屬與實木敦實溫厚的碰擊聲，就像拍擊小胖子王斌剛吃過西瓜的肚子，「砰砰砰」，有著微弱的共鳴。

蘇羊無聲地笑了，小胖子的肚子真是神奇，冬天可以捂手，夏天可以敲鼓，那時候，她是多麼喜歡小胖子啊！誰都喜歡小胖子，誰都想手伸進小胖子懷裡。可這是蘇羊一個人的待遇，因為她是小胖子的同桌，他們比鄰而坐，更因為小胖子對蘇羊的偏愛，使她享受這一特殊待遇的資格長期未被他人取代。

蘇羊還記得，幼稚園後門外有一個小小的花園，那裡種著一些草本植物，在孩子們近似於蹂躪的養育下，植物們表現得堅不可摧，它們以一歲一枯榮的生命態度勉強維持著花園的基本面貌。小花園是這所房子所屬地域內唯一可以曬到太陽的地方，北邊的天井亦是露天，卻陰冷，那裡安裝了兩隻木馬和一架蹺蹺板，下課後孩子們就在這裡玩耍。幼稚園是街道辦的，一共才大、中、小三個班，蘇羊的小班在一樓。廁所在一樓轉角口的樓梯間，裡面擺著幾只木製馬桶，因為離得近，蘇羊敏銳的嗅覺總是帶給她亟需尿尿的緊迫感。

老房子的複雜結構使教室內常年得不到陽光的直接照射，屋裡總是陰暗潮濕，牆角有成群的螞蟻出沒。那些螞蟻會飛，它們的辛勤勞作使這棟有年頭的房子像一個經驗豐富的病人，老謀深算而又奄奄一息。老房子外表完整內在蛀空，幼稚園裡一度充滿了房子行將倒塌的恐慌氣氛。老師告訴孩子們，假如聽到房頂、柱子、地板裡發出

「咯吱、咯吱」或者「嘰嘎、嘰嘎」的聲音，快快朝天井或者小花園跑……有一天，正在午睡，孩子們像小豬一樣頭並頭睡在鋪著被褥的木地板上。很突然地，睡在小胖子左邊的蘇羊從被窩裡跳起來，發瘋一樣又哭又叫著跑出去。當蘇羊光著腳站在天井裡的時候，屋裡已經亂成一團。幾乎所有小朋友都被吵醒了，有的學著蘇羊的樣子光腳逃了出來，有的坐在被窩裡哭。等到老師安頓好大家，已是半小時後，小胖子王斌卻依然躺在一條花被子裡睡得香甜異常。

老師問蘇羊，為什麼跑？蘇羊煞白著臉回憶起半夢中聽到的奇怪聲音。老師問：是「咯吱、咯吱」嗎？不是。是「嘰嘎、嘰嘎」？也不是。那妳聽見什麼聲音了？是「噗、噗」。睡在小胖子右邊的捲毛舉手發言：老師我也聽見了，是小胖放屁，放了兩記，噗——噗——好臭啊……這就是儲存在蘇羊腦子裡有關小胖子王斌的部分記憶，至今想來依然讓她感到親切，如此清晰具體，怎麼可能出錯？

蘇羊又喝了一口咖啡，已經冰冷的液體流經口腔、食道、胃，留下一路冰冷的痕跡。蘇羊感覺有些冷，玻璃牆外的天色已黑，徐麟沒有給她打電話，也沒有給她發資訊。他一定認為蘇羊與父親大人正重敘舊情，多年未見，父女之間需要相互傾訴，需要解除誤會，也許彼此都被對方感動了，也許還捶胸頓足、抱頭痛哭了，並且接下來，蘇羊還應該道出自己即將結婚的消息……這需要很長時間，徐麟習慣於給蘇羊空間，她一向對自己的獨立空間有著毋庸置疑的需求，這一點徐麟從來做得不錯。當然，同居的特殊性使他不敢對她要求苛刻，就像一個擁有牢門鑰匙的人，她自願待在牢房裡，並不代表她沒有走出牢門的資格和能力。

蘇羊準備結帳，不管是否回家，先離開這個不供應滾燙的咖啡的咖啡館，然後，可以找一家茶樓，喝一杯滾燙的綠茶。可是這麼想著，蘇羊又賴在火車座裡不挪身，好像還在等，等什麼？她沒什麼人要等，也沒有人在等自己。蘇羊忽然感到緊張，她發現，和徐麟同居的這六年，她幾乎疏離了所有的朋友和親人。事實上，她已經在不知不覺中進入了婚姻狀態，倘若她可以活到八十歲，那麼接下去的四十五年，她將每天過著這種沒有人可等，亦是無人等她的生活？

蘇羊感到害怕了，在決定正式結婚前她可從來沒有害怕過，可是現在她害怕了，就像走在深夜的懸崖邊，因為黑暗而看不見咫尺之近的萬丈深淵。現在她為自己點了一盞燈，這盞燈原是為了照耀前行的路，為了更清晰地看見目標。可是她在看見目標的同時，也看見了一路伴隨的兇險，以及終點的真實面目，這讓她忽然心生恐懼，並且意欲止步。

短信提示音響起，是王斌，終於回覆了，蘇羊心頭生出微弱的喜悅。她發現，其實她一直在等王斌的短信，她是有所等待的，雖然這等待虛妄而並無前景。

王斌說：對不起，剛才忙碌。同和里是有的，不用查我也知道。冒昧問一句，蘇羊小姐，此刻妳在何處？如果空檔，請妳吃飯？

血液一下湧到頭額，蘇羊感到腦袋有些漲熱。事情似乎出現了轉機，自稱從來沒有胖過的王斌要請一個素不相識的女人吃飯，這不符合邏輯，除非他就是幼稚園小胖子。當然，不排除這位王斌同學擁有比蘇羊更強的好奇心和探索欲，或者，這是員警的職業習慣？

蘇羊摸了摸身上的襯衣，濕布片被體溫焐得半乾，蛇蛻般若即若離地黏附著皮膚。蘇羊又摸了摸扁平的肚子，兩小時前和徐麟一起吃過拉麵，但心不在焉，只吃了幾口。還有，暫時不想回家，又無處可去，應該算空檔。蘇羊猶豫了一小會兒，拇指輕輕移動，短信發出：我在學府路，卡瓦咖啡館，獨自喝一杯冰冷的咖啡。

這條短信有些撩撥的意思，又像傾訴，還有一丁點兒撒嬌。蘇羊發出短信，咧嘴笑了笑，笑完，忽然感覺心裡湧起一種不屑而又無奈的情緒，不是對王斌，而是對自己。

蘇澤厚的遺傳基因真的很強大，蘇羊吃驚地想。

八

蘇羊等來了一個陌生男人，從頭到腳陌生。

妳好！蘇羊同學。王斌伸出手，以居高臨下的姿勢俯瞰著蘇羊。他叫她蘇羊同學，他讓自己以小胖子王斌的角色出現，他說過，在沒有找到朱雀弄的胖子王斌之前，她不妨可以把他當作她的幼稚園同桌。

這個的確不算肥胖的男人從推開咖啡館的門開始就沒有猶豫，他直奔角落裡的火車座而來，並且在第一時間確認了他要約會的那個叫蘇羊的女人。這個女人穿著被雨淋濕的襯衣，臉上呈現出微紅的疲憊之色，她仰著腦袋看他，眼睛卻炯亮，目光直接並且頗具研究意味，嘴角向上彎起，微笑：小胖，你好！

蘇羊同樣進入了角色，她在配合他。

他也張嘴笑，露出牙齒，白的，沒有牙垢，這讓他的笑容明朗而單純。他長得並不太帥，娃娃臉，笑時嘴角兩邊有酒渦，面相和善，穿便服，看起來不像員警。他在蘇羊對面很隨意地坐下，然後隔著桌子看著她，小聲說：妳和我想的不一樣。

蘇羊：失望了？

王斌：吃驚了。

兩人不約而同地對視，蘇羊的目光是好奇的等待，王斌的目光卻是欲擒故縱的探究：妳，像我認識的一個女孩。

蘇羊：別告訴我這是緣分。你也沒有我想像中瘦，感覺你具備一個胖子的骨骼體型，只是，貌似經過減肥運動才達到目前形象。

王斌笑出了聲，「呵呵」與「哈哈」之間的發音，聽起來是「HO、HO」，像上海人說的「好、好」：好好，妳很細心。不過這個問題不重要，現在我們要吃飯，說吧，吃什麼？

蘇羊：你決定。

王斌：那就大肉麵？

蘇羊笑起來：為誰的生日？

王斌：為我們認識。

蘇羊：這麼小氣？

王斌：再加一打啤酒。

蘇羊：咖啡館裡沒有大肉麵。

王斌：我帶你去一個地方，很道地。

蘇羊：冒雨？

王斌：冒雨。

雨不大，碎霧般飄飛著，夜上海的燈色卻並不介意天氣，依然發出璀璨的輝光，燈火卻穿不透雨夜的雲層，城市被巨大的光暈籠罩著，天空、大地、高樓，一律披著一層黃濛濛的水霧。王斌帶著蘇羊，在雨霧朦朧中穿越幾條街，來到一條狹小但乾淨的石庫門弄堂，那裡有一爿私人開的上海家常菜。王斌不愧是員警，熟悉這個城市幾乎每一個角落的居民區和商業分布。老闆娘好像和王斌很熟，說王警官好久沒來，最近忙什麼？王斌答得隨興：不是世博會嗎？忙抓壞蛋呢。老闆娘，來兩碗大肉麵，一打啤酒，再要幾個妳最拿手的小菜。

果然有大肉麵，蘇羊想，現在居然還有飯店賣這個？

老闆娘笑著說：戶籍警都要上街抓壞蛋了？有那麼多壞蛋嗎？

王斌略有不滿：別一口一個戶籍警好不好？都是人民警察，員警的職責就是保衛國家和人民的生命財產安全。老闆娘，我看妳的生命財產安全就需要保護，賺那麼多錢，該減肥了。說著伸手在老闆娘肥碩的屁股上拍了一把。老闆娘動作極快地反手也在他屁股上打了一記，嬉笑著向後台走去……蘇羊一愣，心想，這個王斌對女人很隨便？或者，員警都是這樣的？回頭打量王斌，並未發現異樣，依然是一臉無辜純真的笑，露著白牙齒和小酒渦。

酒菜很快上桌，兩人各持一瓶啤酒自斟自酌起來，並無客套，像一對老朋友，一時沒有話題，卻不覺得尷尬。兩杯啤酒下肚，王斌說話了：奇怪，我怎麼覺得和妳認識了很久似的？

蘇羊歪著腦袋看他：如果你不是小胖子王斌，就別再給我製造錯覺。

王斌鄭重道：沒開玩笑，是真的，剛才我說了，妳長得像我認識的一個女孩。

蘇羊從嘴巴口拿掉啤酒杯：像你幼稚園的同桌？

王斌「好好」地笑：妳說，世上怎會有這麼巧的事？巧得我自己都覺得假。

蘇羊問：哎，你小時候，毛主席生日那天全國人民吃大肉麵？是真的嗎？

王斌：那還有假，你去問任何一個一九七六年前記事的人，都知道。

蘇羊：那你比我大幾歲，我上幼稚園時，毛主席他老人家已經去見馬克思了。

王斌搖頭笑：我是跟我媽去單位裡吃的大肉麵，那時我還沒上幼稚園，沒有單位為我提供大肉麵，我和我媽一起分享了一碗麵，真好吃啊！從此以後我就盼著上幼稚園，那樣我就可以擁有一碗完全屬於自己的大肉麵了。可是等我上了幼稚園，毛主席他老人家卻死了，沒到十二月二十六日就死了，死得真不是時候。不過我還是吃到大肉麵了，這要感謝我們幼稚園偉大的廚師，他像往年一樣在十二月二十六日這一天做了大肉麵，他完全忘了毛主席已經逝世。這一來可把我媽急壞了，毛主席都逝世了，還吃大肉麵，這不犯錯誤嗎？

蘇羊打斷王斌：幼稚園廚師做錯飯關你媽什麼事？她幹什麼工作的？

王斌看了蘇羊一眼，詭祕地一笑：我媽，她，是幼稚園的園長……是不是很荒謬？

蘇羊緊接著說：於是，幼稚園園長，也就是你媽，為了彌補廚師犯下的錯誤，謊稱十二月二十六日是自己生日，她請小朋友們吃大肉麵，並且，往後每年十二月二十六日，她都要請……

王斌哈哈大笑：你太聰明了，這個結局讓我們有了彼此相認的依據。

蘇羊「噗哧」一聲笑出來：你的虛構缺乏新意，過於戲劇化的情節讓故事顯得不真實。

王斌似笑非笑：可是什麼才是真實的？也許我們的記憶一直在欺騙我們，人類常常把夢境當往事，又把往事當夢境，我們經常活在真假難辨的記憶中。

蘇羊走神了，她想起小胖子王斌放屁的故事，不由地咧開嘴角無聲地笑。王斌拿起啤酒瓶敲了敲她的杯口：喂，想什麼呢？

蘇羊抬眼打量王斌，不太有稜角的娃娃臉，小眼睛，總是笑咪咪，目光卻帶著一絲頑劣。她試圖回憶小胖子王斌的長相，可是除了胖，以及他「熱呼呼」抑或「砰砰響」的肚子，別的什麼都想不起來。也許這只是一場穿越遊戲，眼前的王斌是不是她要找的王斌？她並不知道，可她找到了他。而那個真正的小胖子王斌在哪裡？中國又有多少個叫王斌的人？這麼想著，蘇羊對正往杯子裡倒啤酒的王斌說：小胖，你喜歡《瓦爾登湖》嗎？

王斌瞇起小眼睛思考了片刻，羞愧了：不好意思，這個什麼湖，我沒去過，好玩嗎？風景很好？在哪裡？

蘇羊忽然鬆了一口氣。倘若梭羅與卡夫卡決定玩一個遊戲，他們說，讓我們交換作品，署上對方的名字，看看讀者會不會認出我們。於是，一本署名卡夫卡的《瓦爾登湖》和一本署名梭羅的《城堡》面世了。當人們紛紛為梭羅不像梭羅，卡夫卡不像卡夫卡而疑慮重重、爭論不休時，這兩位文豪已經躲回自己的角落，陷入了他們各自的冥想世界。他們完全忘了曾經做過一個遊戲，這個遊戲讓世人一度感到無所適從，甚至讓他們各自的親朋好友以及老婆感到不知所措……如此一想，蘇羊幾乎要笑出來，心裡也輕鬆了幾許，便朝服務台放聲喊：老闆娘，大肉麵。

麵上來了，醬油大湯上漂著蔥花，豬油的香味撲鼻而來，麵是很細的圓柱體，果然是最傳統的上海湯麵。王斌說：這可是經典的「陽春麵」，加上一片切成一釐米厚六釐米長的五花大肉，就是毛主席的生口麵。小時候我曾經以為，毛主席逝世了，全國人民就再也吃不上加五花肉的陽春麵了。

蘇羊用兩支筷子抵住肉塊，撕下肥肉部分，夾到王斌碗裡：小胖，給你！

王斌怔了怔，馬上反應過來，夾起肥肉，朝蘇羊扇了扇眼睛，送進了嘴裡。王斌的腮幫子一鼓一鼓，肥肉在他嘴裡被誇張地咀嚼著，眉心微微皺攏，面部表情略有痛苦，看起來他不喜歡吃肥肉，最後吞嚥時甚至打了一個噎，然後閉住眼睛，喉結洶湧地滾動了一番，才睜開眼，眼眶裡卻已泛起淚花。蘇羊心裡猛一抽搐，脫口說：小胖，我要結婚了。

王斌擺了擺手，端起啤酒往嘴裡倒，然後伸手擦去眼角的淚花，才說出話來：妳害死我了小姐，為了配合你，我硬是吞下一大塊肥肉啊！噎得我眼淚都出來了。

蘇羊重複了一遍：小胖，我要結婚了。

王斌點了點頭：好啊，恭喜妳！不過不要再叫我吃肥肉了。

說著又開了一瓶啤酒，倒滿杯後碰了一下蘇羊的杯子，蘇羊端起來，一口氣把整杯啤酒喝下去，然後放下酒杯，啟開圍著一圈白色啤酒泡沫的嘴唇：小胖，我有點冷。

王斌不說話，他抬起身，湊近蘇羊，伸出手，小心翼翼地在蘇羊的嘴唇周圍抹了一圈。蘇羊閃了一下腦袋，想躲，王斌抬起食指壓住自己嘴唇：噓噓！別動，沒擦乾淨呢。說著把壓住嘴唇的食指移到蘇羊的上唇邊，輕輕一撇，擦去最後一縷啤酒沫，仰身靠回座位，「好好」地笑起來，笑完才想起蘇羊剛才說冷：你冷？淋到雨受涼了吧？怪不得一直在發抖，我還以為你是因為見到我激動的，「好好」……

蘇羊：小胖，你還記得嗎？你家住朱雀弄，我家住同和里，從我家到你家，走五分鐘就到了。那時候我們每天早上都會在街口碰頭，然後一起去幼稚園。幼稚園很近，就在對面的雲台坊，馬路上有車，你就拉住我的手帶我過馬路。

王斌：很榮幸我能成為妳的護花使者，由此可見，從小我就具備了員警的職業素質，不過那時我是妳的專職交警，現在是人民的戶籍警，可我最想當的是刑警，「八〇三」*那樣的。

蘇羊說：我媽死了，我爸又生了一個兒子，我有了一個弟弟。感覺很怪，我都要結婚了，我弟弟還是個嬰兒。

王斌：哦——那是妳老爸能力強嘛。

蘇羊：我決定結婚，很重要的一個原因，也是為了生孩子。

王斌：好吧，祝妳早生貴子。

蘇羊：可我沒想要孩子，況且我還不知道是不是生得出孩子。

王斌：生得出！我保證妳生得出！

蘇羊抬頭看王斌：你又不是我老公，憑什麼保證？

王斌：妳看妳老爸，一把年紀了還能生，妳就更能生了，遺傳的力量不可低估啊！

---

*刑警八〇三，是上海市公安局刑事偵查總隊的代號，因其門牌為八〇三號而得名。

蘇羊突然惱怒：喝你的酒，別打斷我。

王斌瞪大小眼睛，閉嘴不再說話。蘇羊拿起杯子，喝了一大口啤酒，然後發出夢囈般的聲音：我先給「尻」打電話，一個女人接的電話，她把我臭罵了一頓。「尻」死了，真沒想到，他居然死了。

王斌兩眼布滿疑問，卻堅決地閉著嘴巴。蘇羊繼續：「尻」死了，我就只能給胖子打電話，可是胖子說他不是我要找的那個人。問題是，我要結婚了，你說，我到底該不該結婚？「尻」死了，他回答不了，胖子失蹤了，他也回答不了。

王斌只是喝酒吃菜，並不搭腔。蘇羊還在說：誰能回答我？蘇澤厚？他娶過三個老婆，還剛生了一個兒子，他幸福著呢，一個幸福的男人一定是愚蠢的，所以，他是不可能給我任何好建議的。可是我不知道為什麼要結婚，也不敢斷定結婚對不對，更不敢想像結婚以後的生活會是什麼樣的……所以我就問自己，我幹嘛要結婚呢？

王斌終於忍不住，伸出手在餐桌上狠狠拍了一巴掌：那幹嘛還要結婚？妳豬頭啊！

兩泓淚水忽然湧出蘇羊的眼眶：我們已經同居了六年……

王斌無話，片刻，站起來，繞過餐桌走到蘇羊面前：還冷不冷？

蘇羊搖了搖頭，又點了點頭，肩膀微微顫抖。王斌在蘇羊身邊坐下，然後側身面向蘇羊，撩起襯衣下襬：來吧，妳的手，我肚皮上可暖和呢。

九

徐麟第一次在蘇羊面前這麼氣急敗壞，這個男人正以丈夫的身分對妻子的夜不歸宿發出質問：妳到底和誰在一起？別告訴我妳住在蘇澤厚家，妳根本就沒進過他家門……徐麟說漏嘴了，立即止口，臉上震怒的神色卻並未褪去。蘇羊坐在床沿邊，她仰著腦袋驚異地看著徐麟，男人的面孔因凝聚了過多血液而顯深紅。

蘇羊沒想到徐麟與蘇澤厚有聯絡，她不記得她給過他蘇澤厚的電話號碼，他們是什麼時候勾搭上的？也許，徐麟是蘇澤厚雇傭的「間諜」，也許這幾年，她的行蹤從未脫離過蘇澤厚的眼睛。抑或，徐麟的這項祕密工作起始於更早的十多年前，就在火車啟動向雲南進發的當口，蘇澤厚看到正與女兒熱烈交談的青年，於是他想盡一切辦法找到他並收買了他。甚至，徐麟之所以會在那個特殊的時刻出現在她的對座，本就是蘇澤厚的安排……蘇羊幾乎驚出一身冷汗，與此同時，眼淚在眼眶裡打轉。並不是因為發現受騙的憤怒，而是……而是感動。雖然蘇羊腦中閃過的諸多情景僅來自想像，但她依然被那些可能虛構的情節感動了。蘇羊相信，哪怕自己的行蹤完全被監視，對蘇澤厚來說只是一種愛的表達。

可是蘇羊厭惡這種方式，厭惡蘇澤厚借用第三人來靠近她，這個人本來與她毫無關係，可是現在她即將要嫁給他，他因此而一改以往的謙卑和克制，行使起中國式丈夫的權利來了。

想到這裡，蘇羊的嘴角邊竟露出一絲笑意，不屑，甚至輕蔑的笑，卻並不說話。她的笑進一步激怒了徐麟，這個男人幾乎咆哮：妳是在嘲笑我嗎？嘲笑妳的丈夫？妳給他戴了一頂綠帽子，妳因此而感到驕傲是不是？

徐麟居然說出這樣的話，在蘇羊還沒決定和他結婚前，他怎麼可能說出這樣的話？他至少會為自尊而保留最底限的忍耐。可見，婚姻是多麼害人，當男人自認為對一個女人擁有某種權利時，他就變得狹隘而專斷，變得不再優雅，不再自信，因為他時刻要為維護他的權利而戰。很多時候，權利讓人變得更有力量，同時讓人變得更為脆弱。此刻的徐麟，正是以強悍表達著某種沒有退路的脆弱。

蘇羊抬起頭，微笑著問：你憑什麼說我給你戴綠帽子？第一，你還不曾成為我的丈夫，即便我偷情，也談不上給你戴綠帽子。第二，假設你已經是我的丈夫，你又如何證明我偷情？

徐麟噎住，伸手指著蘇羊，氣得渾身顫抖：妳，妳……

蘇羊還是坐在床沿邊，瘦小的身軀被徐麟站立的身影籠罩著，但她仰視他的目光卻尖銳而無情，並且持續緊盯。徐麟居高臨下卻表現出俯首之態，他勉為其難地把指向她的手端在空中不肯放下，足有一分鐘之久。這一分鐘便是角鬥士之間的心理較量，漫長而艱難。一分鐘後，徐麟頹然垂下胳膊，一屁股坐倒在蘇羊身邊。

蘇羊突然想起母親，她見過太多次母親與父親的較量，勝出的那一個，一定是把沉默堅持到最後的人。母親總是沉不住氣，謾罵是她唯一的武器，而蘇澤厚卻以長時間的沉默以及無奈與不屑的笑容，對喧囂的罵聲報以堅不可摧的反擊。他以靜制動，以不變應萬變，他憑藉忍耐力和承受力獲得了最後的勝利，但他同時遭遇了始料未及的失敗。母親輸了自己的生命，而蘇澤厚，輸了他的女兒。

對蘇澤厚一而再、再而三的離婚與結婚，蘇羊不置可否，從理論上說，蘇羊沒有權利干涉父親的婚姻自由，但她有權利斷絕與他的往來。問題是，他是一個父親，他用什麼樣的方式愛他的女兒，她亦是無權干涉。想到這裡，蘇羊內心再次湧起一泓甜蜜的暖潮，昨天她還在看到蘇澤厚為兒子買嬰兒油時產生強烈的嫉恨，幼兒時代的蘇羊從來沒有享受過這樣的待遇。然而現在，她發現，其實她更迷戀這種無言的情感表達。他愛她，卻並不說，她逃離他，他卻悄悄關注她，她的確厭惡蘇澤厚對她的「悄悄關注」，但她因此而得到了前所未有的體會，這種體會令她產生近乎昏厥的幸福感。

蘇羊眼角餘光瞥到身側頹唐的男人，徐麟勾著大腦袋，沮喪的軀體呈現出彎腰曲背的姿勢。對她的沉默，他缺乏應對辦法，只能像一個無助的孩子一樣坐在她身旁，目光與身形無不流露出哀求的資訊。蘇羊鼻子一酸，心裡湧起無以名狀的憐惜，便伸出手，輕撫了一下徐麟的手臂：好了，別生氣了，行不行？

徐麟肩膀一軟，忽然扭身，一頭撞到蘇羊嘴上，像餓極了的嬰兒忽然觸到母親的乳頭，拚命吮吸起來。蘇羊的軀體本能地緊了緊，似要拒絕，但猶豫了一下，鬆弛下來。他咬著她的嘴唇撲倒在床上，一隻手忙亂地替自己剝除衣服，另一隻手撐住床墊保持著艱難的平衡。他從腿上蹬掉一隻褲管，來不及蹬掉第二隻，就跌落到她身上，迫不及待地試圖進入她。他沒有成功，她保持著耐心，閉著眼睛等待。時間像一個虎視眈眈的殺手，隨時準備殺死一個男人虛弱的欲望。他努力了好一會兒，終於成功了，卻並不強悍。她睇開眼睛看他，黑色的頭顱伏在她並不豐碩的胸口一起一落，正對她視線的額頭上逼出一層密密麻麻的汗珠。蘇羊驚異地發現，他的額角已經呈現脫髮的跡象，腦中不合時宜地出現一張毛主席相片。

童年時代，雖然偉大領袖已經西去會合馬克思，但他的相片依然懸掛在許多普通百姓家的牆上，他慈愛地、微笑地俯視著人民們吃飯、睡覺、拉屎乃至做愛等等日常生活。相片上的老人天庭飽滿，額角深挖，兩簇未來得及脫去的黑髮分別堆積在腦袋兩側，使他偉大的頭顱上彷彿擱著一個黑色的電話機。後來，蘇羊每每看到黑色的有著圓形話筒和聽筒的老式電話機，就會想到童年時代家裡牆上的那張相片。只是，因為沒有電話線，她一直無法確定，領袖頭上的電話機，哪邊是聽筒，哪邊是話筒？

蘇羊走神了，在蘇羊走神的當口，徐麟突然停住在她胸口的運動，發出一聲沉悶的低吼，如同出了一口惡氣，隨即死心塌地地壓迫住她，不再動彈。睏乏無比的蘇羊在徐麟死沉死沉的重壓下，居然飛快地睡著了。

蘇羊沒有解釋為什麼夜不歸宿？宿在哪裡？和誰在一起？事實上她的確與王斌在一起，他們吃完大肉麵，又去了一家酒吧，午夜一點以後，王斌的手機每隔五分鐘響一次，直到響了十次以上，王斌終於無可奈何地準備回家。臨走前他告訴蘇羊：這就是結婚的後果，妳要為另一個人的權利犧牲自己的自由。蘇羊把這句話當成佐酒小菜，獨自在酒吧耗到凌晨。

中午醒來，蘇羊睜開眼睛，窗外豔陽高懸，梅雨季節到來後難得的好天氣。她扭頭看身邊的徐麟，他睡得很緊張，一臉苦大仇深，牙關緊咬，不時皺一皺眉頭。這個男人為了等他的未婚妻，整整一夜未合眼。他甚至比她還要累，那張越來越像上海男人的白淨細膩的臉上布滿了神傷。蘇羊心裡再次湧起憐憫之意，伸手揉了揉徐麟已然稀疏的頭髮，然後起了床。

蘇羊去衛生間，順便撿起扔在床邊的幾團衛生紙，準備丟進馬桶沖掉，卻發現其中一團內包著一只用過的保險套，癟塌塌的，內容甚少。自從決定結婚後，他們就不再用保險套，他們的婚姻計畫中最重要的一項就是孕育一個孩子。可是這回徐麟在急吼吼的情況下還能從床頭櫃抽屜裡取出紙盒，拿出塑膠袋，撕開口子，然後套住自己，最後進入蘇羊，整個動作過程，竟神不知鬼不覺地完成了，這讓蘇羊覺得疑惑，以及好笑。為什麼要在停用三個月後重新啟用？他在防備什麼？疾病的侵害？孩子的來臨？他不是想要孩子嗎？那麼，他是為未來的孩子一旦落戶蘇羊的子宮，他可以證實來源的純潔性？這是有難度的，假如蘇羊此刻已經懷孕，她該如何證明孩子是徐麟的？她無法證明，因為她有過一次夜不歸宿的經歷。

蘇羊拎起粉藍色半透明塑膠袋，少得可憐的精液黏附著薄膠內壁，她再次感到疑惑：就這麼點肥皂沫，能懷上孩子？

「結婚真可怕！」蘇羊忍不住發出沉默的哀歎。

十

傍晚，漫長的一覺睡醒後，徐麟的智商有所恢復，他意識到自己早上失態了。他對清晨回家的蘇羊暴跳如雷，隨後又哀傷懇求，最後還強行做愛。雖然蘇羊並未拒絕他，但他感覺到了她的身心分離。她喘息平靜，沒有發出一聲呻吟，她在他剛完成不到一分鐘就睡著了，這充分表明了她對這場做愛的敷衍態度，並且，自始至終她沒有透露昨夜到底和誰在一起。

現在，蘇羊坐在因為還沒整理完而狼藉一片的書房裡看書，徐麟光著上身穿著一條白色針織內褲走到書房門口，近乎討好地問：晚飯想吃什麼？我去買菜。

蘇羊低著頭說「隨便」，眼睛沒有離開書本。徐麟站著不動，似不甘心只聽到這麼兩個字。一個夜不歸宿的女人，怎會這麼理直氣壯？除非，她不愛他——這一判斷讓徐麟剛剛甦醒的心臟揪痛不已。

蘇羊感覺到徐麟站在書房門口沒有離開，便抬頭掃了他一眼，面部沒有表情，視線卻在他襠部停留了半秒，然後垂下眼皮繼續看書。徐麟被她看得緊張，低頭打量自己，身上僅有一條內褲，鬆鬆垮垮地兜著兩腿間一坨疲軟的東西，幾縷黑色毛髮從內褲邊沿鑽出來，雜遝而萎頓。這是徐麟一貫的樣子，此刻卻顯得格外潦倒，並且，他驚恐地發現身下那幾縷逃逸而出的黑色體毛中竟藏著一根銀毫。他偷偷看蘇羊，她正低頭看書，沒注意他，便迅速轉身，去了衛生間。

徐麟在自己的下體找到三根白色毛髮，他只知道人老了會長白頭髮，卻從未聽說過下面的毛也會變白，雖然這不足以說明什麼，但這罕見的發現讓他意識到某種無以名狀的危機。徐麟是一個明智而務實的男人，這是他常年在大都會謀生鍛鍊出來的能力，一個渾身體毛都在變白的人，還有什麼必要介意自己的老婆是否愛他？老婆的功能，不是用來愛的——這一結論讓徐麟焦慮的內心稍有緩解。

當然，徐麟最終是通過經濟角度的分析才讓這種焦慮感找到了出口。離端午節還有兩個星期，徐麟準備在這兩週內完成婚前財產公證，這是他起初沒想到的，但蘇羊的夜不歸宿讓他意識到未來可能遭遇婚姻失敗而導致的經濟損失。雖說買房的貸款兩人各半，但首付是徐麟的，裝修房子和買家具的錢也是他的，他需要一份具有法律效力的書面檔，以證明他在這場婚姻的物質部分所占有的股份遠大於她。

事情想明白了，也就沒什麼好糾結了，徐麟決定不再提「夜不歸宿」事件，蘇羊不肯透露昨晚和誰在一起，那他也不會承認和蘇澤厚之間的交易。如此，兩人也就基本扯平了。離正式結婚還有三個星期，徐麟希望能平穩過渡，然後順利走進婚姻的殿堂。結婚不是為實現兩個人浪漫的夢想，結婚是為了一份沉甸甸的囑託和傳承，結婚不是愛情長跑圓滿成功的表彰會，結婚是兩個人聯合註冊的公司從此開張營業，結婚，那是必須的，作為一個人，尤其是一個男人，怎麼能不結婚呢？

這麼想的時候，徐麟忽然覺得很無聊。看來結婚的確是一樁事業，為此他雄心勃勃、躊躇滿志，同時身心交瘁、筋疲力盡，這樁事業偶爾讓他產生成就感，以及滿足感，可從頭至尾沒有讓他產生過明顯的快感。更嚴重的是，未來他是否能夠勝任這樁事業中男主人公的角色？徐麟感到憂慮重重。

去買菜的路上，徐麟給蘇澤厚發了一條短信，他確信蘇羊會找蘇澤厚求證她的懷疑。蘇澤厚很快回覆：知，放心。簡潔明瞭，不愧是教授。

這一夜，徐麟早早地睡了，蘇羊睡不著，就在書房裡看書。她的膝蓋上躺著那本

《瓦爾登湖》，手裡是翻開的《城堡》。事實上她幾乎一個字都沒看進去，她只是停留在《城堡》的第一節。那個叫K的男人努力靠近著城堡，可是華麗輝煌的城堡最終剝落了色彩，變成了一個雜亂無章、髒兮兮的村鎮，K卻無論如何走不到那裡。

蘇羊對這一段熟悉之極，初讀時，恍如魔術方塊的敘述方式讓她一開始就跟著K進入了迷宮。這本情節枯燥的書曾經讓她幾欲中斷閱讀，卻又總是在某個轉捩點給她一絲希望，於是就這麼艱難而又欲罷不能地讀了下來。

現在，蘇羊覺得自己幾乎就是K的化身，她要尋找的「尻」和「胖子」都是存在的，但現實和記憶給她設置了種種荒誕的障礙，讓她無論怎麼努力都找不到這兩個人。甚至，她都無法說清為什麼要尋找，好像，那是一項不可推卸的任務，結婚前必須完成的任務，這項任務的真正意義，是為她即將逝去的自由舉行的一場悼念儀式。

十一

王斌自告奮勇要陪蘇羊去同和里尋找童年，他打電話告訴她，「尻」的電話號碼所對應的地址恰好在同和里附近的白朮街上的，只是那些小街小弄幾遇拆遷周折，現在很混亂，假如妳有興趣，不妨去看看。雖然蘇羊並沒有對找到「夙」抱什麼希望，但她還是如同走在黑暗隧道中的人，感覺前方出現了一縷神祕的光源。蘇羊問王斌，什麼時候去？王斌說，後天是端午節，明天下班會比平時早一些，下午三點半，地鐵一號線黃陂南路站會合。

徐麟給蘇羊打電話，說有一件很重要的事還沒辦。蘇羊問什麼事？徐麟吱嗚了半天，說，後天就要去領結婚證了，明天，我們是不是去做一下公證？蘇羊沒聽懂：什麼公證？

徐麟不好意思把「婚前財產」四個字說出來，他想，難道蘇澤厚沒有說服蘇羊？婚前財產公證也是蘇澤厚的意思，幾度離婚結婚讓這個老男人對財產的無端流失心有餘悸，他認為，把別人的財產占為己有固然惡劣，但作為財產所有者，首先要有自我保護意識，要善於利用法律的武器。蘇澤厚答應徐麟，蘇羊的工作由他做：放心吧，她要是來找我，我一定會提這事的。我不會偏袒女兒，你的就是你的，她的就是她的，公平是長久的基礎。徐麟還指望蘇羊會先於他提出財產公證，可她好像什麼都不知道，大概，她根本沒去找蘇澤厚證實翁婿合謀事件，蘇澤厚便也沒有機會勸說她。

徐麟對著電話機一時無話，蘇羊便說：我這裡忙著呢，有事回頭再說。

第二天下午，地鐵一號線黃陂南路站，蘇羊與王斌如期相見，上地面，換計程車去往老城廂白朮街。王斌穿著員警制服，看起來比第一次見面高大了些許，肩膀寬了，胸膛厚實了，竟有了一丁點兒偉岸的意思。蘇羊笑說：這一身皮，瘦猴穿上也顯幾分威武，我怎麼覺得你越來越像小胖了？

王斌扯了扯衣服下襬：下班直接過來的，沒來得及換。我胖嗎？莫非妳一眼看去人人是胖子？

蘇羊想了想，覺得最近自己的確有些走火入魔，凡是不能稱為瘦骨伶仃的男人，她都要把他們往胖子身上靠。

下了計程車，王斌帶著蘇羊走迷宮般穿越小街小巷，蘇羊跟在他身後問：小胖，我問你，你們幼稚園園長，就是你媽，她過了幾次十二月二十六日的生日？

王斌笑：這段故事發生在續集，我還沒開始創作呢。

蘇羊：那你說，胖子經過減肥變成了瘦子，是不是從此就忘了自己曾經胖過？

王斌笑罵：小姐，人家真心忘了，妳幹嘛還老提那茬？揭人老底不厚道啊！

蘇羊：我只是不太理解那種人的心態。

王斌：我也不理解有些人的心態，相信別人很難嗎？非得屈打成招才合妳心意？

兩人一起笑著，走進了一條沒有標牌的小弄堂。擁擠破敗的老式平房大多被外來打工者租住，狹窄的街路幾乎成了私家走廊。有人把洗衣機挪到街邊，在行人的矚目下洗滌著從床單到內褲的各種衣物；有人在家門口做修理桌椅的木工活，鋸子發出瘆得人牙酸的聲音，街面上撒著黃黃白白的零星刨花；有人端著飯碗靠在門框上喝粥，有人正把一堆揀來的飲料瓶一只只踩扁，有人罵孩子，有人抽菸，有人搓腳……這條街上的人們不避諱在行人面前展示他們活色生香的日子。在雜七雜八的方言的護送下，王斌和蘇羊一腳高一腳低地跨越障礙，走到了弄堂最底部一棟二層樓前。

這就是王斌根據「尻」的電話號碼查到的住戶地址，小樓十分破舊，牆面石灰剝落，下雨留下的水漬暈散而開，斑斑駁駁，像白癜風患者的臉。與相鄰房子比起來，小樓規模稍大，過去的住戶想必有一定身家。王斌指著門框上一張顯然臨時釘上去的木牌說：小姐，這裡是居委會。

蘇羊有些失望，卻不甘心：進去看看再說。便推門進入，眼前頓時一片黑。房內採光極差，蘇羊閉了閉眼，再睜開，才依稀看見屋內有兩張面對面排列的辦公桌，桌邊站著一個女人，正注視著桌上的一只電話座機。蘇羊試探著叫了一聲：妳好！

女人看著電話機，不為蘇羊的問候所動。蘇羊靠近兩步，再次招呼：妳好！請問，妳是這裡的住戶嗎？

女人緩緩轉過頭顱，蘇羊看不清她的目光，便小心而又禮貌地詢問：妳好！我想打聽一個人，從前住在這裡的，是我的老朋友，這房子原來的住戶，還在嗎……

女人還是不說話，只怔怔地站在蘇羊面前。蘇羊不知道該怎麼說下去，扭頭看身後的王斌，員警的目光淹沒在黑暗中，沒有給她任何提示！蘇羊只能繼續說：請問，您是居委會工作人員嗎？我想向您打聽一個人……蘇羊話音未落，一個哀怨的女聲彷彿從另一個世界飄浮而來，輕幽，卻尖銳：人都死了，為什麼還要找他？連死鬼都不肯放過嗎？還讓不讓人活了？妳以為鵝不曉得妳是誰？妳什麼都嘸想得到，一分錢都嘸想……

閩南口音女人復活了，台灣電視劇中生於台南地區的家庭主婦正發出質問，一張看不清面目的白臉向著蘇羊逼近。蘇羊猛一激靈，淚水頓時充滿了眼睛，來不及反應，便聽見一記尖嘯的長音像利劍一樣刺來：賺食查某！臭婊仔！袂見笑！滾——

女人撲到蘇羊身上的瞬間，王斌挺身擋在了中間。一陣腳步聲從樓上滾下，一男一女兩人從樓梯間衝出來，按住氣喘吁吁的閩南口音女人，一邊衝著蘇羊和王斌責怪道：你們幹嘛招惹她啊？她有病的……

王斌說：我們沒有招惹她，我們只是想打聽一個人。

不知誰按了電燈開關，屋裡的人和物終於清晰呈現。從樓上滾下來的女人正扶著閩南女人向樓梯走去，蘇羊緊盯著那個肥胖的背影，她想看一眼她，看看她的臉龐，和她的目光。可是閩南女人在旁人的攙扶下，像一具移動的木偶一樣很快隱沒在了樓梯轉角口，燈亮起來後，她就再沒有把面孔轉向蘇羊。

從樓上滾下來的男人看清王斌身上的制服，瘦臉上堆起一叢濃密的笑：對不起員警同志，因為拆遷，我們居委會臨時在這裡辦公，主要是維護拆遷戶的穩定工作。剛才那個女的，是這棟樓原來的住戶，腦子不太好，不肯走。家裡人哄她走了，第二天她又自己找回來，整天守著電話機，趕都趕不走，又不好用繩子捆住她送回去，只好讓她待在這裡，想想只要不妨礙工作就行了。可是一不留神，她就替我們把電話接了。幾年前，她男人和別的女人好上了，和她離了婚，她精神就出毛病了，總說她男人死了，有人要和她搶財產……

王斌問：這個女人，多大年紀？她男人叫什麼名字？

居委會幹部說出兩個十分土氣的名字，並且告訴王斌原住戶是五〇年代初生人。

王斌轉頭看蘇羊的反應，卻見她正盯著樓梯口，目光帶淚，臉色煞白。

王斌謝了居委會幹部，拉著蘇羊出了陰暗的屋子。他們終於又沐浴在了陽光下，白朮街上的陽光曲折乖張，柔暖裡透著硬冷的倔。蘇羊被驚嚇到了，還沒止住顫抖。王斌輕輕拍了拍她的肩膀：我想，這個電話號碼一定換過戶，而且不止換過一家。

蘇羊沉默。王斌正了正色，深吸一口氣，說：蘇羊同學，其實，那個「尻」是否存在，對妳來說毫無意義，就像我是不是妳記憶中的幼稚園同桌「小胖」，也不重要。重要的是，妳該知道妳到底想做什麼，真正的需要。

蘇羊抬眼看王斌，王斌笑，嘴角邊漾出兩個酒渦：小姐，明天妳就要結婚了，高興點。

蘇羊抬著的眼皮往下一垂，兩顆眼淚「撲簌簌」滾落下來。

王斌跨前一步，左右顧盼了一下，然後張開手臂，把還在瑟瑟顫抖的蘇羊抱在了懷裡：好了好了，我是小胖，我就是，行了吧？

十二

端午節這天依然下雨，蘇羊醒來就聽見窗外淅淅瀝瀝的水聲，鼻息裡充滿了艾草、蘆葉和糯米的清香，不知哪戶鄰居在煮粽子。徐麟早已洗漱完畢，此刻正端著一個買雀巢咖啡時贈送的紅色瓷杯喝著白開水。婚前財產公證沒做，他還有些糾結，但昨天下午他已經諮詢過有關專家，新婚姻法規定，只要能提供財物發票，就可證明財產在婚前歸屬於誰，將來一旦有糾紛，不會按婚後共同財產來判。徐麟把房屋首付、家具、裝修公司結帳單等等票據都收集起來，藏在一個裝茶葉的小鐵匣裡，鎖進了屬於他個人使用的抽屜。

昨天徐家老母打電話給他，問什麼時候請她老人家去兒子的新家觀摩，也好讓她把縫的一床新被子帶去。徐麟說，房子裝修好了，再晾一個月，油漆味散了就搬。徐老母又問，羊肚子有動靜嗎？徐麟說，媽妳也太著急了。徐老母就罵兒子無用，睡了她那麼多年還沒搞定。徐麟對著電話機無奈地笑。徐老母又放話：告訴那隻羊，什麼時候肚子大起來，什麼時候我把傳家寶送給她，一只老玉手鐲，祖傳的。徐麟不置可否，敷衍幾句便掛了電話。

徐麟沒把老玉手鐲的事告訴蘇羊，蘇羊也不提明天什麼時候出發去民政局。晚上睡前，徐麟說：但願明天不要下雨。蘇羊說：天要下雨娘要嫁人，由不得你。

蘇羊很快睡著了，他們沒有做愛，這兩個禮拜他們誰都沒想這件事，好像運動員臨賽前的備戰，耗費體能和精力的事一概不做。徐麟睡不著，他有些緊張，還有些憋屈，為了領到一張結婚證書，這段日子他在蘇羊面前就像一條夾著尾巴的狗，處處小心翼翼，不敢亂說亂動。蘇羊比他沉得住氣，這個女人淡定地睡在他身旁，發出均勻的呼吸，好像明天的結婚與她沒有任何關係。徐麟卻鎮定不下來，這幾天他一直在想一個問題，結婚與同居究竟有什麼區別？假如沒有區別，他為什麼要結婚？假如區別很大，那他根據什麼來判斷應該結婚，還是應該繼續同居？徐麟輾轉反側，想得腦袋一陣陣犯暈，也不知有沒有睡著，天就亮了。

兩人幾乎同時醒來，像商量過似地，先後起了床，輪流進衛生間刷牙洗臉。然後，他們像一對要去春遊的孩子，一遍遍檢查該帶的東西，身分證、戶口本、照片……天依然在下雨，蘇羊找出一把傘，兩人一起出門、鎖門、下樓，蘇羊打開傘，徐麟一頭鑽進去，然後，兩人合撐著一把傘，向街道辦事處走去。下雨其實挺好，下雨讓他們靠得更近，在同一頂傘的庇護下，小倆口顯得比較親熱。

他們的住處離街道辦事處只有三站路，步行二十五分鐘就到，他們沒打算坐車，可是經過車站，正好一輛公車停下，他們不約而同地上了車。分別找到座位坐下，他們習慣性地拿出各自的手機，低頭看新聞、查郵件、發微博……

蘇澤厚一早就給徐麟發來短信：領完證請告知，有禮物送給你們。徐麟回信：這事羊說了算，您得問她。蘇澤厚沒再回覆，面對女兒，這個父親對自己的說服力缺乏信心。

蘇羊給王斌發了一條短信：假如時光可以倒流，我願意回到幼稚園，那時候小胖還沒失蹤……正在去民政局途中，祝福我吧。

王斌回信：淺淺的一層溪水流逝了，但永恆留在了原處——祝福妳！永遠的幼稚園小胖。

蘇羊一驚，眼眶頓時潮濕。王斌發來的這句話，正是《瓦爾登湖》的開篇語。

公車到站，兩人一起下了車。街道辦事處大樓在雨中靜靜地佇立著，全然沒有以往喧嚷繁鬧的樣子。過去，他們每次經過這棟大樓，總能看見一對對年輕男女從門外進入，或者從門內出來，大樓門廳裡還有一些排隊等候辦證的男女，他們有的笑嘻嘻，有的茫茫然，有的甜蜜蜜，有的一臉怨氣。有一次，蘇羊和徐麟從玻璃門外走過，蘇羊說，徐麟你看，左邊那一排隊伍，三對男女都繃著臉，右邊那一排，兩對男女都是笑咪咪的，怎麼回事？徐麟說，左邊是排隊離婚的，右邊是排隊結婚的。蘇羊說：未必吧，我怎麼覺得恰好相反？徐麟笑，這怎麼可能？蘇羊說，為什麼不可能？

不信進去看看。看看就看看，徐麟說。兩人鬼鬼祟祟地推開街道辦事處的玻璃大門，保安向他們發出大聲的問候：兩位好！請問什麼事？

結婚！離婚！兩人同時發聲，說的卻是不一樣的答案，結婚是徐麟說的，離婚是蘇羊說的。保安疑惑地看著他們，一時不知如何指點方向。蘇羊趕緊說：我們不是來結婚的，我們是來替朋友打前鋒。保安猶豫著問：那，是結婚，還是離婚？蘇羊笑嘻嘻說：離婚嘛，自己不好意思來，讓我們來探探風。

保安恍然大悟，臉上露出得知底細後表示理解的笑容，並且伸手一指：離婚在那邊。

很不幸，徐麟猜錯了。兩人忍住笑逃出來，一出門，徐麟就罵道：靠，什麼世道？結婚搞得像仇人一樣，離婚倒一臉和氣，看不懂看不懂。

那次，蘇羊和徐麟笑得牙都要掉了，一路笑到家，還沒止住。

現在，輪到蘇羊和徐麟結婚了，他們嚴肅、正經、不苟言笑地走向那扇玻璃大門，不久以前他們還不會想到，今天他們會以實際行動證明去開結婚證的男女果真是繃著臉的。他們繃著臉，邁著嚴肅而規正的步伐，踩著細碎的雨珠，走到了辦事處的玻璃大門前。然後，他們同時發現，一把環形金屬鎖緊緊扣住了門把手，門內大廳一片寂靜黑暗，一個人影都沒有，門前的告示牌上，貼著一張「端午節休假期間不辦公」的通知。

蘇羊帶著錯愕的表情看了一眼徐麟，徐麟也驚異地看了一眼蘇羊，然後歎了一口氣，愁眉苦臉著說：這，怎麼這樣啊？聲音格外低沉，似刻意壓著一丁點兒幾乎脫殼而出的喜悅。

蘇羊摸了摸玻璃門把手上的環形鎖，嘴角往下彎了彎，想表示沮喪，做出來卻似一個調皮的鬼臉：真沒想到，節假日不辦公。

兩人面面相覷，然後，他們不約而同地發現，這是他們今晨起來後的第一句對話，之前他們一直保持著沉默。他們你看著我，我看著你，竟相視一笑，笑得極其微妙。然後他們同時感覺到好像不應該是這樣的情緒反應，於是重新繃住面皮，把視線轉向玻璃門內，如同任何一對迫切想要結婚的男女那樣，戀戀不捨地站在門前久久不肯離去。蘇羊甚至扒住玻璃門朝裡看：什麼破規定？過年過節人家才有空來辦證，他們怎麼能不辦公？

徐麟咂了咂嘴，又搖了搖頭，好像對民政局居然也要過節很不滿意，卻又十分無奈。

蘇羊縮回面孔，鼻尖一坨發白，顯然是被玻璃擠壓的：現在怎麼辦？

徐麟：回去啦，還能怎麼辦？說完也把面孔趴上玻璃往裡看，好像這麼看了才能表示他對結婚其實是誠心誠意、竭盡努力的，只是人家關門不營業，這不怪他。

蘇羊看著徐麟像狗熊一樣撅起屁股趴在玻璃上的樣子，再次想起了十多年前，在那列開往雲南的火車上，她認識了他，可是，當時徐麟有這麼胖嗎？蘇羊還是沒想起來，一點兒印象都沒有。她自嘲地「呵呵」笑了兩聲，然後捏住傘柄，「嗒」一聲，傘面撐開了。徐麟直起身看了她一眼，並不知道她笑什麼，卻跟著「呵呵」笑了兩聲，隨即一頭鑽進了蘇羊的傘下。兩人收住臉上幾乎無法克制的笑意，盡量平靜地、淡然地走下街道辦事處門前的台階，走進了黃梅季節的雨幕。

傘不夠大，傘面遮住了兩人的腦袋，卻露出兩人兩邊的肩膀在雨中，淋在傘面上的雨滑下來，滴落到他們身上，他們便往對方身邊靠一靠，彼此貼得更緊一些。

他們好像誰都不願意提，什麼時候再來開結婚證書。

二〇一二年八月六日初稿，於川沙城豐路
二〇一二年十月十二日修改，於辰凱

丁香弄

一

老炳死了，誰都沒想到老炳會死，更沒有人想到，老炳是把自己吊在晾衣架上死的。沒有遺書。窗台上有一個空酒瓶，白色透明玻璃，五百四十毫升容量，商標完整，正面寫著四個字：乙級大麯。此種中國釀酒廠上海出品的熊貓牌乙級大麯，早在上世紀九〇年代就已停產，這瓶酒，老炳是從哪個年頭留到現在的，無法考證。可以確定的是，老炳死前喝了很多酒。

老炳開一爿「老炳菸雜店」，作為丁香弄裡的一道風景，老炳常年以坐在一張發黃的籐椅上笑嘻嘻地抽菸的形象示人。老炳不胖不瘦，不高不矮，伸直了大概有一百七十公分，卻習慣於把自己塑造成一副彎腰曲背的店小二模樣，這讓他看起來像一隻弓著背假裝卑微的大蝦。也許老炳死時果真成了一個卑微的人，至少他的體重是卑微的，要不，單薄的晾衣架怎麼可能承重一具成人的軀體？確切地說，晾衣架其實只是一根焊在牆上的已經生鏽的鷩腳鐵條，不久前還在一張潮濕床單的重壓下垮塌。老炳請毛小軍去他家裡，把斷掉的鐵條重新焊接好，完工後還給了毛小軍一條薄荷綠雙喜菸做酬謝。毛小軍收下了菸，毛小軍不認為自己和老炳之間有什麼交情，借來衝擊鑽、電焊槍，費勁搗弄了半天，一條菸，不算多。

可是誰都沒想到，毛小軍修好晾衣架後沒多久，老炳就把自己掛了上去。掛在晾衣架上的老炳顯得很輕，當時接到報案的一干刑警破門而入，敞開的窗戶和門之間形成一股穿堂風，身穿灰色睡衣褲的老炳在晾衣架上擺盪了幾下，乍一看，像一條掛在窗台邊晾曬的巨大的鹹魚。其實，晾衣架安裝得不高，成年人站在地上，踮一踮腳尖，頭頂就能觸碰到鐵焊條。掛在晾衣架上的老炳，下垂的腳尖差不多已經觸到地面，腳下的白色地磚上還被劃出了兩道黑乎乎的髒泥痕跡。所以說，老炳是真心想死，要不死到一半後悔了，應該可以自救。

老炳咧著嘴叼著菸露出一口焦黃牙齒吊兒郎當玩世不恭的樣子不復再現，與活著的老炳比起來，死後的老炳無足輕重，人們在表達了幾分適可而止的遺憾之後，更多的是真誠地懷念著他那爿麻雀雖小五臟俱全的菸雜店。

隔壁「小孃孃水果舖」裡的熟客指著菸雜店緊閉的大門對毛小軍說：不方便了，買個油鹽醬醋香菸肥皂，要跑兩條弄堂。誰自殺我都相信，老炳自殺，我不信。

熟客是弄堂裡擺修鞋攤的曲細。曲細得過小兒麻痹症，兩條腿極細，且彎曲，故名「曲細」。曲細雖然只是個修鞋的，但對自己的生活品質，曲細的要求一點兒都不低，每天傍晚六點時分，曲細雷打不動要去水果舖裡買兩根香蕉，熟透了的，從整串香蕉上掉下來的那種。

毛小軍坐在一筐青李前，一只一只地挑揀爛果。曲細站在一旁陰陽怪氣地說：我覺得吧，老炳是被人殺掉的，情殺。

毛小軍對曲細的說法嗤之以鼻：老炳那樣子，還情殺？你懸疑片看多了吧？說完垂著眼皮搖頭晃腦地哼起小曲。

曲細不服：我看老炳死了，你倒稱心。

毛小軍白了曲細一眼：稱心個屁，他開他的菸雜店，我開我的水果舖，有什麼相干？說著拎起半袋剛挑出來快爛沒爛的青李：送給你。

曲細接過袋子，嘴卻不軟：不稱心？那你哼什麼曲？以為我聽不出來？

毛小軍鬆弛的圓臉霎時一緊，他一點都沒注意到自己有些得意忘形了。曲細這麼一說，毛小軍就嚇了一跳，定神想想，卻想不起剛才自己哼了什麼曲，便說：曲細你講話下巴托托牢，你瞎講，我要吃冤枉官司的。

曲細拎著袋子出店舖要走，毛小軍追在後面問：嗨！剛才我哼了什麼曲子？你聽出來是什麼曲子？

曲細停住欲走還留的腳步，從身旁的紙箱裡摳出一個雞蛋大的枇杷，掂了掂：時鮮貨，幾鈿一斤？

毛小軍說：拿兩個去，嘗嘗鮮。

毛小軍對顧客素來一視同仁，都是住在同一條弄堂裡的鄰居，必須親兄弟明算帳，唯獨對曲細，毛小軍比較慷慨。曲細擅長找茬，毛小軍想用水果堵他的嘴，曲細要的就是這個效果。可曲細還是要客氣一下的：那怎麼好意思呢，這枇杷，進價不便宜吧？

毛小軍說：我請你吃，你曲細是丁香弄裡的土地爺，我得罪不起。毛小軍說的是討好的話，語氣裡卻滿是鄙夷和嫌棄，這讓曲細感到有點傷自尊。可曲細是一個現實的人，自尊這種東西，就像泥土下面的種子，沒有合適的春風和雨水，是不會發芽的。曲細很是智慧地決定，暫時不讓自尊的種子頂出現實的泥土，只要掐著毛小軍的關節，就能花很少的錢吃上超值的水果。

曲細成功地獲得了毛小軍的兩個上好枇杷，以及半袋熟透將爛的青李，彎曲的雙腿劃拉著地面，出水果舖，向弄堂深處走去。毛小軍沒再追問什麼，他有些疑惑，剛才自己一不小心哼出來的曲子究竟是哪一齣？怎麼想不起來？不過，倒是曲細提醒了他，老炳剛死沒幾天，他是不應該哼小曲的，一哼小曲，就暴露了心思。毛小軍舉起左手，在自己的左臉頰上象徵性地扇了一下，以示自我警告。

其實毛小軍是多此一舉，丁香弄裡誰不知道他和老炳有仇？哼不哼小曲，都不會影響別人的判斷。

二

毛小軍和老炳有仇，為的就是小孃孃。小孃孃年紀三十八，一爿水果舖開了有十個年頭，三十五歲上嫁給了毛小軍，那一年毛小軍二十五。

毛小軍原本是個司機，租一輛小貨車，停在建材市場或者果蔬批發市場外面待招，早出晚歸，生意不穩定，日子過得比較艱辛。小孃孃去批發市場進貨，請毛小軍送了幾趟水果，就認識了，不久，兩人結了婚。

結婚的時候，小孃孃腹部微隆，街坊鄰居都看出來，這是奉子成婚，也不曉得是毛小軍先拿下了小孃孃，還是小孃孃脅迫了毛小軍。總之，說起這一對，大家就會想到《駱駝祥子》。上海灘的駱駝祥子看起來要精明一些，上海灘的虎妞，面孔和老北京虎妞一樣不好看，性子也是一樣潑辣辣，只不過，上海女人的潑辣，總像是撒嬌。小孃孃撒嬌肯定有一套，要不怎麼會套上個比她小十歲的男人，心甘情願做了她的倒插門*？

懷孕那段日子，小孃孃時不時要到隔壁菸雜店去買「康輝」牌袋裝話梅。毛小軍對此是有意見的，女人懷孕想吃酸他知道，可是自家鋪子裡那麼多水果，她就挑不出一款酸的？買話梅就買話梅，一去就是半天，靠在老炳菸雜店門口的牆上，挺著個肚皮聽那老男人講段子。老炳這種人，老婆死了很多年，兒子也和他沒來往，老鰥夫一個，憋得慌，只要是個女人進菸雜店，他那條破菸嗓就會像停擺的老鐘重新上過發條，「吱吱嘎嘎」地開講，接著，就有女人的浪笑聲一陣陣傳出，有時候是裁縫店阿芳，有時候是切麵菸王阿姨，還有就是水果鋪老闆娘小孃孃。

那一日，懷孕三個月的小孃孃又去隔壁買康輝話梅，破菸嗓又開講了：小孃孃，我考考妳，妳說，爛在泥裡的蘿蔔和懷孕的女人有什麼相同？

*倒插門，即入贅。

小孃孃知道老炳不會有好話，還沒答題就咯咯笑起來，一邊笑一邊說：都是蟲子惹的禍。

這一邊，毛小軍也忍不住想笑，不過他沒讓自己笑出來，只在心裡暗罵：這個騷女人，虧她想得出來。卻聽老炳說：不對不對，再想想。

小孃孃笑著說這還不對？那我想不出來了。老炳「嘿嘿」了兩聲，自問自答道：爛在泥裡的蘿蔔和懷孕的女人有什麼相同呢？告訴你，都是因為拔晚了。

一陣狂笑從小孃孃嘴裡砰然爆出，這一邊的毛小軍也沒忍住，「噗嗤」笑出來。笑完卻覺更加憤懣，倘若這笑話是老炳講給旁人聽的，那就和他無甚關係了，自己也是可以跟著暢快地笑的。只是，老炳不是講給旁人聽，老炳是講給他毛小軍的老婆聽，這就有點不好笑了。可是毛小軍不能衝老炳發作，怪只怪老婆不檢點，幾次三番了，早就想收拾調教一下這個女人。可女人正懷著孕，怎麼收拾調教呢……

這一邊毛小軍還沒想出招數，那一邊，老炳又有了新的題目：小孃孃，我再考考妳，妳講講看，世界上最可憐的人是誰？

小孃孃這回是坐等答案了，直接說不曉得不曉得，你講吧，不要賣關子了。老炳就慢悠悠地說：世界上最可憐的人，就是炮兵連炊事班戰士。

小孃孃的常識和理解力已經夠不上老炳，問為啥？老炳依然是慢悠悠地答：戴綠帽、背黑鍋、看別人打炮。

小孃孃剛要笑，就聽隔壁傳來毛小軍一聲吼：給我回來！自家生意不做啦！

小孃孃捏著吃剩下的半包康輝話梅，折過身，跨出兩步，一隻腳剛邁進水果舖，就覺臉面上一聲脆響，火辣而又生猛。老炳聽見聲響，從自己店裡跑出來，佝僂著背脊探頭看了一眼。只見毛小軍兩眼噴火，怒視著自己的老婆。小孃孃呢，一隻手捂著右臉頰，頭面通紅地站在原地。老炳咂了兩下嘴：嘖嘖，左撇子，聰明人。

毛小軍一怔，一個耳光就讓老炳看出他是左撇子，看來老炳也是個聰明人。

也許是關於「背黑鍋、戴綠帽」的笑話刺激到了毛小軍，當他用左手甩出那個不計後果的耳光時，完全忘了小孃孃還懷著三個月的身孕。當時水果舖裡有三兩零星顧客，他們聽見了老炳說的段子，聽見了小孃孃歡朗而無所顧忌的笑聲，他們還聽見暴跳如雷的毛小軍怒吼一聲，隨即看見一記亮瞎眼的耳刮子以迅雷不及掩耳之勢橫掃而出。他們還以為毛小軍和老炳會打起來，事實上他們想多了，鄰里鄰居的，各自做著生意，打起來終究不妥。毛小軍和老炳，都是識時務的。要好好調教的是小孃孃，這個女人懷了身孕，還這麼騷浪，簡直就是禍水。

入夜，小孃孃水果鋪後面的臥室裡傳出的浪叫聲和呻吟聲，比之平日更加歡騰激烈，鬼哭狼嚎、抑揚頓挫的，彷彿一場好戲正洋洋灑灑地開演，一直持續到半夜。那一晚，整條丁香弄都被小孃孃夫婦倆拖入了情欲的海洋，拔都拔不出來。然而，第二天，人們聽說，小孃孃流產了，凌晨被毛小軍送去了醫院。

關於小孃孃流產的原因，丁香弄群眾有兩種不同意見，一種認為，是毛小軍的一記耳光把小孃孃肚子裡根基還不太牢靠的胚芽扇掉了。還有一種認為，懷孕了還在床上鬧出那麼大動靜，不動胎氣才怪。不管哪種原因，都與毛小軍脫不了干係。可是毛小軍卻並不認為胎兒夭折是自己的錯，他把仇都記在了老炳頭上。老炳要是不給小孃孃講段子，毛小軍怎麼會一怒之下朝自己女人臉上扇出那一巴掌？又怎麼會被刺激得當天晚上要在小孃孃身上短兵白刃地激戰許久？這麼一分析，小孃孃的流產，好像確是老炳造成的。

毛小軍與老炳的仇，就這麼結下了。

此後三年，毛小軍勤勉耕耘，小孃孃卻沒再懷上孕。起初，小孃孃也去杏源弄遠近聞名的程老中醫診所求過偏方，說是喝三個療程中藥，準保懷上。那三個月，小孃孃水果鋪裡天天充斥著一股濃烈的草藥味，丁香弄簡直成了一條藥水弄。可是喝完三個療程的藥，小孃孃的肚子依然沒有鼓起來。程老中醫就對小孃孃說：我這方子是祖傳的，從來沒有失過手，看來問題不在妳身上，帶妳男人來一趟吧，我給他開個方子，三個療程，保管妳懷上。小孃孃臉紅了，她怎麼敢帶毛小軍來求診？要是毛小軍真的患有不育症，還不把她小孃孃殺了？

小孃孃停了中藥，毛小軍問為啥不再去程老中醫診所開方子？小孃孃說：沒用，都是騙人的，浪費鈔票。毛小軍破口罵道：娘的老炳，就該斷子絕孫！

毛小軍好像把什麼不順的事都歸咎於老炳，小孃孃懷不上孕也是老炳的錯，對老炳，他簡直是恨之入骨了。可是既已做了三年仇人，怎麼又忽然和解了呢？老炳的晾衣架斷塌，不請別人去修，偏偏請他的冤家對頭毛小軍去修。毛小軍竟也去了，並且修得還很結實，以至於幾天後老炳把自己掛上去，晾衣架沒有二度垮塌。其實，毛小軍完全可以偷工減料，馬馬虎虎焊上晾衣架，能晾個衣服褲子就行了，修那麼牢做什麼呢？沒必要！

話說回來，毛小軍幹活還是道地的，或者說，太道地了，太認真了，這讓他成了間接殺死老炳的兇手。當然，這話沒人敢說，丁香弄群眾都知道，毛小軍性子暴，說出來他要請你吃耳光的。

三

老炳菸雜店關了兩個月，兩個月後，「小孃孃水果超市」全新開張，鋪面是原來的兩倍，擴充的部分，正是老炳菸雜店原址。新店開張全部水果打七折，客人絡繹不絕，賣得最好的數阿克蘇冰糖心蘋果，還有剛上市的南滙8424西瓜*。

天色向晚，店裡終於清靜下來。毛小軍站定在收銀機邊，看小孃孃軋帳。小孃孃今日是打扮了一番的，盤了頭，穿一件墨綠色團花暗紋旗袍，腹部微微凸起，稍顯臃腫。但小孃孃個子高，又一直在收銀機前坐著，沒多少人注意她的下半身。只不過一天坐下來，旗袍的肚腩處已經掐了十七、八條折痕，暗綠色的衣服，配著一張帶有些許勞頓的瘦長臉，看起來就比毛小軍要老很多。毛小軍呢，本來就是個二十八歲的小夥子，還長一張圓溜溜的娃娃臉，身胚十分壯實，卻從沒見他發過鬍子，所以，這一對虎妞和祥子站在一起，不認識的人，會誤認為母子。

一整日生意做下來，鈔票進帳不少，心情頗佳的毛小軍站在小孃孃身側，俯瞰著女人挺胸凸肚地按著計算器，忍不住伸出手，在女人胸口的高聳地帶摸了一把。手裡冰冰的一涼，低頭看，是女人別在衣襟上的兩朵白蘭花，就說：幹嘛總戴這種白顏色的花？戴孝似的，我不喜歡……

小孃孃要緊沾著口水數一疊鈔票，來不及回答毛小軍，嘴裡一五一十地念著漸次增長的數字，直撚到最後一張，才抖開塗了厚厚一層睫毛膏的眼簾看向毛小軍：猜猜看，今天營業額多少？

毛小軍不說話，低頭湊到小孃孃胸前，像條狗似地把腦袋埋在她身上嗅了一遍，然後抬起頭，斜眼看著他的女人。小孃孃被看得驚異，拎起自己胸口的花聞了聞。那花，散發出一股水果熟過頭的發酵味，像在白酒裡浸泡過一般。小孃孃說：大概天太熱，花都釀出酒來了。

小孃孃每天早晨都要花兩塊錢從浦東好婆手裡買上幾朵還掛著露水的新鮮花兒，浦東好婆鄉下有個園子，園子裡種的都是梔子花、白蘭花、茉莉花，一到六月盛夏就喧喧鬧鬧地開，卻只兩個月的花期，過了就沒了。浦東好婆很會做生意，把十幾粒茉

＊一九八四年，新疆農業科學院培育出的第二十四組良種西瓜，後引入南匯試種，一舉成為代表性農產品，故冠名「南匯8424西瓜」。

莉花蕾串成一個手鏈，兩三朵梔子花紮成個花束，白蘭花呢，用一根極細的鐵絲，攏住張開的細長花瓣，把開得四仰八叉的花箍成含苞的樣子，兩朵結在一起，紮成一個花飾。小孃孃最喜歡的就是白蘭花，別在襯衣鈕釦洞裡，或者掛在拉鍊頭上，穿旗袍的時候，就吊在斜襟第一個葡萄釦上，一低頭，就能聞到縷縷溫潤的幽香，小孃孃喜歡的，就是這種有些懷舊的雅致。可毛小軍卻不喜歡，毛小軍總是說：幹嘛總戴這種白顏色的花？戴孝似的，我不喜歡……

今日裡，小孃孃一早又去買白蘭花了，小孃孃拿出一張十元紙幣給浦東好婆：今朝我新店開張，好婆我要多買點，五串吧。浦東好婆說：妳新店開張，那我也給妳打個折，十塊錢八串，給妳討個口彩。

小孃孃把浦東好婆籃子裡的八串十六朵白蘭花全部買了下來，還當場在胸口別了一串，剩下的七串，浦東好婆用一根細鐵絲穿在一起，小孃孃就一手拎著花串，另一手提著裝了兩副大餅油條的食品袋，搖擺著有些肥膩的腰臀走了。浦東好婆看著小孃孃的背影，自言自語道：總算又懷上了，毛小軍這下稱心了。可是，小孃孃只在胸口別一串白蘭花，剩下的七串，要別在誰的胸口呢？毛小軍是男人，男人不興別花。浦東好婆不無疑惑地想。

一個小時後，「小孃孃水果超市」在一陣稀稀拉拉的鞭炮聲中全新開張。曲細坐在鞋攤上補一只黑色男式涼鞋，水果超市門口人聲喧鬧，曲細眼皮都沒抬一下：市區是不准放炮仗的，毛小軍這是頂風作案。

修鞋的顧客坐在小馬紮上，一隻腳穿著涼鞋，另一隻光腳擱在一堆散發出牛羊皮膚腥臊與人類腳汗氣味相混的舊鞋子上：不是炮仗，是氣球，不准放鞭炮就戳氣球，效果差不多。

曲細終於屈尊抬眼，果然，水果超市門口散落著一些五顏六色的橡皮碎屑，還有很多個氣球沒碎，卻漏了氣，縮成一只皺皮小球，忽高忽低地滾來滾去，像是搬運工不小心摔了水果箱，撒得一地破相的蘋果和橘子。曲細說：怪不得炸得零零落落，我還以為鞭炮受潮了。顧客說：毛小軍是個聰明人，虧他想出來，用氣球代替鞭炮。

曲細有些不服：聰明？老炳才死了兩個月，屋裡的乙級大麯味道還沒散盡，毛小軍就占下了地盤，我看這水果超市，凶多吉少。

顧客被提醒了：對啊，他盤下來的是老炳菸雜店的房子，你不說我還沒想起來。

曲細一對三角眼裡射出兩道狡黠的光：你說，毛小軍這個人，到底是笨蛋呢，還是聰明過頭？

顧客想了想，沒想出毛小軍究竟是笨蛋還是聰明過頭，只說：他膽子大，做生意的人膽子不大就賺不到鈔票。

曲細呸出一口稀痰：我看他是想賺鈔票想瘋了，凶宅都敢租。

這「凶宅」，就是老炳活著時生活的場所，也是老炳死去時上吊的地方，包括一爿朝南開的菸雜店，連著後面的倉庫，一直通到朝北的後門。屬於老炳的一張單人床長年淪陷在浩瀚的草紙菸酒雜物堆中，因為很少開窗通風，屋裡淤積了一股發酵霉爛的醬缸味。那根罪惡的晾衣架，就橫亙在北門邊的走道裡。老炳死後，與他脫離關係多年的兒子來過一趟，街坊鄰居都看見了，那個耷拉著眼皮一臉漠然的年輕男人，和整日價笑嘻嘻的老炳長得一點都不像。誰都以為老炳的兒子會坐鎮菸雜店，繼承老炳留下的遺產，沒想到，年輕男人耷拉著眼皮來，耷拉著眼皮去，拉走了倉庫裡的存貨，拿走了老炳的存摺，就再也沒有出現。興許他也覺得他爹的菸雜店晦氣，不敢留。

老炳的房子進入房屋仲介所待租欄，租金比一般市價低很多，可要是知道這房子裡上吊死過人，價錢再低也是租不掉的，為此仲介所老闆很是犯愁，不知道這凶宅什麼時候才能出手。沒想到，掛牌五七三十五天，毛小軍挺身而出接了手。

四

小孃孃水果超市開門紅，這一天的營業額竟有好幾千，利潤就要近一千。照這麼算，一個月三十天，能掙三萬！一年十二個月，三十六萬！乖乖，發財啦！小孃孃捂住嘴巴，眼睛瞪得老大，好像親眼看見了鬼。毛小軍也喜孜孜的，不過毛小軍比小孃孃冷靜多了：你不可能天天打七折吧，平日沒這麼多顧客的，第一天開張，都來湊熱鬧，丁香弄裡的居民，還有哪個沒來過？

曲細，曲細還沒來過，小孃孃脫口道。毛小軍就笑了，笑出一臉鄙夷：曲細不是來買水果的，他是來撿爛水果的。

正說著，曲細就劃拉著兩條彎曲的細腿進了店：毛小軍，我買兩根香蕉。

毛小軍從一串巴拿馬進口香蕉上扯下兩根黃燦燦的粗壯果實，曲細忙擺手：不要進口的，我喜歡廣東芝麻小香蕉。

毛小軍說：不收你錢，今天我新店開張，送給你。

曲細：你送給我？不用付錢？好吧，那就這兩根吧，其實我還是比較喜歡廣東小芝麻。曲細拎起裝了兩根大香蕉的塑膠袋，看了一眼坐在收銀台裡的小孃孃：哦喲小孃孃，今天打扮得像個「馬路天使」嘛！

小孃孃知道，曲細說的「馬路天使」是老上海電影明星周璿演的一部電影，那時候的女明星都穿旗袍，小孃孃今天也穿了旗袍，所以小孃孃就成了「馬路天使」。毛小軍卻不知道周璿，毛小軍對電影明星沒興趣，他連紅透當前的張柏芝和章子怡都不知道，更不要說已經死掉好幾十年的老上海電影明星了。毛小軍認為曲細是在觸他的霉頭，「馬路天使」，這算什麼意思？站街女嘍？小孃孃是站街女，那他毛小軍是什麼？這麼一想，毛小軍那張圓鼓鼓的娃娃臉就拉長了，臉色也從白裡透紅變成了白裡透青。

曲細卻不識相，拐著兩條腿挪到收銀機邊，把坐在凳子上折疊著腹部的小孃孃細細打量了一番，忽然就打了三個猛烈而響亮的噴嚏，打完還用力擤了擤鼻子，而後一臉正氣地說：小孃孃，妳身上啥味道？妳喝酒了？

小孃孃很是莫名其妙：我喝什麼酒？我一整天坐在收銀機前沒挪過窩，撒泡尿的時間都沒有，喝個屁酒。

曲細歪著腦袋，上上下下細看了一遍小孃孃，頓時發現了新事物，一臉壞笑著說：沒挪窩，那就對了，我看妳現在就是一隻抱窩的母雞，正在孵小雞呢。

小孃孃的瘦長臉一紅：死曲細，兩根巴拿馬大香蕉還堵不住你的嘴？

曲細的嘴，當然不是兩根香蕉就能堵上的，他轉過頭，看了一眼正在整理水果箱的毛小軍，回頭對小孃孃說：肚皮都顯形了，四個月了吧？我要恭喜妳啊小孃孃，更要恭喜毛小軍！這麼好的事，你們要請客的……話還沒說完，就覺身側黑影一閃，扭頭，發現毛小軍黑黢黢貼在他身後，整個人幾乎敷在了他背上。曲細頭皮一緊：你，你要幹什麼毛小軍？

毛小軍舉起手裡兩根廣東芝麻香蕉，直抵到曲細鼻尖上：你喜歡這個品種，多送你兩根，今天開張，我高興。

曲細慌忙搖頭：不用了不用了，一邊急匆匆朝店外退，連裝在袋子裡的進口大香蕉都忘了拿。

小孃孃看著曲細跑沒了影，捂著嘴「咯咯」地笑起來：嚇他幹什麼？你動一根手指頭都能把他推倒。

毛小軍很生氣：他幹嘛說妳是馬路天使？他是什麼意思？

小孃孃更是笑得花枝亂顫，兩隻肩膀抖得像篩糠：你不曉得馬路天使什麼意思？

等一會兒我告訴你……

毛小軍忙碌了一天也不嫌累，上了床還興味盎然了許久，把小孃孃折騰得直討饒：輕一點，輕一點好不好？

毛小軍讓小孃孃騎在自己胯上，不斷地問同一個問題：說，妳是誰？快說。

小孃孃一臉疲憊，鼻翼兩邊的臉頰上透出兩坨褐紅的孕斑，嘴上卻嬌嗔著應承毛小軍：我是馬路天使，我是你的馬路天使好吧……毛小軍翻身上馬，像個急於上陣忘了穿戰衣的赤屁股將軍，又一次把小孃孃壓在身下。小孃孃只能用兩隻手掌蓋在自己肚子上，這一回，她可不想讓好不容易扎下根的胚芽夭折。

可是毛小軍不依，床上的毛小軍逼著小孃孃說自己是「馬路天使」，還要讓小孃孃講段子，一個接一個講。毛小軍喜歡小孃孃講給自己聽，不喜歡小孃孃聽別人講這些話。可是小孃孃講的段子，都是從老炳那裡聽來的，毛小軍明明知道，還是逼她講。

說，懷孕的女人和爛在泥裡的蘿蔔有什麼相同？快說！毛小軍壓著小孃孃問。

「都是因為……拔晚了。」小孃孃欲說還休，可也哼哼唧唧地說出了口，毛小軍就一陣翻江倒海，在一張雙人床上掀起了壯闊的波瀾。

毛小軍的口味有點怪，他好這一口，一牆之隔的老炳剛死兩個月，他也不忌諱，照樣領著小孃孃在床上興風作浪。小孃孃呢，似乎也並不厭惡這一套，要不是懷孕了，她還是會配合毛小軍的。只是，小男人畢竟年輕，精力總是充沛得過分，小孃孃怕玩得過火闖禍，殃及肚子裡的孩子，半推半就的。可小孃孃越是推，毛小軍越是來勁，就好像，敵人抵抗得越凶，倒刺激得他越戰越勇。

五

毛小軍半夜醒來覺得口渴，起床去廚房，打開冰箱倒了一杯果汁。

水果舖裡總有賣剩下的落腳貨，降了價也賣不掉，小孃孃就拿來榨了果汁，放在冰箱裡自家喝。毛小軍倒好果汁，剛想喝，就聽隔壁倉庫裡傳來一陣「嘩啦啦」的巨響，疑似堆放的水果箱倒塌的聲音。毛小軍知道，那是老鼠開工了。

丁香弄裡的房子都是老建築，表面看起來光鮮整齊，內裡卻是千瘡百孔，可算是老鼠的宜居之地。毛小軍和小孃孃的房子結構與老炳家的一模一樣，過去三年，他和小孃孃的臥室也是兼帶著倉庫的功用，兩夫妻夜夜睡在水果堆裡。雖說睡在水果堆裡比睡在肥皂草紙、油鹽醬醋堆裡好，但是到了晚上，就有些施展不開了，想玩出點乘風破浪的氣勢都礙手礙腳，就怕撞碎了西瓜香水梨，壓爛了木瓜水蜜桃。還有，那些藏匿在角落裡的老鼠，隨時都會參與到毛小軍和小孃孃的生活中來。當然，毛小軍是不忌諱在老鼠「吱吱咯咯」的啃噬聲中完成他的床笫之事的，問題是，老鼠不會總是躲在幕後充當背景音樂演奏者。有時候，兩人正忙得酣暢，床頭忽然竄出一隻黑呼呼、毛茸茸、尖頭尖腦、賊眉賊眼的活物，小孃孃一聲慘叫，老鼠被嚇回去了，毛小軍勇猛的氣勢也被攪擾得只能中場休息。下半場再續，畢竟不是一氣呵成，構不成宏偉篇章，這一夜的好戲，唱得就不那麼完美了。

毛小軍對小孃孃說，我們還缺一個倉庫，要是隔壁老炳的倉庫變成我們的倉庫，我們就不會壓爛香蕉、水蜜桃和木瓜了，老鼠也不會來了。

小孃孃說：老炳的倉庫，怎麼可能變成我們的倉庫？老炳又不是你爹，你問你爹要一間倉庫，你爹都不一定會答應。

毛小軍說：呸！把老炳送給我做兒子我都不要。我爹早就死了，我得自己想辦法弄一間倉庫。

這話說了沒多久，老炳就把自己掛在晾衣架上死了，老炳好像與毛小軍心有靈屜，他成全了毛小軍，雜貨店的倉庫果真成了水果鋪的倉庫。毛小軍有了倉庫，就開始大幹快上，他請人在倉庫裡安置了一個小冷庫，專門儲存易爛的水果和昂貴的進口水果，雖說費電，水果損耗卻少了。毛小軍和小孃孃的臥室，也真正地成了臥室，香蕉、水蜜桃和木瓜都免遭了被壓爛的厄運，自然，老鼠最重要的活動場所，也移至了隔壁的水果倉庫。

對付老鼠，小孃孃有經驗，它們最愛的是糧食，退而求其次，水果、蔬菜也是上佳的，要是連水果蔬菜都沒有，那就紙頭、木頭都要啃了。小孃孃就在倉庫角落裡擺一些香噴噴的油撒子或者花生米，老鼠吃飽了，就不會來禍害水果。這賊貨，就是個小偷小摸，不是汪洋大盜，卻又殺不光，趕不絕，只能採取懷柔政策，給點恩惠，避免更慘重的損失。所以，半夜三更的，毛小軍大可不必去管倉庫裡那些賊貨的事兒。可是，居然弄出「嘩啦啦」的巨響，就有些造反的意思了，毛小軍就覺得，這批刁民，不鎮壓是不行了。於是放下果汁杯，朝倉庫走去。

毛小軍從這一單元的廚房，走向那一單元的倉庫，一盞一盞把燈打開，倒也不覺得有什麼異樣，他也根本沒想過，倉庫就是老炳上吊的地方，此刻，他腦子裡想的是別讓老鼠弄倒了裝伊莉莎白甜瓜、青皮綠肉香瓜和黃瓤小西瓜的紙箱，那些可都是一碰就要碎的脆皮瓜，進價還特別貴。

毛小軍一邊跺著腳驅趕他想像中的老鼠，一邊開了倉庫的門。一腳跨入，就聽得靠北牆的冷庫正嗡嗡作響，側面是窗台和過道，遠遠看去，只見過道裡掛著幾串白色的風鈴，小而細長的鈴鐺，串結成兩個兩個的，從半空一直掛到窗台口。毛小軍皺了皺眉頭，這種事情，肯定是小孃孃做的，這個女人就是奇奇怪怪，倉庫是需要裝飾的地方？不是臥室，也不是客廳，還講什麼情調？這麼想的時候，毛小軍的圓臉上滾過一陣顫動，彷彿想罵人，卻又強忍住的樣子，一臉似笑非笑的表情。

毛小軍掛著一張似笑非笑的尷尬臉走近過道，頓覺一股奇香撲面而來，用力擤了擤鼻子，似是花香，再細細看那掛在過道裡的白色風鈴，才發現根本不是什麼風鈴，而是一朵一朵的白蘭花，接在一起有十幾朵，錯落有致的，遠看，就像掛著一串白色的風鈴。毛小軍想起來，早上小孃孃買早點回來時，胸口別了一串白蘭花，手裡還拎著更多串白蘭花，當時他要緊整理店面，準備水果超市開張，沒來得及問她那麼多花要來派什麼用。現在看來，她是把白蘭花掛在了倉庫的過道裡，可是，她又為什麼要把白蘭花掛在過道裡？

毛小軍想來想去，就把臉色想得有些難看了。他走進過道，伸手撩了一下剛好垂到鼻尖的一對白蘭花，頓時，耳畔彷彿響起隱約的「泠泠」風聲，心下裡一驚，定睛看，眼前的白蘭花，居然是新鮮濕潤的，彷彿剛從花枝上被活生生地折下來，花梗處還帶著毛茸茸的淡綠。他記得，小孃孃別在胸口的那一串，早就蔫了癟了，睡前換衣服時被她摘下來扔進了垃圾袋。那麼眼前這些白蘭花，又是什麼時候掛上去的？

毛小軍兩條並不濃密的眉毛越鎖越緊，他抬起頭，想看看那「風鈴」是怎麼掛上去的，這一看，竟渾身一激靈。那長串的「風鈴」，頂端被一根細繩繫著，細繩的另一頭打了一個結套，結套就掛在那桿帶著斑駁鏽跡的晾衣架上。

毛小軍猛地轉過身，跨出倉庫，疾步朝臥室走去，嘴裡還發出一些獅子準備攻擊前壓抑而又憤怒的低吼聲：給我起來，我操你娘——叫你給我搞鬼——

六

清晨，曲細在丁香弄通向街口的折角上擺出了他的修鞋攤，浦東好婆提著一籃剛從鄉下園子裡採來的梔子花、白蘭花和茉莉花開賣了。切麵鋪王阿姨的門口已經來來去去換了好幾撥顧客，餛飩皮都做了兩批。裁縫店的門還緊閉著，阿芳昨晚開夜工，現在大概還在睡回籠覺。小孃孃水果超市也還關著門，往日裡水果鋪總是開得比較早，毛小軍一般會在七點整拉開捲簾門，零賣的水果一個個堆碼好，禮盒紙箱、竹筐藤籃裡的水果，也齊刷刷地列好，然後讓自己像個敬業的樹墩子一般站在五彩繽紛的水果當中迎接第一撥早市的顧客。兩個月前的老炳菸雜店，也算是開門很早的店鋪，只是現在老炳死了，老炳菸雜店的鋪面，已經成了水果超市的一部分。

曲細坐在一台手搖式補鞋機後面，袖著兩隻手冷眼看遠處大門緊閉的水果超市。說補鞋機，其實就是由三桿鐵支架撐起的一個縫紉機頭，模樣竟與曲細長得很像，瘦骨伶仃的，渾身沒有一絲肉，腿還極細，活脫脫曲細生曲細養的貨，若說補鞋機是曲細的兒子，興許都有人信。此刻，瘦骨伶仃的曲細就坐在他那台瘦骨伶仃的補鞋機後面，八點半了，還沒接到一筆修鞋生意，遠處的小孃孃水果超市，竟也還沒開門。毛小軍怎麼肯錯過早市的生意？那可不是他一貫的作風，曲細狐疑而又寂寞地想。

事實上，毛小軍不僅錯過了早市的生意，還錯過了一整個白天的生意。小孃孃水果超市開張第二天就閉門謝客，直到傍晚，人們才看見毛小軍出現。彼時，曲細正等候在水果超市門口，準備買今日要吃的香蕉，卻見頂著一頭亂髮的毛小軍拖著沉重的腳步，從馬路口拐進丁香弄，一眼看去，像一隻落魄的鬆毛狗。曲細嚇了一跳：毛小軍你生病啦？怎麼這副賣相？

毛小軍看了一眼曲細：關你屁事！你娘的才生病呢。

曲細的娘早就死了，毛小軍罵他娘生病是沒有意義的。但曲細認為，毛小軍粗魯的言行已經對自己造成了一定的羞辱，他必須還以顏色。可是毛小軍是個粗人，曲細卻不能讓自己沒教養，便壓了壓口中呼之欲出的罵聲，說：毛小軍，我是關心你，你怎麼這樣說話？你吃槍藥了？

毛小軍打開大捲簾門上的小門洞，一隻腳跨進去，另一隻腳還在門外，卻停下來，扭頭說：曲細，喝不喝酒？我還有幾瓶藏了二十年的乙級大麯。

這一晚，曲細沒有奉行他的養身之道，他沒吃水果，而是和毛小軍喝酒喝到大半夜。

讓曲細大開眼界的是，毛小軍請他喝酒不在餐廳或者廚房，而是帶他到水果倉庫的冷庫裡。那冷庫，差不多就是一個小小的房間，六、七個平方公尺，堆了一些水果箱，角落的空地上，擺著一個炕桌樣的小檯子。曲細問：毛小軍，我們為啥要在冷庫裡喝酒？

毛小軍席地坐下：冷庫開著也是開著，大熱天的，當空調房用，不浪費。

曲細笑說：那倒也是，不用再開空調了。說是這麼說，心裡卻犯嘀咕：這裡就是原來老炳的住處了，怪不得冷颼颼、陰森森的。不過，曲細還是有一定科學常識的，他很快就發現了冷颼颼、陰森森的原因，他告訴自己，這裡是冷庫，不可能熱呼呼、暖洋洋的吧？這麼一想，就安心了不少，便學著毛小軍的樣子，一屁股坐在了地板上。

兩人就這麼坐在冷庫裡，一包醉鬼牌香辣花生米、一包五香豆腐乾，兩瓶白酒，開喝。酒是乙級大麯，熊貓牌的，果真是二十年前的東西。只是，這兩瓶酒是哪裡來的，曲細十分懷疑。二十年前，毛小軍還是個八歲的小孩，不可能收藏幾瓶白酒。若說是小孃孃收藏的，那麼二十年前的小孃孃，也只是一個十八歲的姑娘，女孩子家，怎麼會收藏白酒呢？況且也不是什麼茅台、五糧液，沒有收藏價值。難不成是老炳的遺產，被毛小軍霸占了？當然，這只是曲細起初的懷疑，半瓶酒下肚，懷疑不再，曲細「智慧」的腦門裡漸漸被「久旱逢甘霖、他鄉遇故知」的感情充滿。

毛小軍左手抓一把花生米，一顆顆丟進嘴裡，右手端起酒杯不時地「吱吱」咂兩口，喝到醉眼朦朧時，開始吐露心聲：我真倒楣啊！昨天半夜小孃孃流產了，我當場送她去了醫院，還是大出血，要在醫院住好幾天，你說我倒楣不倒楣？

曲細不是左撇子，曲細右手抓花生米，左手握酒杯，抿著小酒頻頻點頭：是的，倒楣，你很倒楣。

毛小軍大概感覺有點冷，縮著肩膀說：我倒是不明白了，你們為啥都叫我老婆小孃孃？難道你們都是她的侄子侄女？那你們豈不是都要叫我小寄爹？

本地人，把姑姑叫孃孃，把姑丈叫「寄爹」。曲細是本地人，曲細卻答非所問：我們都叫她小孃孃，叫了二十年了，蘭生阿爹死得早，他就這麼個獨養囡，小孃孃也是苦命。說著，曲細也縮了縮脖子，他也覺得有點冷。

毛小軍伸手在角落裡抓了一件老藍色的冷庫專用棉大衣裹在身上：這麼叫輩分有點亂，蘭生阿爹是我的老丈人，小孃孃是我的老婆，可阿爹和孃孃算什麼關係？亂了嘛！

曲細點點頭，屁股往毛小軍身邊挪了挪，一隻手捏住棉大衣的一角，朝自己的小腿上扯了扯：是的，蘭生阿爹是你的老丈人，你的老丈人要是活著，是不會同意把獨養囡嫁給你這個窮癟三的。

喝了酒的毛小軍嘴上還是不肯吃虧：你娘的才是窮癟三，你以為我願意窮？我難道不曉得努力賺錢？我起早貪黑，摳一把、撈一把，曲細你是看見的，你說我努力不努力？

曲細點頭，兩隻手繼續扯住棉大衣往自己的曲腿上拖：是的你很努力，你比我努力多了。

毛小軍要緊說話，顧不上和曲細搶棉大衣：沒辦法，水果店不是我的，是小孃孃的。可我是男人，我不能吃軟飯。你以為我願意租老炳的房子？我必須把生意做得更大，讓自己變得更強、更高！

毛小軍像一名奧運會上的體育健兒一樣，握住拳頭對著曲細重複了一遍：更大、更強、更高！

曲細連連點頭：是的，你會更大更強的，不過，更高你是做不到了，你已經過了發育期，身高不會再長了。這麼說著，原本裹在毛小軍身上的棉大衣，已經有一半蓋在了曲細腿上。

毛小軍顯然是說到了動情處，眼睛都紅了，他伸出巴掌，重重地拍在曲細肩頭，差點拍散曲細的骨頭架子：我知道，曲細你是最理解我的，你也是做生意的，你也是男人，你還沒老婆，你連軟飯都沒得吃。可是，你沒老婆你斷子絕孫，我有老婆我也斷子絕孫，我們的結果是一樣的……毛小軍紅著眼圈說了很多話，反反覆覆的，說得曲細快睡著了，可有一句話，毛小軍一說，曲細就清醒了。毛小軍說：曲細我看出來了，你和我一樣都勞碌命苦的人，從今往後，曲細你就是我的知音了，你吃的水果，我全包，想吃什麼，來店裡隨便拿……

毛小軍說完這句話，就一頭倒在地上睡著了。曲細卻感動得鼻涕都要流出來了，從小到大，沒有人對他說過這樣的話，更沒有人真心和他交朋友。毛小軍請他喝酒，還說了這麼多推心置腹的話，曲細今夜的遭遇，豈不是「他鄉遇故知，久旱逢甘霖」的意思了？

曲細也醉了，曲細把細瘦的身軀牢牢地裹在棉大衣裡，聽著毛小軍的呼嚕聲，坐在小檯子邊喝掉了瓶底的最後一滴酒，然後站起來，拍拍屁股準備回家。出冷庫時，曲細沒忘記脫下棉大衣蓋在毛小軍身上，還替他嚴嚴實實地掖好，嘴裡還嘮叨著：不給你蓋蓋好，你這一晚上還不凍死？

曲細兩條細腿打著麻花出了冷庫，可卻老半天沒找到毛小軍家的門，從一個單元兜到另一個單元，七拐八彎的，繞了好幾圈，才找到水果超市的位置，摸到大捲簾門，而後拉開小門，曲細跨出水果超市，入了丁香弄的夜色中。

醉醺醺的曲細終於躺回了自己家的床上，躺在床上的曲細雖然腦袋有些犯暈，但思維還是相當清晰的，他回憶著剛才毛小軍在冷庫裡和他說的話，毛小軍說曲細是他的知音，還說曲細最理解他，無疑，曲細已經成了毛小軍的精神伴侶。被一個男人當成精神伴侶，似乎不是一件特別有意義的事情，要是個女人，那倒可以考慮從精神伴侶發展到肉體伴侶。可要說一點意義都沒有，倒也並非全然如此，有一點很重要，毛小軍當著曲細的面承諾，從今往後，曲細可以免費吃他的水果，這一點，是最有意義的。

曲細睡著前，腦中閃過的最後一個念頭是：毛小軍這貨，不該說的話全都說出來了，不曉得他酒醒了還會不會記得……然後，曲細也就睡著了。

七

小孃孃住院一個禮拜，這一個禮拜，水果超市只開半天，從早上七點開到中午十一點，毛小軍就閉了捲簾門，提著一鍋熬了一上午的雞湯，和一大瓶落腳水果榨的果汁去了醫院。

曲細牢牢記著毛小軍對他的承諾，頭幾天吃過晚飯，都守在水果超市門口，準備享用免費水果。遺憾的是，等了兩天，一次都沒等到毛小軍。毛小軍去醫院伺候小孃孃了，不到三更半夜不會回家。曲細忍不住罵罵咧咧：做生意怎麼能這樣偷懶？水果統統要爛掉了，毛小軍這個癟三，不曉得請個護工照顧小孃孃嗎？

第三天晚上，曲細等不及毛小軍回來，劃拉著兩條細腿準備出丁香弄，去隔壁再隔壁的合歡弄買水果。合歡弄也有一爿水果店，老闆娘還到曲細攤上來修過鞋，雖說沒有小孃孃水果超市的品種齊全，但好歹也是熟人。曲細迫不及待地需要吃水果，他已經三天沒吃水果，兩天沒拉過屎了。曲細對自己一身的「嬌氣」頗覺驕傲與自責：以前沒鈔票，吃不起水果，不也輕輕鬆鬆拉屎？眼下有鈔票了，不吃水果連屎都拉不出了，不曉得哪裡學來的臭毛病！曲細默默地責罵著自己，可當務之急還是需要把積累了幾天的屎拉出來，於是決定放棄免費水果，去合歡弄花錢買兩根香蕉。

出弄口時，走過裁縫店，聽見門內傳出一陣陣阿芳的浪笑聲，還夾雜著一個男人的說話聲：有一趟，我乘公共汽車，不當心撞在一個女人身上，那女人開口就罵，你是不是男人啊？三條腿都站不穩！妳猜我怎麼回答？

阿芳顯然壓抑著呼之欲出的笑聲：誰曉得你怎麼回答，快說嘛。

那男聲接著說：我就看了她一眼，回答她，算啦算啦，我不和妳吵，反正妳橫豎都是嘴……

哈哈哈——阿芳爆發出一陣翻天覆地的笑聲，聽得曲細汗毛都要一根根豎起來。奇怪的是，那男聲，怎麼聽都有點像是老炳的破菸嗓，再說了，在女人面前講葷段子，那不就是老炳的專長嗎？難道阿芳是在聽死鬼說段子？這麼一想，曲細就把自己嚇著了，他想，最好現在就溜掉，不然被死鬼老炳發現自己在聽他的壁腳，不知會不會作怪他。可是曲細腦袋裡想著要溜走，站在裁縫店門口的雙腿卻不聽使喚，半步都邁不開。門內的破菸嗓還在繼續：給妳猜個謎語吧，謎面是，五月生辰到，身穿綠羅襖，小腳尖尖翹，解開香羅帶，剝得赤條條，插上棍棍兒，把你渾身咬……

這回阿芳沒有大笑，而是笑得「吃吃」的，還小聲問：你，你怎麼曉得我是五月的生辰？你又怎麼曉得我腳小？真沒看出來，你那麼細心啊！

破菸嗓大笑：哈哈哈哈……

曲細爆棚的好奇心頓時戰勝了恐懼，阿芳腳小，他是知底細的，他修過好幾次她的鞋，他知道這個女人穿三十四碼的鞋，要買鞋只能去童鞋櫃檯。這事除了他曲細，難道還有別的男人知道？居然還要剝她衣裳，插她棍棍，還要把她渾身咬？曲細越想越氣憤，他倒要看看，隔著一扇門講話的男人究竟是誰，於是伸出手，在裁縫店的木板門上「篤篤篤」敲了三下。門內的笑聲戛然而止，卻並沒有人立即來開門。曲細等了半分鐘，又在門上「篤篤篤」敲了三下，還張嘴喊起來：阿芳，開門阿芳。

裁縫店的門總算「咿呀」一聲開了半扇，阿芳頂著一頭捲髮探出臉來：曲細？這麼晚了你來做啥？

曲細一邊賊嘻嘻的笑，扯著自己的襯衣給阿芳看：五粒鈕子落掉了三粒，阿芳，妳給我配一配？

阿芳擋住門：配什麼配，誰和你配？去找胡媒婆給你配。說著縮回腦袋想關門。曲細用力一推，一條細腿插進了門檻：阿芳妳真聰明，不過妳想得有點多，我今天倒真的只是找妳配幾粒鈕子。

阿芳答得斬釘截鐵：今天打烊了，明天再來配。

曲細又用了一把力，阿芳終於抵不住，擋在門框上的手臂落了下來，曲細的另一條腿，乘機也跨進了門檻。曲細成功進入裁縫店，一抬眼就看見裁衣操作台邊的凳子上坐著一個男人，那男人左手夾著菸頭，右手撐著下巴，咧著嘴，似笑非笑地看著曲細，居然是毛小軍！顯然，毛小軍剛對阿芳說完段子，嘴巴還沒來得及收攏。曲細一看就生氣了：毛小軍你不回家做生意，在這裡做什麼？

毛小軍一掀嘴：關你屁事！

毛小軍完全忘了幾天前喝酒時對曲細的承諾，這讓曲細很受傷。受傷的曲細指著毛小軍說：小孃孃還在醫院裡，你就和別的女人瞎搞，還要把她剝得赤條條，插上棍棍，還渾身咬，你，你對得起小孃孃嗎？

毛小軍張嘴大笑，闊臉上堆滿了不屑，他指著站在一邊的阿芳說：曲細，你說的是她嗎？你腦子進水了吧？又側臉看住阿芳問：剛才的謎語，阿芳妳猜出來了沒有？

阿芳被問得臉都紅了，低下頭，卻還拿眼角的餘光瞟毛小軍，大概她確乎認為那個謎語指的就是她了。毛小軍不等阿芳回答，拍拍屁股站起來，推開擋在面前的曲細，朝裁縫店門外走去。曲細追著他的背影大聲喊：你怎麼曉得她是小腳？好，那你說，她的腳是幾碼，你要是真的曉得，有種說出來！

阿芳亦是期待地看著毛小軍壯實的背影，是啊！他怎麼知道自己長了一雙小腳？難不成他專門喜歡低頭看女人的腳？丁香弄裡女人的腳，是不是都被他看遍了？

已經跨出裁縫店的毛小軍忽然回過頭：曲細，你不會連粽子都沒吃過吧？說完轉身徑直走了。曲細很是不解：粽子？什麼粽子？扭頭問同樣目瞪口呆的阿芳：他什麼意思？關粽子什麼事？

阿芳搖搖頭，一臉莫名其妙。

八

曲細沒有吃到毛小軍承諾的免費水果，毛小軍背叛了他，曲細有一肚子的不滿需要傾吐，就像他有一肚子的屎需要拉出來一樣。這幾天，他想得最多的就是，以前怎麼沒注意毛小軍也抽菸？以前怎麼沒發現毛小軍的嗓音破得像條老菸槍？以前怎麼不知道，毛小軍給女人講葷段子的水準比老炳還要高？曲細走在路上想，擺攤修鞋的時候想，吃香蕉的時候想，坐在馬桶上拉屎的時候還在想……曲細直到第三天傍晚才拉出屎來，那是一泡貨真價實的屎，拉完屎的曲細一身輕鬆地提起褲子，然後，終於確認了一個令他沮喪的事實：毛小軍沒認他這個知音，免費吃水果的事情黃了。

呸，不是東西！曲細憤憤地朝水果超市方向啐了一口唾沫：不在醫院陪小孃孃，也不在家裡做生意，跑到裁縫店和阿芳打情罵俏，缺德！不過，曲細反過來想想，覺得毛小軍也是該被同情的。雖然他曲細連個女人都沒有，但沒有女人的曲細絕不會遭遇自己的女人兩次流產的慘事，更不用擔心女人會不會給自己戴綠帽子。相比之下，曲細要比毛小軍活得理直氣壯得多，毛小軍呢，就有點可憐、有點屈辱了。曲細的腦筋轉得飛快，口中忍不住喃喃道：小孃孃流產，算是輕的，毛小軍這種人，什麼事情幹不出來？

這想法剛冒頭，曲細就被自己驚到了，他一把捂住嘴，默默地告誡自己：千萬不能在毛小軍面前說出這話，他會請我吃耳光的。

一個禮拜後，小孃孃出院，毛小軍借了一輛小貨車把她接回了家。小孃孃一回家，就鑽進店鋪後面的臥室裡，再沒露面。可是丁香弄群眾都知道，小孃孃回家了，因為毛小軍一早就到弄口來找浦東好婆買白蘭花。毛小軍說：小孃孃還要休養休養，喝喝雞湯，睏睏覺，養好身體最重要，小孃孃喜歡白蘭花，我給她買一串。

浦東好婆掀開蓋在籃子上的毛巾：你自己挑，就這麼幾朵，花期快過了。

毛小軍遞給浦東好婆兩塊錢，拎起一串白蘭花走了。

水果超市如常開張，早上七點，直至晚上八點。不過，前前後後做生意的，只有毛小軍一人。毛小軍忙壞了，又要進貨，又要看店，還要做飯給躺在床上的大娘子吃，毛小軍忙到連洗臉刷牙的時間都沒了，一腦袋又亂又長的頭髮，下巴上居然冒出了鬍子。丁香弄裡的人們只以為這個男人是不長鬍子的，不成想，一長就是一面孔，還是個絡腮鬍。一臉鬍子的毛小軍身上的衣服也是一個多禮拜沒換過了，渾身髒得像個工地上的泥瓦工。小孃孃第二次流產，想必受刺激太大，自顧不暇呢，哪裡還管得了毛小軍？毛小軍連件衣服都沒人洗，沒有女人管的男人，終歸顯得落魄。不過，毛小軍再忙，也不會忘記一早給小孃孃買一串白蘭花，這小丈夫，雖說年紀輕一些，做生意門檻精一些，嘴巴還凶一些，對自家的女人，倒是有情有義。

阿芳來過一次水果超市，阿芳看毛小軍的眼神有點哀怨：你看你髒得，襯衣也脫線了，這裡，是這裡，肩膀和袖子接口……說著把手伸向毛小軍的腋窩。毛小軍一側身，閃開了。阿芳就說：那你晚上洗澡時把衣服換下來，拿給我，我給你修一下。毛小軍沒理阿芳，只把一箱雪梨打開，插上寫好價碼的牌子。阿芳有些無趣，拿起一個蘋果看看，放下，又拿起一個桃子捏捏，還是放下。阿芳沒有買水果的意思，可就是不走，毛小軍就有些煩了，毛小軍說：妳到底要買什麼？不要東捏捏西捏捏，這是水果，不是皮球，禁不起妳這樣捏的。

阿芳很高興毛小軍和她搭話了：我，我不買水果，我就是來看看你，你過得太辛苦了，也沒人照顧你。

阿芳說得深情，毛小軍卻答得生硬：妳要照顧我，那就買我的水果。

阿芳眼睛裡的愛憐溶成了蜜，幾乎要跟隨著視線淌到毛小軍身上去了。她滿目愛憐地看著毛小軍：我燉了一隻甲魚，你先給小孃孃做好夜飯，晚一點過來，來我這裡吃夜宵吧。毛小軍說：不用了，妳自己吃吧。

阿芳說：那你現在就把襯衣脫下來，胳肢窩漏風了……

毛小軍說：漏風好，漏風涼快。

阿芳捂嘴「嘻嘻」笑：漏風涼快？黑毛毛都戳出來了，脫下來，我帶回去縫紉機上踩幾針，修好給你洗乾淨送回來。說著走上一步，要扒毛小軍的襯衣。毛小軍一揮手，打掉阿芳伸過來的手：幹什麼？我自己會洗。

阿芳垂下手，站了一會兒，轉身跨出店鋪，想走，又忍不住扭頭看站在水果堆裡的男人，忽然問：你從哪裡打聽到我的生日的？

毛小軍一臉狐疑：我什麼時候打聽過妳的生日了？

阿芳眼圈一紅：那你怎麼曉得我是五月的生辰？要說我的腳小，你是看出來的，那你又為什麼要盯著我的腳看？

毛小軍愣了一下，忽然大笑起來，笑得滿臉的鬍子像風吹過的草甸子一樣齊刷刷地發抖。毛小軍肆無忌憚地笑完，對站在門口欲走還留的阿芳說：妳發春夢吧？曲細不是求妳配一配嗎？妳去找他，不要來找我，我家小孃孃還在裡面睡覺，我要給她燉烏雞湯去了。說完，毛小軍一扭身，進了超市後面的裡屋。

阿芳紅著眼圈抬腿走了，毛小軍從裡屋探出頭，看了一眼阿芳的背影，努了努嘴唇，無聲地罵了一句：十三點，花痴！

九

八月天了，白蘭花、梔子花和茉莉花差不多過了花期，浦東好婆的籃子裡沒有香噴噴的白色的花賣了，現在浦東好婆的籃子裡賣的是香噴噴的桂花赤豆糕。桂花是浦東好婆隔年採來，用白糖醃好儲存在密封瓶裡的。往年，小孃孃頂喜歡吃浦東好婆的桂花赤豆糕，今年，小孃孃吃不動了，卻還總是要去浦東好婆那裡買，每天早上買一塊。

小孃孃終於出門了，酷暑的天，卻穿一件長袖襯衣，臉色白得像剛刷完塗料的牆壁。小孃孃掏出一張五元紙幣給浦東好婆：好婆，我要一塊赤豆糕。

浦東好婆坐在一張小板凳上，面前擺著裝滿桂花赤豆糕的籃子，她仰頭看著瘦了一大圈的小孃孃：赤豆糕是糯米做的，不消化，妳要少吃，讓毛小軍給妳煮一鍋白米粥，搞點皮蛋、肉鬆……

小孃孃說：有的，毛小軍都給我做了，可我喜歡桂花赤豆糕。

浦東好婆笑笑：小孃孃，養好身體，可以再要小孩，女人呢，就是一塊地，養得肥肥的，才好種糧食。

小孃孃白臉上的笑一下子就陰了：這輩子我是不會有孩子了，只好認命。

浦東好婆想了想，說：小孃孃，妳要是真的想要個小孩，就領一個，要領就領小一點的，最好不到一歲，記不得親生爹娘，才和妳貼心。

小孃孃眼睛一亮：好婆，那妳曉不曉得有這樣的人家，小孩養出來又不要的？

浦東好婆就說：我打聽打聽，我們浦東鄉下要是有，我就告訴妳。

小孃孃蒼白的瘦臉頓時透出一層淡淡的紅：好婆，人家要多少錢我都給，到時事成了，我要重謝妳的。

坐在小板凳上的浦東好婆抬起手，她想拍拍小孃孃的手臂或者肩膀以示安慰，可她坐得低，她只能在小孃孃細長的腿上輕輕拍了兩下，這一拍，浦東好婆嚇了一跳，小孃孃的腿，瘦得幾乎一絲肉都沒有，骨頭都要戳出來了。浦東好婆就說：曉得了，妳快回去好好睏覺，先把身體養好。

小孃孃點點頭，托著一塊桂花赤豆糕轉身走了。浦東好婆看著小孃孃瘦削的背影，暗暗歎息：這個小孃孃，瘦脫了形，性情也變了，全沒了以往的潑辣。

那些天，酷暑大熱的，水果超市後面倉庫裡的老鼠也是鬧得熱火朝天，油撒子和花生米都感化不了它們了，把裝水果的紙箱啃得支離破碎，水果也被糟蹋得滿地狼藉。毛小軍不想再容忍那些賊貨，毛小軍準備大開殺戒了！可是毛小軍用了一百種方法滅鼠，只捉到過零星幾次幼年小鼠，終是無法阻止老鼠家族在這裡安營紮寨、繁衍後代，甚而上竄下跳、聚眾狂歡。成年鼠都是修煉成精的，不鑽老鼠夾、不踩老鼠帖、不吃拌藥的花生米，毛小軍沒辦法，只能去求切麵店王阿姨，他要借她養的虎皮貓來用用。

王阿姨的切麵店裡堆滿了米麵糧食，養貓就是為了防老鼠。王阿姨的虎皮貓叫「阿撲」，阿撲是捕鼠能手，阿撲看見老鼠就撲，一撲一個準，每次都能逮到一隻灰毛大老鼠。有阿撲在，王阿姨的切麵店，就是老鼠的死亡百慕達，老鼠們有來無去，就再不敢來了。

毛小軍來借貓，王阿姨不太情願。王阿姨左手拍拍右肩膀，右手拍拍左肩膀，拍得白花花的麵塵蓬勃飛揚，王阿姨就成了一個被雲霧襯托的麵菩薩：我們家阿撲借給你，老鼠不就跑到我店裡來了？吃了我的米和麵，誰賠？

毛小軍被騰起的白麵粉嗆了幾口，咳嗽了兩聲，討好道：王阿姨妳心腸好，阿撲借我兩天，只消兩天，我付租借費，一百塊一天好不好？

王阿姨想了想：我是從來不把阿撲借出去的，你毛小軍拎得清，借你兩天，兩天過後就要還給我的。說完喊了一聲「阿撲——」，那虎皮貓冷不防就從角落裡竄了出來，「呼啦」一下撲到毛小軍跟前。毛小軍嚇了一跳，只見那貓注視著他，目光裡充滿了警惕。毛小軍彎下腰，伸手想抱阿撲，手指頭剛觸到黃亮亮的皮毛，阿撲就「嗖」一下，箭一般地彈開，停在離毛小軍兩米遠的地方。毛小軍求助的目光看向王阿姨，王阿姨就從口袋裡摸出一小包「來伊份」牌油炸小魚：你試試這個，阿撲喜歡吃。毛小軍接過小魚，拆開包裝，一邊朝切麵鋪門外走，一邊說：阿撲來，跟我去吃小魚嘍……果然，阿撲跨出門檻，跟上了毛小軍。

王阿姨看著一人一貓遠去，暗罵：給吃的就跟著跑，有本事死在外面不要回來了。

阿撲彷彿聽見了主人在罵牠，回頭看了王阿姨一眼，兩隻賊亮的眼睛忽而一瞇，滑出兩縷似笑非笑的光，彷彿愚弄別人之後狡猾的偷笑。王阿姨嚇了一跳：這死貨會笑？還笑得這麼陰險？

然而，阿撲只在毛小軍家待了一夜，就被毛小軍趕回了切麵舖。王阿姨問：不是說借兩天嗎？

毛小軍說：在倉庫裡竄了一夜，一隻老鼠都沒逮到，還被老鼠嚇得亂叫，不中用。說完就想轉身走。王阿姨喊住他：毛小軍，大家都是做生意的，不要不講信用啊！

毛小軍氣呼呼地說：你沒聽牠那叫聲，比哭喪還難聽，小孃孃都被牠嚇出了心臟病了，我問誰賠醫藥費？

王阿姨比毛小軍還要氣：是你自己要借貓，又不是我硬要給你，租借費也是你自己說要付的，對我凶什麼？

毛小軍摸出一張五十元紙幣扔到切麵店櫃檯上：拿去拿去，算我倒楣。說完抬腿就走。

王阿姨收起五十元錢，回頭看了一眼蹲在角落裡若無其事的阿撲：你這貨，還真是我養的，不願意替別人幹活是不是？

阿撲「嗷嗚」一聲，兩隻眼睛看著切麵店外面正在遠去的毛小軍的背影，霎時間，一身毛髮根根豎起來，腰背忽然拱成一張拉緊的滿弓，拖著筆直粗壯的尾巴朝門外飛奔而去。阿撲追上毛小軍，衝著那面壯闊的後背猛地一撲，毛小軍只覺後背被重重一擊，隨即一陣火辣辣的痛，卻聽耳畔「嗷」的一聲，竟是阿撲小老虎似的腦袋，已經叼住了他的耳垂。毛小軍大叫一聲：操你娘！一拳揮出，打在阿撲面門上。阿撲「咕嚕」一下掉到地上，翻身起來，一溜煙逃回了切麵店。毛小軍驚魂未定，嘴裡還在大罵。裁縫店阿芳聽見罵聲跑出來，一看，驚叫起來：毛小軍，你耳朵出血了，哎呀毛小軍，你背上的衣服撕碎了，怎麼搞的？你脫下來，我幫你補一下。

毛小軍罵道：補個屁，我要去醫院，我要去打狂犬針……毛小軍捂著一隻耳朵，一身狼狽地朝丁香弄外跑去。

王阿姨站在切麵店門口，腳邊蹲著剛逃回家的阿撲，王阿姨不無擔憂地說：你這死貨，為啥要去撲毛小軍？難不成你個畜生的眼睛看出來，他是老鼠投胎？

傍晚六點，切麵鋪準時打烊，王阿姨準備回家，喊了一聲阿撲，卻未見蹤影。往日，王阿姨回家前總要把阿撲反鎖在切麵鋪裡，阿撲從來都是稱職的守夜衛士。可是現在，王阿姨找遍每個角落，也沒找到阿撲的一根毛，王阿姨就對阿撲很失望，罵罵咧咧著：死貨，又野到外面去了，阿撲——阿撲——

王阿姨沒找到阿撲，便鎖了店門，一路出弄堂，嘴裡念叨著：死貨，明天回來，看我不揍你一頓。王阿姨的自言自語被弄堂折角上的曲細聽到了，坐在補鞋機後面的曲細問：王阿姨，妳要揍誰？

王阿姨站定，扭頭問曲細：你看見我家阿撲了沒有？我要揍牠，你看見了就告訴我一聲，不揍牠一頓，我王字倒過來寫。

曲細笑了：王阿姨，妳那個王字，倒過來寫還是王。

王阿姨沒想到曲細這麼有文化，有文化的人喜歡咬文嚼字，這是很討厭的，況且這個顯得很有文化的人是擺修鞋攤的曲細，就份外討厭了。王阿姨瞪了曲細一眼，努了努嘴皮子，無聲地罵了一句：多管閒事多吃屁。

曲細又笑了：王阿姨，妳在罵我多管閒事多吃屁吧？妳嘴巴一動，我就曉得妳拉的是什麼屎。

王阿姨尖叫一聲：你嘴巴才拉屎！

十

王阿姨沒有機會揍阿撲了，阿撲死了，死在水果超市倉庫的冷庫裡。毛小軍把硬邦邦的阿撲拎到切麵舖門口，「砰」一聲丟在地上：是牠自己跑進我家冷庫裡去的。說完，頭也不回地走了，正在切麵機上軋麵的阿姨驚得目瞪口呆。

死掉的阿撲趴在切麵舖門口，像一堆從陰溝裡挖出來的拖把布，又經過低溫冷凍，一副髒兮兮、硬翹翹的樣子。王阿姨穿著白衣白褲的工作服，坐在堆滿白麵和白米口袋的切麵舖裡，像哭親娘一樣哭著阿撲：阿撲啊——我的親阿撲——你死得慘啊——

曲細丟下修鞋攤，跑過來看了一眼硬翹翹的阿撲，心裡暗暗吃驚，臉上卻保持著見多識廣的平靜。曲細勸王阿姨：好了好了，不要哭了，死的是貓，又不是人，看妳哭得，把切麵舖搞得像間靈堂。

其實平日裡的切麵舖也是這般堆滿雪白的米麵口袋的，平日裡的王阿姨也是身穿一套白衣白褲的工作服，這工作服是她花十塊錢從一個麵粉廠退休工人手裡買來的，可平日裡的切麵舖充滿了豐收和富足的糧食氣息，今日裡卻成了素縞裝飾的靈堂。區別就在於，平日在舖子裡軋切麵做生意的王阿姨總是笑咪咪的，今天她卻哭了，並且是撕心裂肺、呼天搶地，還帶有不確定的調性，如同唱歌，偶爾調門起得太高，高處不勝寒，王阿姨的哭聲攀到高處，就會啞掉，嘶啞的哭聲就達到了更為淒慘的音效。可見得，在同樣的地方做不同的事，將使這個地方產生不同的氣質和氛圍。

王阿姨花了半天時間，用哭聲訴說了捕鼠成績絕對優秀的阿撲偉大而光榮的一生，同時也控訴了害死阿撲的罪人。王阿姨帶著哭腔的訴說包含了很多懸念，她說，她要把阿撲的屍體摔到毛小軍的臉上，阿撲怎麼會死的？毛小軍昨天那一拳，使了多大力氣？雖說沒有立即就死，可腦袋裡肯定內出血了，可憐這死貨，還被毛小軍關進冷庫，說什麼自己跑進去的？阿撲還會自己開冷庫的門？可憐我的阿撲，只好去給老炳做伴啦……王阿姨活潑潑的哭訴令圍觀的群眾不禁想到水果超市後面的那間倉庫。老炳已經死了四個多月，人們快要把他忘記了，人們也差不多要忘了，毛小軍的倉庫，就是老炳活著時居住的地方，也是老炳結束自己生命的地方。凶宅，果然出了凶事，雖然死的只是一隻貓，但畢竟，也是一條生命。

阿撲無辜而又無奈地撲在切麵舖門口整整一天，從硬翹翹變得軟塌塌，最後成了一堆濕漉漉的髒抹布。這一整天，毛小軍始終未露面，水果超市亦是關閉著。直到傍晚，圍觀群眾紛紛散去，王阿姨也沒有等到前來負荊請罪的毛小軍。大熱天的，再等下去貓屍就要發臭了，王阿姨找來一個用過的麵口袋，把阿撲裝進去，提起袋子朝毛小軍家走去。

王阿姨提著沉甸甸的麵口袋敲開了水果超市的門，開門的不是毛小軍，是小孃孃。小孃孃歪著差不多要折斷的身軀，在弄堂頂上照下的一線黯淡餘暉中，可憐巴巴地看著哀傷而又凶悍的切麵舖老闆娘：王阿姨，毛小軍不在家，有話妳對我說。說著伸出捏了薄薄一疊錢的手：鈔票不多，妳先拿著。

王阿姨一摸就知道，那疊錢頂多一千塊，就把錢推回給小孃孃：阿撲會撲老鼠，花五千塊也買不到這麼靈的貓。

小孃孃瘦削的臉上滿是歉意：王阿姨，妳先拿著，以後我再補妳，不要告訴毛小軍，好不好？說著，把錢塞進王阿姨的工作服口袋。王阿姨看著眼前的小孃孃，臉色慘白，嘴唇烏紫，消瘦得不像樣，難不成真的犯了心臟病？

王阿姨醞釀了一肚皮的罵人話終於沒敢噴出來，她為自己沒把阿撲的屍體摔在小孃孃臉上而感到慶幸，要是小孃孃看見阿撲死翹翹的樣子，說不定會犯心臟病。

小孃孃的腦袋縮了回去，捲簾門上的小門洞無聲地關閉了。王阿姨拎著麵口袋站在門口，她心裡有些慌張，又很好奇，正想著，卻聽曲細的聲音從身後傳來：王阿姨，妳還記不記得，蘭生阿爹是哪一年死的？

曲細的聲音在將黑未黑的天色中傳來，如同一道幽然閃過的鬼火。王阿姨腦殼一暈，手裡一鬆，裝著阿撲的袋子就「撲通」一下落在了地上。

蘭生阿爹什麼時候死的，王阿姨記不清了，只知道是很多很多年前的事，那時候自己還是個大姑娘，小孃孃還是個小孩子。曲細又問王阿姨：那妳還記不記得，老炳菸雜店是哪一年開出來的？

王阿姨說：老炳人都死了，還提他做什麼？

曲細收了笑，尖瘦的臉上堆起一派正氣：王阿姨，那麼妳再回憶回憶，蘭生阿爹死的時候，是誰替他發的喪？

王阿姨答得很不耐煩：我怎麼會曉得別人家的事？

曲細冷笑一聲：哼哼，有個祕密，大概丁香弄裡只有我一個人知道，毛小軍自己都沒想到，他一不小心就暴露了……王阿姨好像對曲細即將宣布的唯有他知道的祕密不太感興趣，她打斷曲細的話頭：哎，你知道狂犬病疫苗要打幾針？

曲細被王阿姨打斷後，話題內容就轉了方向：一個月裡要打五針，這個月我是不會去毛小軍店裡買水果的，不安全，說不定他真的染上了狂犬病，發作起來，撲上來咬我一口，不得了……王阿姨被曲細說得驚出好幾身冷汗，又緊著替自己開脫：我家阿撲沒病的，再說阿撲又不是狗，阿撲是貓，狂犬病是狗病，不是貓病。

曲細「吱吱」地笑出聲音來：王阿姨，妳真是無知，照妳這麼說，只有牛才會得牛皮癬，羊才會得羊癲瘋了？

曲細說王阿姨無知，這讓王阿姨有些惱羞成怒，她白了曲細一眼：你是老鼠投胎吧，怎麼笑起來「吱吱吱」的？我問你，看狂犬病要花多少錢？

曲細對王阿姨的持續無知抱以嗤之以鼻：多少錢？不死就是奇蹟了，要是真的染上狂犬病，十天，只消十天，準保翹辮子。

王阿姨頓時臉色大變，本來她擔心的是自己染上狂犬病，後來她更擔心毛小軍染上狂犬病，若要她賠個幾千上萬鈔票，那還不如自己得狂犬病。現在，她忽然發現，自己完全有可能已經命在旦夕，頓時眼眶一紅，拎起掉在地上的麵口袋，急匆匆朝自家方向一路碎步奔跑而去。曲細的聲音從身後面追來：跑什麼？毛小軍都沒跑，妳又沒染上狂犬病……

王阿姨沒心思聽曲細說話，她急著回去把麵口袋裡的阿撲消毒火葬，最好再去一趟醫院，給自己也打上一個月狂犬病疫苗。曲細看著王阿姨慌裡慌張逃跑的背影，遺憾地搖了搖頭。其實，曲細找王阿姨，就是想與她聊一聊丁香弄裡人和事，王阿姨的歲數和曲細差不多，他們有共同記憶，想必也有共同語言，比如，他們可以探討一下早已故去的蘭生阿爹，再說一說最近死去的老炳，說一說兩次懷孕卻又兩次流產，如今瘦成一副骨頭架子的小孃孃，以及小孃孃嫁的那個比她小十歲、喜歡待在冷庫裡喝酒的男人毛小軍，有必要的話，還可以說一說唯有曲細發現的那個祕密……

曲細的腦袋像一架電影機，這輩子見識過的奇人怪事，以及丁香弄裡發生過的謎一樣的往事，一幕幕地在他腦中反覆播放，他那顆腦袋裡就迸出了不少靈感，他很想找個人來分享他的奇思妙想，可是王阿姨不聽，顯然，曲細找錯了對象。曲細在腦中數了一遍丁香弄裡可以聊聊的人，竟沒有一個是合適的。夜幕中，曲細劃拉著兩條細腿，走在回家的路上，這會兒，他忽然有種曲高和寡的孤獨感。這真是一種奇怪的感覺，因為有了這種感覺，曲細的腰板好像挺得更直了，腦袋也昂得高高的。

十一

小孃孃水果超市開張已經兩個月，立秋已過，氣溫還是三十度，風卻不再發燙。這兩個月，本應是水果銷路最好的時候，西瓜、甜瓜、上海蜜梨、玫瑰葡萄，一波接一波地上市，可小孃孃水果超市卻門口羅雀。起初，人們對毛小軍是否患上狂犬病沒有把握，都抱著觀望的態度，不敢去買水果。一個月的狂犬疫苗針打完後，水果超市的生意並沒有好起來，死水微瀾的意思。

毛小軍呢，似被挫傷了積極性，不再像過去那樣賣力，水果超市的捲簾門，倒是天天敞開著，可沒有多少顧客，堆在貨架上的水果大多黯淡無光，品種也不太豐富。毛小軍就在收銀機邊擺個藤椅，整天坐著，翹個二郎腿，叼個菸頭，似笑非笑地看著丁香弄裡來來往往的人。有人來買水果，他就讓客人自己動手挑揀，裝袋過秤，收錢完事。遇到女顧客來買水果，他倒是會調侃一下人家的腰腿和屁股，或者說上幾句笑話。來得最多的，要數裁縫店阿芳。阿芳不是來買水果的，阿芳是來聽毛小軍說葷段子的，不過，阿芳總是會象徵性地買一串葡萄，或者選一只很小的黃金瓜，毛小軍沒有讓這位忠誠的聽客免費吃水果，他照樣收她的錢。

那一日，阿芳托著個保鮮盒進了水果超市，阿芳說：我做的湯糰，鮮肉的，快趁熱吃。毛小軍也不客氣，打開盒蓋，當即吞了一個。湯糰很大，毛小軍鼓了一嘴糯米鮮肉，阿芳急不可待地問：好吃嗎？好吃嗎？毛小軍瞪著眼珠子嚥下半嘴食物，含混道：真大，比你胸口兩個球還大。

阿芳的臉騰一下紅了：也沒那麼小吧？毛小軍往嘴裡塞了第二只湯糰，鼓著嘴說：那是，妳比湯糰還是要大一點的。

呸！你又沒見過，怎麼知道我大不大？阿芳佯裝要奪保鮮盒。

毛小軍一閃身：好好，我錯了，妳大妳大，講個故事給妳賠罪。

阿芳就罵他：十三點，我又不是小孩子，不聽故事。

毛小軍一邊吃湯糰，一邊說：大人也可以聽故事的。

阿芳不再反駁，靠在貨架邊，一臉神往地看著毛小軍。毛小軍端著裝湯糰的保鮮盒開講：那一年，居委會康老頭做消滅蒼蠅蚊子的動員，天熱，都穿短褲，康老頭講到激動，一隻腳抬起來放到椅子上，小二就露出來了。聽報告的人在下面看見了，開始嘁嘁喳喳講話，他以為大家不耐煩，就說：「這只是個頭，後面還長著呢。」……

阿芳一陣大笑，一邊笑，一邊舉起拳手捶打毛小軍的肩膀。毛小軍被她捶得渾身搖晃，還不忘問：好聽吧，這個故事妳沒聽過吧？

阿芳說：再講一個。毛小軍興致不錯：可以，那我再講一個。有一個男人，在女朋友面前秀肌肉，他脫下上衣給女朋友看肱二頭肌，說這個相當於五十公斤炸藥，又脫下褲子指著大腿說，這相當於一百公斤炸藥，接著脫下內褲，女朋友奪門狂奔，嘴裡驚叫，天吶！引線這麼短！

阿芳笑得前仰後合，眼淚都出來了。丁香弄裡好像從來不缺段子手，以前聽老炳講，現在聽毛小軍講，作為丁香弄裡的女人，阿芳真算是有福的。阿芳笑了很久，笑完，還要叫毛小軍再講一個，眼角餘光一瞥，水果超市後面的暗處，似乎有個人影一閃而過，卻並未看得真切。毛小軍大概也發現了，把最後一只湯糰塞進嘴裡，保鮮盒還給阿芳，還說了聲「謝謝」，轉身進了超市後面的屋裡。

毛小軍與別的女人只是過過嘴癮，對小孃孃，那才是一如既往的深情，張口閉口「我家小孃孃」，早點要買小孃孃愛吃的桂花赤豆糕，蔬菜要挑小孃孃喜歡的上海青，買條鯽魚，也總是對魚老闆說，小孃孃只喜歡四兩重的小河鯽，大了肉粗，小了刺多……對此，曲細曾經一針見血地道出了本質：毛小軍必須對小孃孃好，一個上門女婿，要是被小孃孃掃地出門，就是個窮癟三……

誰都知道，毛小軍一個外鄉人，出身寒貧，赤手打拚，能過上現在的日子，多虧和小孃孃結了婚。娶小孃孃做老婆，毛小軍決計不吃虧，雖說年齡大一些，但大娘子會照顧人，作興還有著豐厚的家底。只是最近，小孃孃的再度流產，使她改變了一貫的性情，她不再是過去那個潑辣辣的小孃孃，那個聽了老炳的葷段子就會笑出一片浪花的小孃孃，也不是站在水果鋪裡和女顧客家長里短、和男顧客打情罵俏的小孃孃，她以一家水果超市的名字的方式，高高地懸掛在門楣的招牌上，卻幾乎不再露面。她任憑毛小軍在她眼皮底下給別的女人講葷段子，吃別的女人送來的白食，讓別的女人在他身上捶一拳、擰一把，她只躲在水果超市後面的臥室裡，做著一個深居簡出的女人。

小孃孃水果超市裡沒有小孃孃，那還有什麼意思？就好比，過去小孃孃到隔壁老炳菸雜店去買話梅，衝的就是老炳的葷段子去的。丁香弄群眾去水果鋪，不就是衝著被小孃孃拍一下肩膀、戳一下腦門、掐一把腰裡的贅肉去的嗎？這麼看來，水果超市生意一落千丈，不是毛小軍的原因，而是小孃孃的原因了。

不過，小孃孃白天輕易不出現在公眾視野裡，並不等於她晚上也消停，更不等於她這個人就不存在了。有一次，曲細警告阿芳：不要去惹毛小軍，毛小軍對小孃孃那是真心好，妳是挖不掉小孃孃的牆角的，不相信妳晚上趴他家牆根聽聽，叫得哇哇響。能降得住毛小軍的女人，自有她的一套，嘿嘿嘿……

曲細的無所不知實在讓阿芳感到惱火，想想毛小軍除了講葷段子，確是連油都沒揩過她一星點兒。阿芳有些不甘心，論年齡，她和毛小軍同歲，比小孃孃占優勢多了；論長相，雖然她阿芳不算漂亮，可小孃孃現在就是個又病又瘦的老女人，怎麼能和健康壯實的年輕女人阿芳比？唯一可比的，就是小孃孃比她阿芳有錢，毛小軍若是看在錢的份上對小孃孃好，那也是可以理解的。惱火就惱火在，每天晚上還弄出那麼大動靜，生怕別人不知道似的。丁香弄裡誰沒聽見過他們的呼天喊地、神嘩鬼叫？一到晚上，這種令人心旌蕩漾的聲音總要從小孃孃家的門窗縫隙裡傳出來，穿透力還特別強，夜晚的整條丁香弄，都被他們拽入了情欲的海洋，拔都拔不出來。

可是，晚上鬧出多少花樣，喊得再響都沒用，懷不住孩子的女人，毛小軍還死守著不放，真是笨蛋，以後不給他做鮮肉湯糰吃……阿芳想得氣憤，右手「啪」一聲拍在操作台上，一陣劇痛，手掌被裁衣剪刀戳掉了一塊皮。

十二

傍晚六點，曲細依舊要去小孃孃水果超市買兩根香蕉，熟到將爛的，從整串上掉下來的那種。曲細從一而終地忠誠於小孃孃水果超市，是因為他的興趣遠不止水果本身。曲細去買水果的時候，總要關心一下毛小軍的生活狀況，問問小孃孃最近身體好點沒有？再問問毛小軍要不要他阿曲陪他喝個酒解個悶？當然，問到最後，總要言歸正傳，爛香蕉幾錮一斤？被碰出斑的蘋果又是幾錮？最近有顧客反映，說你的水果有很多「殭屍果」，分明是在冷庫裡儲存太久，不新鮮了，毛小軍，做生意賺錢沒錯，但也不能坑顧客是吧？

曲細自是一個有素質的人，本來他都想好了，毛小軍要是果真請他免費吃水果，那他曲細也會投桃報李，毛小軍兩口子一年四季的鞋，他包修。可現在，毛小軍並沒有把他當「知音」，他卻沒有以牙還牙從此不來買水果，他只是暗暗決定，下次毛小軍來修鞋，他也照收他的錢罷了。不過，曲細並不記得毛小軍有過修鞋的紀錄，小孃孃倒是來修過兩次，一次是給新買的達芙妮皮鞋釘一副鞋掌，還有一次，是麂皮短靴的拉鍊壞了，換一個拉鍊頭。曲細基本上賺不到毛小軍的錢，自然更不能在嘴上吃太大的虧，每天傍晚和毛小軍的那幾句交談，是他智慧的腦袋得以運用和發揮的最佳機會。

「毛小軍，你沒見過你的老丈人蘭生阿爹吧？」曲細問，三角眼盯著毛小軍。

「我怎麼可能見過？我老丈人在我家小孃孃十歲的時候就過世了。」毛小軍不以為然。

「那你肯定曉得，以前你老丈人就是開水果店的，算是有點家底的人了。」曲細再問。

毛小軍點了點頭：「聽我家小孃孃講過一點點，不過老爺子會賺也會花，吃喝嫖賭樣樣玩，都敗完了，到我家小孃孃手裡，只剩了一間房子一爿店。」

「再敗，也是瘦死的駱駝比馬大，小孃孃有錢，難不成還瞞著你？」曲細繼續旁敲側擊。

毛小軍大手一擺：不可能，小孃孃什麼都不瞞我，小孃孃的帳本都是我管的……哎對了，他娘的曲細，你問這些做什麼？我家小孃孃有沒有錢關你屁事！

曲細「嘿嘿」地笑，笑得一臉意味深長。曲細一笑，毛小軍的臉就黑了，毛小軍的闊臉一黑，就顯得有些凶煞，彷彿就要跳起來打架的樣子。曲細就不再說下去，只道了聲「再會」，拎著兩隻爛香蕉往店外走。跨出門檻，還是忍不住回頭補了一句：要我說，老炳死得知趣，他不把自己吊死，也會被人殺掉的。

毛小軍猛地一甩手，朝曲細扔來一隻爛桃子，正好砸中當胸口。曲細絞麻花一樣絞著兩條細腿，一邊逃一邊叫嚷：毛小軍，君子動口不動手，玩笑都開不起，還是不是男人……聲音未落，人影卻已不見。

這一邊，毛小軍黑著臉，「呼哧呼哧」直喘粗氣。卻聽得門臉內的房間裡，傳出小孃孃貓叫一般孱弱的呼喚：毛小軍，毛小軍，給我倒杯水，要熱的。毛小軍忙不迭地往裡跑，黑臉上凶悍的目光霎時變了，變成兩汪不知所措的惶然。這可真是一物降一物，毛小軍對小孃孃，愈發像兒子待親娘了。

曲細的襯衣被爛桃子弄髒了，桃汁看似沒顏色，染在白襯衣上，卻尿跡似的，一大灘黃，洗都洗不掉。曲細很生氣，打嘴仗終歸是文鬥，或者叫辯論，可毛小軍動用了武器，雖說只是一隻爛桃子，但畢竟也是武器，這就升格為武鬥了。武鬥，那就是敵我矛盾，曲細深知「人不犯我、我不犯人；人若犯我，我必犯人」的理論，他要好好想想，如何用一種不見硝煙的方式去打敗敵人，君子報仇，十年有點晚，但也不在一朝一夕，而在天長日久。這麼一想，曲細就做好了與毛小軍打一場持久戰的準備。

然而，被毛小軍的爛桃子襲擊之後的第二天，曲細發現，水果超市又閉門謝客了，關了整整一天，不知是不是小孃孃又病了。第三天，竟還不開門，曲細就有些狐疑了。對於丁香弄裡不符合常規的現象，曲細總有一種要去過問一下的責任感，他很想去敲開水果超市的門，問問毛小軍，是小孃孃病了，還是生意不想做了。不過曲細還是憋住了，他沒去敲門，水果超市雖然關了兩天，可一到晚上，後面的屋裡一如既往地會發出呼天叫地、鬼哭狼嚎的聲音，曲細聽見了，丁香弄群眾也聽見了，這說明一切都正常。弄堂裡的小孩子聽見了，卻還是要不厭其煩地告訴大人一聲：水果店爺叔和孃孃又打架了。大人憋著呼之欲出的笑，一臉正經地訓斥：小囡家，不許多嘴。心下裡卻想，毛小軍太年輕，太旺盛，天天厮磨到半夜，小孃孃怎麼吃得消？

也許是毛小軍太想要孩子，急吼吼了，那種聲音，第一次聽到的人，確會以為是老公打老婆，鬧家暴呢，只有丁香弄群眾是知底細的，見怪不怪了。

第四天早晨，曲細剛在街口擺出修鞋攤，王阿姨的切麵鋪才開張半小時，裁縫店的阿芳還在睡回籠覺，兩輛警車一前一後開進了丁香弄口。從警車上跳下來的刑警一徑開入水果超市，人們還沒明白發生了什麼，刑警就拉起一根紅白間色的隔離帶，攔住了圍觀的人群。水果超市那道捲簾門只開了半人高，群眾看不分明，卻也感覺到了事態的嚴重性，看起來是發生了凶案。果然，一個多小時以後，兩個穿藍大褂戴口罩的工人抬著一個沉甸甸的黑色裹屍袋，從捲簾門裡鑽了出來，前面一個員警喊著「閃開、閃開」，那個裝著不知道是誰的屍體的袋子，被工人塞進警車，然後一聲轟鳴，呼嘯著絕塵而去。開道的員警又折回水果超市門口，喊了一聲：大家散了吧，不要影響我們辦案。說完一貓腰，又鑽進捲簾門，「嘩啦」一聲，丁香弄的群眾生生地被一道銀色金屬大門完全隔離在了水果超市外面。

曲細在人堆裡擠來擠去地問：誰死了？是誰死了？

還能有誰？小孃孃嘍，這個女人，平常就病懨懨，一副薄命相。不知道誰說了一句，旁人紛紛贊同，都確定地認為死者肯定是小孃孃無疑。曲細心下裡也暗暗吃了一驚：果然，小孃孃死了。曲細一開始就判斷，肯定是小孃孃出事了，可他沒有先於別人說出答案，這使他頗覺不爽。本來他是想觀望一下情況再下結論，看來是過於保守，錯過了先機。不過，曲細還有別人不曾掌握的祕密，這一回，他必須搶在別人前面率先宣布，他必須讓丁香弄裡的人們認識到，他曲細是一個先知先覺、明察秋毫、思維縝密的人……曲細劃拉著兩條細腿，走到人群最前方，清了清嗓子，放大音量，大聲喊道：靜一靜，靜一靜，你們，有誰曉得兇手是誰嗎？

人群一陣譁然，緊接著一片寂靜。好，效果達到了，曲細想，於是咳嗽了兩聲，一字一句地宣布道：以我的推理，那就是，毛——小——軍！

寂靜的人群開始發出喊喊喳喳的議論聲，有人向曲細喊話：你認為兇手是毛小軍，我還認為兇手是曲細呢。此話一出，人群「轟」一下笑起來。曲細對不明真相的群眾還是很寬容的，他沒有生氣，一點都不生氣，他把瘦小的自己扮演成蘇聯老電影裡那個正在演講的列寧，左手插在腰部，右手插向斜前方的空氣，重複了一遍剛才發表的意見：推理，我說的是推理，按照我的推理，兇手就是毛小軍！說著，運籌帷幄的手掌狠狠地往下一劈，乾脆俐落、神勇豪邁。

可是人們並沒有因為曲細鏗鏘有力的語氣和豪邁英勇的手勢而認同了他的意見，有人追問：為什麼是毛小軍？你要拿出證據的。曲細朝發出聲音的角落斜了一眼，鄙夷地笑笑：證據？我想，我應該向公安局提供，而不是在這裡宣布。

就有人大聲喊：曲細，你是福爾摩斯嗎？不對，你應該叫曲爾摩斯，也不對，叫細爾莫斯……人群開始冒出「嗷嗷」的起哄聲，曲細一聲冷笑，動了動嘴唇：哼！無知！

無知的人群和唯我獨醒的曲細在水果超市門口等待著，員警還在水果超市裡忙碌著，緊閉的捲簾門無法使門內的真相立即破門而出，人們被隔在弄堂口，個個臉上堆著好奇和焦急。曲細也很著急，可他面上表現出的卻是沉穩和淡定，他不斷地對身邊的人強調：等員警查完現場，就會來找我調查情況，我要跟他們去公安局錄口供，這樣對抓住兇手有幫助……

員警鳴鑼收兵已是接近正午，他們從捲簾門裡魚貫而出，收起攔阻現場的隔離帶，一個個跳上警車，稀哩嘩啦地全走了。並沒有員警來找曲細瞭解情況，也沒有人帶他去公安局錄口供，曲細落寞地站在水果超市門口，默默地罵道：我操你娘，毛小軍肯定是兇手，丁香弄裡除了我，沒有人知道真相，只有我知道……

十三

然而，智慧的曲細前所未有地遭遇了滑鐵盧，他的推理居然大錯特錯。從小孃孃水果超市裡抬出來的那個裹屍袋，裝的不是小孃孃，而是被曲細疑為兇手的毛小軍！

毛小軍死了，沒有人相信毛小軍居然會死，還不是染上狂犬病瘋死的，而是和阿撲一樣，死在水果超市後面的小冷庫裡。據說毛小軍死的時候是坐著的，屁股貼在冷庫的地板上，背靠一排製冷管，身旁是十多箱水果。沒有遺書，地上卻有一個空酒瓶，白色透明玻璃，五百四十毫升容量，商標完整，正面寫著四個字：乙級大麯。刑警調查後認定為非他殺，屬酒後意外死亡。

丁香弄裡的群眾怎麼都想不通毛小軍會死，那麼生龍活虎、脾氣暴躁的男人，竟是酒後意外死亡，還死在冷庫裡。人們根本理不清頭緒，不約而同地，就想到了老炳，想到那個把自己掛在晾衣架上死去的老男人。看來這凶宅，實在是凶險，倘若算上阿撲，就是三條命了。可是，老炳至少還有一個自殺的結論，毛小軍卻連死因都沒有了，蹊蹺得厲害。對了，小孃孃呢？小孃孃在哪裡？有人陪她嗎？

這麼說的時候，大家才意識到，他們太重視死去的毛小軍，而忽略了還活著的小孃孃。從上午案發到傍晚此刻，一整天都未見小孃孃的身影。事實上，丁香弄裡的群眾已經很多日子沒見過小孃孃了，夜間倒是常聽見她呼天叫地、鬼哭狼嚎的聲音，白天，難得有人見到她。毛小軍這一死，小孃孃該多傷心啊！病歪歪的人，不會哭暈了吧？人們議論紛紛，卻沒有人敢去敲一敲水果超市的門，陰氣太重的房子，誰都不想進。

卻見王阿姨從切麵舖子裡跑出來，嚷嚷著：我一早看見過小孃孃的，她跟浦東好婆去鄉下了，有個外來戶養了三個女孩，最小的那個剛生下來，要送人，浦東好婆牽線搭橋，帶小孃孃去和人家談價錢了。

人群中發出一些歎息聲，有人說，小孃孃幸好不在家，要是看見現場，還不嚇死？也有人說，男人都沒有了，還要孩子來做什麼？一個寡婦，獨自撫養孩子，很辛苦的。有人不同意，說男人沒有了，更應該領一個孩子來作伴，要不這日子還有什麼過頭？在場的人，誰都想插一句，七嘴八舌的，好像毛小軍一死，丁香弄裡的群眾就擁有了替毛小軍的遺孀規劃未來生活的權利和責任。唯有曲細彎著兩條細腿站在一旁默不作聲，適才沒公布死者是誰的時候他還很活躍，這會兒他卻是一副受挫的委屈相，滿臉的不服氣中，還帶了一些無辜和無奈。

有人沒忘記要調侃一下曲細，說曲細你不是推理出來兇手是毛小軍嗎？現在毛小軍變成死者了，依你的推理，兇手又該是誰？

曲細有些心不在焉，他沒聽見有人在問他話，那會兒，他腦中想到一個問題：倘若要讓毛小軍死，冷庫的確是最合理的地方了。這想法讓曲細渾身的汗毛霎時間全都豎了起來，大熱天的，竟控制不住地打起了寒噤。站在一旁的王阿姨發現曲細在發抖，問：曲細你做啥？打擺子啦？有沒有發燒？

沒有沒有，曲細慌忙解釋：我是為毛小軍感到惋惜。我猜想，毛小軍是到冷庫裡去喝酒，喝醉了睡在裡面，凍死的……

他為啥要到冷庫裡去喝酒？他腦子有毛病啊！阿芳在旁邊尖聲問。群眾也和阿芳一樣，不太相信曲細的話，都問：你怎麼曉得？你看見毛小軍到冷庫裡去喝酒了？

曲細想了想，答了一句沒有任何意義的話：那就是他的命了。

曲細本想告訴大家，毛小軍請他在冷庫裡喝過一次酒，還對他說了很多很多不該說的話，喝完酒毛小軍就睡在了冷庫裡，要不是自己給他蓋上棉大衣，上次他就該醉死在裡面了。可是曲細沒說，曲細沒有心情和那些烏合之眾待在一起，他離開意猶未盡的人群，回到修鞋攤上，把一地的橡膠皮、舊鞋子、榔頭、釘子、膠水拾起來，收好攤，憂心忡忡地回了家。

那天夜裡，曲細躺在床上一直睡不著，他總在想著這麼幾個問題：冷庫的溫度調到幾度，才適合儲存水果？那個溫度，能凍死人嗎？一個月前阿撲在冷庫裡硬翹翹地被凍死，那就是一次警告，毛小軍卻沒意識到死神正在靠近他，這就是他命裡該死了……

曲細想著想著，腦中卻莫名地閃過二十多年前的一幕，蘭生阿爹發喪的那日，青年老炳牽著十歲的小孃孃，沉默著一路走出丁香弄，那樣子，就像大兄長牽著自己的小阿妹。曲細知道，小孃孃是蘭生阿爹的獨養囡，小孃孃沒有兄長。

蘭生阿爹去世那時節，正是白蘭花開的六月盛夏，曲細還記得，蘭生阿爹的靈台上插著一束新鮮的白蘭花，小孃孃頭上戴的孝，也是兩朵串在一起的白蘭花。站在小孃孃背後，離得遠遠的，就能聞到一股香氣從那邊飄來，有點淒清，還有點優雅。

蘭生阿爹到丁香弄裡來開水果店的時候，曲細還是個沒得過小兒痲痹症的健康兒童，曲細最喜歡到水果店裡去玩，也吃過無數次蘭生阿爹給的橘子……如今，丁香弄裡的老鄰居，死的死，搬的搬，像曲細這樣沒錢買房依然留居此地的，沒有幾個人了。世道變得真是快，可再快，也沒有人心變得快，唯有小孃孃，一直那麼喜歡白蘭花，多少年都沒有變，到底是蘭生阿爹親生的囡。

曲細情不自禁地擤了擤鼻子，似乎，一股白蘭花的香氣正悠悠地飄入鼻息。曲細深深地吸了一口氣，內心裡持續許久的忐忑不安，竟漸漸地平復下來。其實，冷庫調到幾度才適合儲存水果，也是沒有唯一標準的，毛小軍喝多了，凍死在冷庫裡，那叫咎由自取。躺在床上的曲細平靜地想，一會兒，也就睡著了。

二〇一六年八月六日初稿，於復旦江灣
二〇一六年八月十五日修改，於復旦江灣

甘草橄欖

一

劉萌萌要結婚了，大喜日子選在五一長假。三十二歲的剩女終於熬到出嫁，父母決定把婚禮搞得隆重一些，婚紗照要去龍攝影拍八千八百八十八元一套的，喜糖要發精裝德芙巧克力，婚宴至少請十桌，要擺在新錦江酒店頂樓的旋轉餐廳，宴會廳裡裝一個大螢幕，到時輪番播放劉萌萌從出生到結婚具有代表性的照片，滿月、足歲、入學、畢業……總之，規格盡量高，這可是一輩子的大事。

劉父與劉母你一言我一語商量得眉飛色舞，劉萌萌用眼角餘光瞥了一眼大衣櫃鏡子裡的自己，壯大肥厚的一團，一如既往的胖，心頭便習慣性地涼了一涼，插嘴道：喜酒不要辦了，我和老顧說好了，去麗江旅行結婚。

老顧是劉萌萌的未婚夫，曾經有過一次婚姻，兩年前妻子得肝癌去世了，留下一個十歲的女兒。

劉母不支持旅行結婚：怎麼可以不辦喜酒？人家小孩結婚我們送了禮金的，我們要是不辦，就收不回來了。

劉父接過劉母的話：萌萌，我覺得，我們總要舉辦一個儀式吧，也好表示一下……

表示一下什麼？劉父沒說下去，其實他心裡想的是，認認真真辦個儀式，是為向親友們隆重宣布，他們的女兒終於嫁出去了。

劉萌萌能夠嫁出去，真是一件不易的事。這十年來，各路親友為她牽線搭橋，介紹了至少一打男朋友，可始終沒有遇到一個讓她滿意的。也難怪劉萌萌不滿意，三姑六婆給她介紹的男朋友不是長相奇醜，就是有明顯缺陷。劉萌萌的確胖了點，一米六二的個頭竟有一百七十斤，人胖容易出汗，臉部皮膚的毛孔便顯粗大，看上去，就是一個長相不太精緻的胖女人。照理胖也沒什麼錯，可人們彷彿商量好了似的，不約而同地把劉萌萌的肥胖當成了一種殘疾，歪瓜非得配上裂棗，才是門當戶對的姻緣。幾次三番，劉萌萌就把相親活動走成了一種安慰父母的形式。與那些殘疾抑或半殘疾男人多見一次面，就是多一次機會證明她的肥胖無疑也是一種殘疾，這於劉萌萌來說近乎殘酷，所以大多是一面之交，再沒有後文。

每次相親結束，劉萌萌都要去一趟火鍋城，叫上一個麻辣鍋，獨自坐在小包間裡，肥牛鴨腸豬血豆腐一頓大啖。對她來說，相親恰是一次精神虐待，只有通過放縱地吃上一頓，才能安撫受傷的心靈。劉萌萌心情不好的時候特別想吃，心情好的時候倒沒有什麼食欲，可是劉萌萌很少有心情好的時候，所以，劉萌萌就總是想吃、吃、吃……吃完火鍋，也沒別的地方可去，就回家。這一夜，劉萌萌就會失眠，不知因為吃得太多睡不著，還是又一次相親失敗導致情緒悲觀的緣故。便開了電視看，夜半三更，大多是電視連續劇重播，劇集之間總是插播大段電視購物，不是豐乳產品，就是減肥藥貼。

劉萌萌快速按動遙控器，電視頻道閃電般翻換。一對對肥白豐碩的乳房滾滾湧出螢幕，如同過年時北方農家剛出籠還冒著蒸汽的一屜屜白麵大饅頭，讓人忍不住想伸手上去摸一摸，或者乾脆捧一對下來抱在懷裡……換頻道，一個尖銳亢奮的女聲喊叫著一遍遍告訴電視觀眾：只要三十天，三十天，哇！簡直難以置信，瘦了二十五斤，快來訂購吧，減肥藥貼，讓您瞬間變成蠻腰平腹細腿翹臀骨感美女……一個肥胖的女人輪廓在藥力作用下迅速縮小、縮小，最後變成了一個苗條的輪廓……

劉萌萌看著電視購物，就覺得很可笑。從來沒有人把豐乳和減肥做成同一款產品，諸如清洗和護髮功能兼備的二合一洗髮水。可見，減肥和豐乳是兩樁背道而馳、不共戴天的事，肥胖的女人必定擁有一對豐碩的乳房，而骨感的美女一定平胸。倘若這個骨感美女居然擁有一對豐胸，那就有必要懷疑這對豐胸是不是天然所成。

劉萌萌情不自禁地伸手探入內衣，手指像幾條肥胖的蚯蚓，蠕動著鑽進胸罩罩杯的鋼絲托邊，很輕易地，她觸到了自己碩滿甚至沉甸甸的胸，柔軟而不鬆懈，結實而不堅硬。蚯蚓中最長的那根中指繼續探尋，於是就觸到了一粒正在休眠中的未成熟的梅子，有些艱澀和生硬，梅子忽然甦醒過來，嗷嗷待哺的幼鳥一般，張開小嘴兒探頭而出。劉萌萌心頭一驚，像是摸到了電門，蚯蚓條件反射似地縮了回去。這是一種既令劉萌萌產生恥辱感，同時又讓她欲罷不能的觸摸，這觸摸的記憶遙遠到近乎依稀不辨，可記憶依然存在。

多年前，一個豔陽初秋的午後，少女劉萌萌躺在窗下的一張單人床上，她在吃一顆甘草橄欖。屋裡正播放音樂，鄧麗君的一首歌，綿軟而抒情。劉萌萌的嘴裡瀰漫著甘草的甜味和橄欖的清香，心裡卻滋生出一些酸甜交織的奇異感覺。陽光從窗簾縫隙裡漏進來，灑在她撩起衣服的身軀上，她開始犯睏……幾條蚯蚓，並不肥胖卻有些笨拙的蚯蚓，它們探尋而來，它們在她身上攀爬、觸摸，她甚至不能確知正在發生什麼，可她並不反感那幾條笨拙的蚯蚓，就像一個隱蔽多年的祕密正在被揭開，她甚至好奇而有所期待。斑駁的陽光落在她裸露的小腹上，她感到溫暖並且略有眩暈，小股的快樂從腹部雀躍而出，直衝胸腔。她閉著的眼睛睜開一條縫，一個黑叢叢的頭顱，頭顱下是一張垂著眼皮的白皙面龐，面龐兩側撒著幾顆青春痘，因為緊張和羞怯，青春痘微微發紅……她眯起眼睛看向窗台，太陽花在玻璃外的陽光下開得肆無忌憚，黑色的泥盆裡冒出一朵朵紅色、黃色、白色的小花。她覺得暖熱舒坦極了，就好像，她是那些花的其中一朵，正在午後的日照中開放得恣意而張狂……

二

劉父劉母考慮再三，同意了劉萌萌的部分條件，劉萌萌也略作讓步，答應辦喜酒，只是不想擺在新錦江頂樓旋轉餐廳，也不想請那麼多人，更不想播放什麼成長照片，就在請柬上貼一張婚紗照，簡潔明瞭。

第二天，劉萌萌去老顧家商量結婚的事。老顧矮矮地坐在一張小板凳上，正為女兒瓜瓜修一只音樂盒。這只音樂盒是瓜瓜過十二歲生日時劉萌萌送的禮物，粉紅色雕花盒子，盒頂站著一個白紗裙少女，按一下電鈕，少女會轉著圈子跳芭蕾舞。瓜瓜很喜歡，接過盒子亮亮地喊了一聲「謝謝萌萌阿姨」。

可是盒子在瓜瓜手裡捧了不到半天，芭蕾少女轉了十來個圈子，就卡殼不動了。瓜瓜很聰明，由此及彼，由表及裡，想到了更為實質性的問題，便捧著壞掉的盒子鄭重其事地對老顧說：爸爸你可要當心，連生日禮物都送個假冒偽劣產品，這種女人怎麼可以相信？

十二歲的孩子，已經學會成年女性對萬事的判別方式，也不知是她自己的想法，還是外婆教育的成果。總之，為了和老顧結婚，劉萌萌在瓜瓜身上下了不少功夫。

劉萌萌對老顧說：喜酒還是要辦一下的，要不我爸媽這邊交代不過去。婚紗照也是要拍的，一輩子的大事，總要留個紀念。

老顧低頭拆音樂盒，嘴裡叼著半截香菸，兩條眉毛緊緊聚攏，眉心雕刻出一個川字，含混不清的說話聲與嫋嫋的煙霧一起從他嘴裡噴吐而出：一把年紀了，拍什麼婚紗照？

老顧說話聲音太輕，劉萌萌沒聽見：要抓緊時間了，離五一還有兩個月，這個週末去「龍攝影」看看。至少要提早一個月把請柬發出去，要不五一長假人家都安排出去旅遊了……

老顧抬起頭，黑蒼蒼的瘦手伸到嘴邊摘下菸頭，吐出四個字：不必了吧？

說完埋頭繼續修音樂盒，把個黑白夾雜的頭顱定格在劉萌萌的視線內，劉萌萌便清晰地看到了老顧的頭頂中心，那裡正播放出千絲萬縷的銀線，彷彿一朵黑白夾雜、花瓣稀疏的大麗菊。劉萌萌只覺胃裡一陣抽搐，濃濃的胃酸頃刻間氾濫而上。她忽然想吃火鍋，想去小肥羊火鍋城叫一個麻辣鍋，要上半斤肥羊、半斤肥牛，狠狠地吃上一頓，要不就吃一大塊鮮奶油起司蛋糕，或者大桶和路雪草莓味冰淇淋……

劉萌萌走進老顧家的廚房，打開冰箱，拿出半碗炒青菜、半碗茭白肉絲，和一盒剩飯，一股腦倒進鍋裡，放水煮，起鍋前加了鹽和雞精，朝客廳喊了一聲：吃飯。

老顧嘴裡叼了一根剛點上的菸，吞雲吐霧地回答：妳吃吧，我不餓。

老顧是一個瘦小的男人，與劉萌萌恰恰相反，他好像不太愛吃，做點好菜也是讓瓜瓜吃，自己坐在一邊沉默而嚴肅地看。劉萌萌吃飯，他是不會坐在一邊看的，他只依然做著手裡的活計。起初，他們剛交往的時候，她要吃，他會陪她，可是劉萌萌吃的頻率實在太高，漸漸地，老顧就不陪劉萌萌了。

劉萌萌端著一大碗菜泡飯站在廚房裡吃，還滾燙著，便噘起嘴吹，邊吹邊吃，直吃得嘴唇鮮紅、鼻頭油亮，一碗菜泡飯下肚，淌了一臉的汗，心情才略微舒緩。吃完走出廚房，老顧已經修好音樂盒，正在收拾鑷子、螺絲刀之類的工具。

其實老顧這個人，做丈夫還是很合格的，自從老婆去世後，他擔負起了養育女兒的全部重任，兩年單身男人做下來，老顧的動手能力鍛鍊得非同一般的強，男工女工一律拿手，別說修音樂盒，就是洗衣服、做飯、拖地板、縫補脫線的衣褲，都不在話下，甚至還會給瓜瓜梳辮子……假如沒有遇到劉萌萌，老顧大概還會繼續做一個勤勞節儉並且與世無爭的鰥夫。

老顧是名副其實的老顧，比劉萌萌大九歲，已經過了不惑。這兩人的結識沒什麼戲劇性，劉萌萌在物資回收公司當出納，老顧每週都要把單位的廢絲送去回收公司，久而久之，就認識了。有一回，劉萌萌的包壞了拉鍊，怎麼都關不上，正巧老顧送完廢絲來財務室領錢，就從劉萌萌手裡拿過小包，三兩一弄，好了。從此以後，老顧在劉萌萌面前充分發揮了他的動手能力，老顧給劉萌萌修好了她的MP3，老顧為劉萌萌手工做了一把精緻的指甲銼，老顧給劉萌萌扭傷了的腳踝按摩……某一天，老顧說：這個禮拜天，我請妳吃飯，去我家，好不好？

劉萌萌不怎麼想去老顧家吃飯，那段日子她的心情比較好，食欲大大減退，效果如同參加減肥集中營集訓。可是劉萌萌又覺得，這個胳膊腿腳完完整整的男人，除了有一個十二歲的女兒，幾乎沒有別的缺點，放棄是有些可惜的。這麼一想，劉萌萌就同意了去老顧家吃飯。

那天一早，老顧就把女兒送去了外婆家，劉萌萌到時，他已經做好了三菜一湯，清蒸魚、涼拌豆腐、番茄炒雞蛋、牛肉粉絲湯。劉萌萌像一個矜持的小媳婦，夾了幾筷番茄炒雞蛋，喝了幾口湯，就說吃不下了。接下來，老顧就把劉萌萌帶進了他的臥室，再接下來，老顧就懷抱著柔軟肥白的一大團肉躺倒在了床上……

完事後，老顧說：要不，我們結婚吧。

說完這句話，老顧翻過身，把個背脊對著劉萌萌，鼾聲隨即響起。

老顧結過婚，有孩子，可老顧是認真的。劉萌萌沒結過婚，沒有孩子，劉萌萌也不是不認真，只是略覺失落，畢竟，她是第一次結婚。可是剛才，怎麼就一點都不緊張、不激動？劉萌萌閉著眼睛想，也沒有傳說中劇烈的痛感。可她從沒有和別的男人做過這件事，倘若說有，就該是很久很久以前了。可是，那也算嗎？哪怕當時有一段時日，她老是擔心肚子裡會不會多出一個小娃娃來，但事實上，那根本不能算是真正的男女之事，當然，這也是她長大以後才知道的。可是她不痛，是不是就說明了她不是處女？或者，是豐厚的脂肪起到了保護作用，緩解了那一刻的痛感？劉萌萌糊塗了，她當然希望自己是個處女，可是，倘若是肥胖讓她失去了感知處女痛的機會，那麼她該怪誰？倘若她的男人問起這事，她又該如何解釋？「肥胖」真是一個險惡的小人，它栽贓於她，讓她有口難辯。

劉萌萌忍不住擤了擤鼻子，她聞到一股陌生的氣味，是衣物以及毛髮久未清洗的發酵味。她看了一眼側臥在身邊的老顧，男人完全裹在被子裡的身軀顯得很小，半個黑白夾雜的後腦勺露在外面，凌亂而油膩……已經耗掉大半人生的男人，戀愛、結婚、生育、親人的死亡，他都完整地經歷過一遍，再來一次，等同於重走一趟曾經走過的路，目的，只是為了路盡頭那個飯館、那個廁所、那張床。她怎麼能對這樣的男人抱有浪漫的期冀？

劉萌萌從被子裡坐起來，房內的陳設簡陋陳舊，沒有女主人的家總歸缺少生氣，褪色的花布窗簾闔不嚴，漏著一條縫，沒有陽光透進來，是陰天。劉萌萌往肥肉橫陳的身上套衣服時，不無遺憾地想：老顧不用蚯蚓一樣的手指，老顧很直接……一個結過婚的男人，大概不會介意他要娶的第二個妻子的貞操問題吧？現在的人，哪還會在乎這個？即便是頭婚也不會在乎。

這麼想著，劉萌萌忽然覺得想吃東西，剛才的午飯她只吃了幾口，現在她餓了，很餓。她捅了捅老顧裹著被子的身體：結婚的事，你決定吧。

三

劉萌萌受老顧之託去學校接瓜瓜，瓜瓜鼓著小臉生氣：為什麼爸爸不來接我？

劉萌萌說：爸爸加班，我們去超市吧，妳想吃什麼，阿姨給妳買。

瓜瓜辮子一甩：幹嘛老問吃什麼？就不能買點別的？妳都吃得這麼胖了，還吃？

劉萌萌低頭看瓜瓜，小扁臉上翻著兩隻白眼，薄薄的嘴唇，尖尖的鼻子，一副刻薄相。沒娘教的，劉萌萌默默地罵了一句，不再說話。瓜瓜卻似要痛打落水狗：剛才我同學還說，那個胖女人又來接妳了。

說完，蹬蹬蹬緊走幾步，彷彿羞於和劉萌萌走在一起。劉萌萌跟在後面，兩人一前一後出了校門。拐過路口，瓜瓜回頭等劉萌萌走近，憐憫她似的：好吧，那就陪妳去超市吧。

得了便宜還賣乖，劉萌萌又默默罵了一句，腳下卻加快了步子。

在超市付錢時，瓜瓜看見劉萌萌錢包裡夾著一張黑白照片，照片上有一個十多歲的漂亮女孩。瓜瓜一把搶過錢包：這是誰？

我啊！我的小學畢業照。劉萌萌拿回錢包，抽出照片交給瓜瓜。瓜瓜翻來覆去看了好久：妳小時候漂亮多了。

劉萌萌笑笑：所以妳要當心，別像我似的，越長越難看。

瓜瓜把照片塞回劉萌萌：我才不會！

收銀員說：小姐，八十六元八角，有會員卡嗎？

熟悉的男聲，劉萌萌一激靈，猛抬起頭。收銀員是一位面龐白皙的中年男子，身後站著一個長了一臉青春痘的男青年。中年男子正指點著男青年怎樣收款找零，好像是師徒關係。

劉萌萌有些發怔，嘴裡有甘草的甜味滋生而出，耳朵裡瀰漫著音樂，是鄧麗君的歌，綿軟、柔情，讓人犯睏。她感到眼睛發酸，彷彿被劇烈的陽光耀住了。她想睡覺，想在這綿軟的音樂裡躺在一張單人床上，斑駁的陽光落在她裸露的小腹上，溫暖和眩暈。她閉著的眼睛瞇開一條縫，應該有一個黑叢叢的頭顱，頭顱下是一張垂著眼皮的白皙面龐，面龐兩側撒著幾顆青春痘，因為緊張和羞怯，青春痘微微發紅……小姐，八十六元八角，請付款。男青年重複了一遍中年男人剛才說過的話，中年男人又追加了一句：刷卡還是現金？要塑膠袋嗎？

劉萌萌慌忙拿出一張百元鈔票，一雙手接了過去，長而白的手指在紙幣上彈跳了兩下，熟悉的男聲說：記住，收進紙幣要識別一下，看是不是假幣……

劉萌萌的心臟跟著手指與紙幣的碰擊聲急跳了兩下，不及拿找零，扭頭就走。熟悉的男聲在她身後追喊：哎小姐，妳的找頭。

瓜瓜替她拿了找零，劉萌萌回頭看了一下出口處一長排收銀台，那對師徒占據著第十二號台。出超市時，劉萌萌看見側門玻璃映出自己顯然很是肥胖的身影，突然感到如釋重負。這麼多年過去了，她早已不是原來的樣子，他認不出她了，她想。他們住在同一條弄堂裡的時候，她還是個小女孩，大眼睛，鵝蛋臉，嬌小玲瓏的，腦袋上捆兩個小辮團，《紅樓夢》畫本裡的巧姐兒似的，就像那張小照上的樣子……

劉萌萌忍不住打開塑膠袋，從剛買的零食裡拿出一塊蛋糕，拆開包裝，剛咬了一口，就見瓜瓜正翻著白眼看她。劉萌萌含著蛋糕說：我餓了，先吃，妳吃嗎？

瓜瓜一跺腳，顧自往前走了。劉萌萌跟在瓜瓜後面，嘴裡咀嚼著蛋糕，腦子裡卻是大片大片遙遠而混沌的記憶……

剛進入高中一年級的劉萌萌正在教室裡上課，教導主任忽然光顧他們班級，劉萌萌在眾目睽睽下被叫了出去。到達政教處門口，劉萌萌看到並不十分寬敞的辦公室裡，兩位穿公安制服的員警正襟危坐。

事關三年前那段初秋午後的往事，在員警嚴肅而緊逼不捨的追問下，劉萌萌努力回想著那個午後留下的並不十分清晰的記憶，然後結結巴巴、斷斷續續地講述了整個過程。她從不認為那是一件多麼嚴重的事情，大概只能算是一種因好奇心使然的遊戲，就好像摘到一枚不認識的野果子，不知道甜不甜，就想冒著吃壞肚子的危險品嘗一下。講述得不太流暢，完全是因為記不清時間節點，正因為覺得不重要，她才會遺忘，才會似是而非。然而，那件在劉萌萌腦子裡如同夢幻般的往事，在三年後的再次複述中，逐漸變得醜惡起來。劉萌萌越說越緊張，越說越羞愧，最後，劉萌萌驚恐地發現，那不是一次好奇心使然帶著遊戲性質的冒險行為，不是大膽地品嘗一枚不認得的野果子，那完全是一宗陽光下的罪惡。

一個小時後，被認定為無辜受害少女的劉萌萌離開政教處回教室。第二節上課鈴聲正好打響，貼在政教處玻璃上的眾多面孔霎時如同點燃的煙花，分崩四裂。陽光以少許傾斜的角度撲灑到走廊裡，劉萌萌站在陽光下，地上趴著一團輪廓模糊的影子，影子的下端連著她真實的雙腳，她邁腳走動，影子跟著一起移動，她停下，影子也趴著不動，真正的形影不離。劉萌萌拖著自己的影子走回教室，是班主任的課，還沒等她喊「報告」，班主任就迎到門口：劉萌萌，妳，能上課嗎？我批准妳半天假，回去休息吧，去吧。

班主任說這些話的時候，臉上流露出清晰的同情以及隱蔽的厭惡。劉萌萌很想告訴她：我沒有生病，我要上課！

然而，教室裡四十多雙目光正以灼燙的溫度密集地籠罩著她，空氣壓抑到令人窒息，彷彿一場巨大的火山爆發即將來臨。

劉萌萌什麼話都說不出來，在班主任的安排下，一位女班幹部替劉萌萌整理好書包，陪著她回了家。從那一天開始，劉萌萌的人生改變了。

四

上班時，理貨員小尹和會計小方聊起各自喜歡的明星。小尹的偶像是舒淇，尤其喜歡舒淇的瘦臉和厚嘴唇，配在一起特別性感。小方笑，說小尹自己長了一副厚嘴唇，就說厚嘴唇性感，東方人的面相適合櫻桃小嘴，厚嘴唇要歐美女人才配，像辣妹、小甜甜布蘭妮，雖然瘦，可是很性感，知道嗎？瘦人的性感才是真正的性感，胖人那種只能叫肉感，肉感和性感是有本質區別的……

說到這裡，小尹和小方不約而同地回頭看了一眼劉萌萌。劉萌萌好像沒聽見，正低頭擺弄手機。小尹以為她生氣了，很不高明地安慰道：萌萌，其實妳很性感的，真的。

劉萌萌抬起頭，「哈哈」一笑，爽朗而毫無芥蒂的樣子：哪兒有啊！

小方似要扯開話題：萌萌，妳喜歡哪個明星？

劉萌萌收住笑臉，搖了搖頭，目光有些茫然。

小尹說話沒心沒肺：萌萌，胖人也有大明星的，香港的肥肥，沈殿霞，還嫁過帥男鄭少秋呢。

劉萌萌很突兀地「呼啦」一下站起來，朝小尹和小方擠眉弄眼地擺了一個造型，很認真地說：像不像？像不像香港大明星肥肥？

還沒等小方和小尹笑出來，她自己已經笑得彎腰頓腳，好像拿自己的胖來開玩笑，是一件令她感到無比快樂的事情。

三個女人瘋笑了一頓，然後，似乎找不到話題了，場面冷了下來。劉萌萌從包裡掏出一個紅色的皮夾子，翻開，抽出一張紙片遞給小尹和小方，並且一臉自嘲地說：

看看，這是我的小學畢業照，傻不傻？

小尹接過去看了一眼，似不相信，又轉給小方，小方看看照片，再抬頭看看眼前的劉萌萌，發出了驚訝的歎息：哎呀，萌萌，這張照片和妳現在不像呀，妳小時候很漂亮嘛！

劉萌萌好像並不介意同事的言下之意，只是紅了紅胖臉。就好像，一個曾經家底殷實過的落魄者，翻出老底炫耀一番，是為告訴別人，甚而是自告：我也曾經擁有過！

小尹拿過照片翻來覆去看了好一會兒，忽然發問：我最近也有發胖的趨勢，萌萌，妳給我們傳授點經驗吧，妳是什麼時候開始發胖的？

劉萌萌猶豫了一秒鐘：大概，十五歲吧。

小尹：人家要麼生過小孩後發胖，要麼中年以後開始發胖，妳怎麼那麼早就發胖了啊？

小方用手肘捅了捅小尹的腰眼：這有什麼大驚小怪，青春期內分泌失調，女孩子很容易得這種病的。

劉萌萌點頭：嗯，內分泌失調，減肥也沒用，我是喝白開水也要胖的人，沒辦法。劉萌萌說得若無其事，在別人眼裡，她從來都能坦然接受和承認自己的胖，也許是習慣了，好像，肥胖這種毛病，根本構不成對她的傷害。

小方說：喲，四點多了，時間過得真快，眼睛一眨一天過去了。

小尹附和：準備下班吧。

劉萌萌背起包說：我去趟洗手間。

劉萌萌一天要跑好幾趟洗手間，假如沒有別人來上廁所，她就會在洗手池的大鏡子前站立良久。現在，她看著鏡子裡的寬臉黑膚胖姑娘，彷彿為了驗證的確經歷過曾經的美麗，從包裡掏出皮夾子，打開，抽出那張黑白照片，紮著兩個黑辮團的大眼漂亮女孩再次亮相。劉萌萌看一眼照片，看一眼鏡子，反覆多次，眼睛、鼻子、嘴巴、眉毛、下巴……沒錯，照片上的女孩，與鏡中人的五官一樣，可照片上的女孩是公認的漂亮孩子，鏡子裡的女人，卻肥胖而近乎醜陋。

這是一個令人傷心的事實，作為女人，劉萌萌似乎缺乏女人渴望擁有的任何資本，漂亮、精細、乃至純潔，她一樣都沒有。雖然這種不擁有遠不夠致人於死地，卻慢性病似的，註定了要長期糾纏，並且無可救藥，於是就絕望得綿軟而揪心。這會兒，劉萌萌獨自站在鏡子前，沒有旁人的時候，她的眼睛裡終於流露出濃重的憂鬱。

似乎，劉萌萌的胖，確是由十五歲那一場青春期內分泌失調症引起，這種失調造成她在短時間內變成了一個嗜吃如命的女孩，一個勁地吃，世界末日一般自暴自棄地吃，還不挑食，什麼都吃，熱愛奶油蛋糕、巧克力等甜食，又熱中麻辣火鍋之類的十全大雜湯。劉萌萌不是生來就是個胖子，十五歲成了劉萌萌的人生分水嶺。

那個夏末午後，十五歲少女劉萌萌在女班幹部的護送下回了家，母親笑咪咪地和女班幹部說了聲「謝謝，再見」，然後關起家門，把劉萌萌痛打了一頓。一把裁衣的竹尺高舉起來，又落在她柔嫩的臀部，發出「嗖嗖」的風聲和鞭撻聲。她並不覺得疼痛，令她更為困惑和傷心的是，她不清楚自己為什麼要挨打。她想問，可是母親自始至終緊閉著嘴巴，只是打得揮尺如風，揮汗如雨……

下午，母親上班去了，劉萌萌前所未有地在本應上學的時段內產生了逛街的欲望。她換上一件雪白的連衣裙，走進一條羊腸小巷，她要抄近路去往新開的超市。初秋的下午，陽光在小巷一邊的牆頭上落下一片斜斜的光斑，連衣裙的裙裾隨風揚起，在深暗的巷子裡，白裙顯得更加白。走了一程，她感覺後面始終跟隨著一個腳步聲，她確定自己被跟蹤了，可她並不害怕，她甚至為自己被人尾隨而暗暗欣喜。她也並不回頭，好像有著默契，她走得快，腳步跟得快，她走得慢，腳步跟得慢，一直跟著她走到超市，走進貨架之間的過道。她拿起一包甘草橄欖，佇立片刻，而後猛回頭。「嘩啦」一聲巨響，貨架上的一瓶醬油被帶倒，醬油飛濺而起，雪白的裙裾頓時濺上了大片黑紅斑駁的汙漬。她抬眼追尋，卻只看見跟蹤者高大的身軀漸漸遠去的背影。她開始哭，哭著說：你賠我裙子，你賠我裙子……

劉萌萌醒過來時，發現自己果真在哭，並且嘴裡還在念叨「你賠我裙子」。她睡著了，她在做夢。空蕩蕩的家裡沒有別人，陽光透過窗簾灑在她身上，她躺得橫七豎八，大腿內側和手臂上，竹尺的鞭撻留下清晰可辨的痕跡。完全清醒後，劉萌萌就不哭了，她試圖回憶夢裡一回頭的瞬間，她看見的那個人究竟是誰。可是她發現，她並沒有看到，砸碎的醬油瓶使她錯過了跟蹤者的真實面目。

劉萌萌背著書包出了門，下午兩點的同樂里一片寂靜，她扭頭看了一眼隔壁那扇暗紅色木門，門楣上方依然是一塊藍色的門牌，牌上塗著白色的「同樂里37號」幾個字，只是屋門關閉著，不知裡面是否有人。窗台上，種著太陽花的泥盆暴露在日光下，三種顏色的小花兒已經過了一天中最好的綻放時間，黃色、紅色、白色的花瓣佝僂著，像蔫捲的廢紙團……

劉萌萌抱著離家出走的激情走出弄堂，卻習慣性地走向學校。她忽然生出一絲冒險的想法，她要勇敢地去學校示威，向那些狐疑的目光示威，向擅自決定給她放半天假的班主任示威，向政教處辦公室裡的所有成員示威，向那個送她回家的女班幹部示威……全世界都成了劉萌萌的示威物件，她把自己放在了與所有人不共戴天的位置上。不不，這不是她自願的，而是，所有人把她當成了一個與他們不共戴天的異類。

到學校時，下午第二堂課已進行了一半，不是班主任的語文課。劉萌萌一步跨進教室，故意邁著不輕不重、不快不慢的步伐，在肅穆的注視中走到了自己的座位上。她甚至有些得意，如同戲台上的演員，身上籠罩著無數追光燈，她走到哪裡，燈光射到哪裡。

那天上課，劉萌萌始終心不在焉，她隱約聽見來自周邊的一兩句竊竊私語，那些零碎詞彙的拼湊讓她明白，自己的遭遇是別人沒有的。她試圖回憶昨天在政教處的談話，可她想了好一會兒，竟想不起當時她是怎樣被政教主任請過去的，也不記得她對員警說了一些什麼話，更不記得什麼時候在一張寫滿黑字的白紙上簽下了自己的名字。但她記得，當她簽完字抬起頭時，看見政教處的玻璃窗上擠擠挨挨地貼著十幾張面孔。那些面孔上的目光，恪守著作為追光燈的職責，從教室一路追到了政教處，又從政教處追蹤到教室。此刻，目光們依然以昨天的灼燙持續追蹤著她，她甚至自嘲地想，她什麼時候受到過如此隆重的矚目？政教處招她去竟產生這樣的效果，真是意外的驚喜啊！

這麼想著，劉萌萌只覺白襯衣包裹著的後背一陣酥麻，毛孔激靈靈張開，溫熱的細汗霎時冒了出來，一種前所未有的激情從心底升起。劉萌萌忽然感到飢餓，中午被母親打了一頓，她賭氣沒吃飯，現在卻餓了，胃裡湧動著波浪似的酸水。她想起書包裡有吃剩下的半包甘草橄欖，是他三天前送給她的。那幾年，甘草橄欖以免費零食的資格成為他與她若即若離的交往的重要媒介。不知從什麼時候開始，經常，她放學回家走過同樂里三十七號門口時，他會像個影子似地忽然出現在門框裡，並且把她叫住：萌萌，吃不吃甘草橄欖？

她無聲地點頭，於是，他就遞給她一包橄欖。就這樣，她喜歡上了這種叫「甘草橄欖」的零食，喜歡那種外表甘甜、內質微苦而清香的味道，喜歡橄欖核躺在舌心時堅硬而溫潤的踏實感，抑或，只是因為那是某個人送給她的，她便喜歡，這種贈送的形式讓她感到神祕而充滿懸念，愉快而意猶未盡。

這會兒，坐在課堂裡的劉萌萌忍不住把手伸進桌肚，她摸到書包裡的一個小塑膠袋，用兩根手指撚開袋口，捏出一顆裹滿甘草粉的蜜餞果。老師正在黑板上寫算式，她稍稍猶豫，隨即快速把橄欖扔進了嘴裡。

劉萌萌上課吃橄欖的舉動還是被寫完板書轉過身來的數學老師看見了，老師不動聲色繼續講課，目光卻不時地射向劉萌萌的嘴巴。那一堂數學課，劉萌萌的腮幫子裡自始至終鼓著一顆橄欖核，這使她像一個因患面癱症而嘴角歪斜的女生。

那以後，劉萌萌常常覺得飢餓，甘草橄欖似乎已經滿足不了她，她變成了一個熱中於各種食物的擅吃者，熱情並不停留於品嘗食物的味道，而是更喜歡進食的滿足感，甚至不需要佐菜而吃下整鍋白飯。就這樣，劉萌萌吃成了一個肥胖的姑娘。吃得多，因此總是精力充沛，很多時候就顯得過分活躍。她有些此地無銀三百兩，又有些掩耳盜鈴，同事們開黃色玩笑，她總是笑得很起勁，還愛拿自己的肥胖開玩笑。她以誇張的坦然自若考驗著自己的承受力，又好像是為自己打防疫針，細菌的侵入恰是鍛鍊了肌體的抵抗力。在同事或者同學眼裡，劉萌萌的抵抗力真是非同一般的強，說得通俗一點，就是厚臉皮。可是一遇到男人，她的坦然和活躍就蕩然無存，在男人面前，她只是一個沉默、自卑、長得不好看的胖女人。

五

劉萌萌對老顧說：拍婚紗照和辦喜酒的錢，是我爸媽出。

老顧皺了皺眉頭：這不是錢的問題。

劉萌萌近乎懇求：就請兩桌，都是很近的親戚，人家小孩結婚都請過我們的，我爸媽這邊沒法交代。

老顧抬頭看了一眼劉萌萌：是妳爸媽結婚還是妳結婚？

劉萌萌有些生氣：是我結婚，可，可也不能都聽你的吧？

老顧也生氣了：我沒讓妳聽我的，如果有意見，妳可以不答應。

劉萌萌眼圈紅了：這不是玩遊戲，這是結婚。

老顧咂了一下嘴：正因為不是玩遊戲，所以妳要考慮周到，妳有權利不答應的。

劉萌萌委屈得眼淚都快掉出來了：我爸媽都沒要你一分彩禮，我也沒讓你買結婚戒指，連房子都沒要你重新裝修一下，辦個喜酒不過分吧？

老顧臉一沉，近乎語重心長地說：結婚，又不是買老婆，什麼彩禮、鑽戒，都是娘家人變著法子賣女兒賺鈔票啊！

劉萌萌接口：就是啊！就因為愛情是無價的……

「愛情」兩個字剛吐出口，劉萌萌就羞愧得說不下去了。她看了一眼老顧，老顧也正看著她，目光訝異而驚恐，好像一提到「愛情」，事情就變得十分可怕了，兩人便心照不宣地閉了嘴。

其實，劉萌萌並不是不想給自己標價，只是，倘若即將嫁人的女子一定要以明碼標價的方式展示自己，那麼劉萌萌一定會很慘。她知道，她的價位無論如何是標不高的，相反，還要贈送更大的附加值，搭配著才能把自己銷出去。因為她就是一個二手貨，一個瑕疵品，品相不好，質地又差，誰挑選了她，她就應該感恩戴德並且無條件接受，外帶附送贈品。因此，老顧不願意拍婚紗照，不願意辦喜酒，那不是老顧的錯，錯都在自己。

這麼想著，劉萌萌就愈發地對自己生氣了，一氣之下，連招呼都不打，就出了老顧家。身後傳來追問聲：幹嘛去？晚飯還沒燒呢。劉萌萌沒有回答，顧自下了樓梯。

劉萌萌走在熙熙攘攘的人流中，她不知道要去哪裡，腳下卻不由自主地朝瓜瓜學校方向移步。走到校門口，才想起老顧並沒有委託她去接瓜瓜，便更是氣得想扇自己耳光。真賤吶！好像上輩子欠了他的債，白白地嫁給他，連喜酒都不肯辦，還要哄著他們父女倆開心，聽到愛情還一臉驚恐，不就是胖嗎？胖人就不可以有愛情了？

劉萌萌越想越氣憤，猛一甩頭，決絕地轉身，離開了瓜瓜的學校。經過超市，她猶豫了兩秒鐘，抬腿跨了進去。

劉萌萌在貨架間巡迴，手裡提著購物籃，心裡卻默默掐指計算：十六年過去了，那麼，他是五年前出獄的，五年了，他已經獲得自由五年。

十六年前的那個初秋午後，劉萌萌走出空無一人的弄堂時，她身後的那盆太陽花在烈日下開得蔫捲而頹敗。花是年輕的男鄰居種的，可是男鄰居的家，同樂里37號的屋門卻緊閉著，也許是出門了，好幾天沒給花澆水，劉萌萌想。可是自此，她卻再沒見到他。一年以後，案子判下來，猥褻少女罪，有期徒刑十年，劉萌萌是原告之一。就是從那一年開始，劉萌萌變得越來越胖，體重的直線攀升使她成了一個不漂亮甚至醜陋的姑娘。特殊的遭遇以及日漸肥胖的長相，使她越來越疏於社交，她幾乎沒有朋友，直至長大，婚姻也成了難題。她一次次去相親，每一次相親，都是一次對恥辱記憶的重複溫習，那些殘疾抑或半殘的男人不斷提醒著她，她沒有資格享用健康的戀愛。

這一切是誰造成的？劉萌萌從沒有細想過，胖，是她自己吃出來的，醜，是她自己慢慢長成的，她能怪誰？倘若沒有上一次在超市裡偶然遇見他，她可能永遠都不會想到要去尋找那個改變她命運的人。或者說，倘若沒有為辦喜酒的事和老顧鬧得不開心，她也不會想到要去超市裡再看一看那個白皙臉龐的中年男人。

劉萌萌掃視過所有收銀台，在十號台前看見了他。她去零食貨架拿了兩包甘草橄欖，回來排在十號收銀台的隊伍裡。男收銀員今天沒帶徒弟，獨自一人手腳麻利地打價格、裝貨、收款、找零……劉萌萌隨著隊伍慢慢前行，她想像著，倘若等一會兒他認出她來，他那張白皙的臉上會有什麼樣的表情？她看著離她越來越近的男人，想著，他會主動和她打招呼嗎？也許會，也許不會，但一定會羞愧得面紅耳赤、啞口無言。那麼，第一句話該由她來說，她該說什麼？你好！你好嗎？你，看來過得很好啊……

這麼想著，劉萌萌心裡不由地生出一絲失而復得的快感，類似於找到少年時代遺失的一樣玩具，雖然她長大了，不一定喜歡這個玩具了，但當年的喜歡，延續到如今，竟還可以重拾一份曾經喜歡的記憶，那總是溫馨而令人難忘的。

隊伍排到了，劉萌萌從購物籃裡拿出甘草橄欖，推到他面前。熟悉的男聲發出問候：您好！歡迎購物，就兩包甘草橄欖嗎？

劉萌萌點了點頭，眼睛卻看著他的手，他一手托著甘草橄欖的包裝袋，另一手握著打價器，手指修長而白皙。打價器發出「滴、滴」兩聲，隨即，熟悉的男聲再次響起：請您付款，十二元八角。

劉萌萌遞給他一張紙幣，並且仰起頭顱，勇敢地看向他。他也抬起頭，也看向她，眉目含笑：這是您的找頭，請收好。

她不說話，眼睛依然盯著他。他愣了愣：還有什麼事嗎？要不要買個環保袋？

劉萌萌沒有回答，後面的購物車撞上她壯厚的臀部，她聽到抱怨聲：帳結好了就快點朝前走，沒看見那麼多人排隊……

她側了側身，欲走還留的姿勢，後面的顧客已經把貨品往收銀台上擺。她抓著一把找零和兩包甘草橄欖往前跨了一步，男收銀員衝她微笑道：謝謝，再見。而後開始為後面的顧客服務。

劉萌萌張了張嘴，想說話，卻不知道說什麼。一位穿超市制服的年輕人跑過來：組長，謝謝啦，我回來了，您忙去吧。

她退出收銀台，站到人群中遠遠地看他，她試圖找出那張白皙的面龐上曾經的記憶。黑叢叢的頭顱已露斑白的痕跡，青春痘早已銷聲匿跡，比過去胖了一圈，看起來就是一個身體健康、生活無憂的中年男人。她注意到他穿著藍色西裝制服，普通工作人員都穿紅馬甲，顯然，他不是收銀員，他是這家超市的管理人員，人家叫他組長。他在收銀台之間來回巡視，時不時地湊到收銀員身邊關照著什麼話。有時候他還東張西望，目光掃過她站立的地方，卻並沒有注意到這裡有一個胖女人正注視著他。超市裡正播放著熱鬧的歌曲，恭喜恭喜恭喜你呀，恭喜恭喜恭喜你……和著歌曲的節奏，劉萌萌肚子裡傳出一陣曲裡拐彎的鳴叫，她一邊往超市外面走，一邊拆開甘草橄欖包裝袋，捏出一顆裹滿甘草粉的蜜餞果，扔進了嘴裡。橄欖的味道還是甜中帶點酸，只是醃漬得太久，肉質太爛，失去了嚼勁以及微苦的清香，並且也緩解不了肚子裡的飢餓感。

劉萌萌獨自去了附近一家小肥羊火鍋城，包房訂滿了，只能在大堂裡坐下，叫了麻辣鍋和一堆肥羊肥牛。剛開吃沒一會兒，老顧帶著背書包的瓜瓜進了門，劉萌萌正要往嘴裡送一大筷燙熟的羊肉，就看見父女倆的身影漸行漸近。她慌不迭站起來，筷子還舉在手裡，羊肉片卻七零八落地撒在了桌上和衣襟上。

其實，老顧父女倆並沒有看見劉萌萌，但她一站起來，他們就不得不看見她了。

老顧一怔，扯了扯嘴角，似笑非笑著說：喲，一個人享受呢？

瓜瓜翻了翻白眼，沒說話。劉萌萌拉開桌邊的椅子：瓜瓜，坐下吃吧，鍋剛燒開。

老顧一屁股坐下，拿起筷子：本來想帶瓜瓜隨便吃點，既然這樣，那正好了。

瓜瓜僵著身子站在一邊不肯坐，老顧回頭衝女兒說：還不快吃，吃完回家做功課。

瓜瓜嘴角一撇，薄嘴唇一掀：哼！我才不吃，外婆說了，吃人家嘴軟。

一扭頭，朝劉萌萌吐出擲地有聲的兩個字：騙子！

響亮的罵聲吸引了周圍食客的注意，許多顆腦袋朝這邊轉過來。瓜瓜罵完頭也不回朝飯店外走去，老顧站起來，對劉萌萌說：這不能怪孩子，妳做出來的事，我也沒辦法幫妳說話。

說完，撒腿跑出飯店，追上了瓜瓜。

劉萌萌呆坐不動，她想不明白自己做錯什麼事了？瓜瓜居然罵她騙子？她對這個孩子夠好了，送她玩具，給她買零食，接她放學，帶她逛超市……可是，她就要結婚了，一個月後，她將和老顧以及瓜瓜長期生活在一起。倘若今後她想和這個罵她騙子的孩子好好相處，她就永遠不能獨自出來吃火鍋了，那麼這一回，也許就是她此生最後一餐一個人的火鍋了吧？

這麼想著，劉萌萌招手叫來服務員，又添了半斤肥羊和一份年糕。鍋裡的水「突突」跳著，一簇簇紅辣椒擁擠著隨波翻滾，羊肉片不安分地上竄下跳。有人正對著這個適才被一小孩罵騙子的胖女人戳戳點點，劉萌萌看了一圈周圍的食客，輕輕地冷笑了一聲：哼！然後舉起筷子，撈出一大坨肥羊，狠狠地塞進了嘴裡。

劉萌萌一邊用力咀嚼，一邊把桌上的食料逐一涮進火鍋，她開始放開吃，如同久未進食的飢民，狼吞虎嚥著，吃得速度飛快，吃得氣勢洶洶，彷彿唯其以迅猛的吃，才能趕走某種不明所以的焦慮。

小肥羊火鍋城正進入這一日的黃金餐飲時段，大堂裡已經坐滿了客人，瀰漫的蒸汽使一切變得朦朧起來，就像雲霧繚繞中的一間空中樓閣。屋頂上的吊燈被雲霧遮擋，燈光神祕而曖昧地炫動著，藍花布衫的服務員穿梭在雲霧中，客人們攢動的頭顱在雲霧中搖擺聳動……劉萌萌胖大的身軀坐在雲霧中，顯得格外沉著和從容。她有條不紊地涮著火鍋，肥羊、豬血、白菜、年糕，一樣一樣地下，一樣一樣地吃，涮得勤勤懇懇，吃得兢兢業業。她分明感到大腦裡的血液正流向胃部，肚子的充實感漸漸驅除著內心的空虛感。桌上的盤子越來越少，鍋裡的食料越來越多，劉萌萌的肚皮越來越圓，最後，劉萌萌把她本就肥腩重重的肚皮撐成了一只疊脹的皮球。

劉萌萌吃得很飽，前所未有的飽，她把這一頓火鍋當成了世界末日前最後的晚餐，她是提前吃掉了下半輩子的火鍋。現在，她的胃裡充滿了各種食料，她的血管裡淌滿了鮮辣美味的湯，她喜歡這種充實的感覺，她所熱愛的這種自慰方式確是行之有效，現在，她心裡不再感到空空蕩蕩了。

劉萌萌招服務員來結帳，年輕瘦小的服務員看著桌上的一堆空盤子，驚恐得捂住了嘴。劉萌萌側目四顧大堂裡的食客，又扭頭看身旁玻璃牆裡的自己，胖，依然是胖，雖然食客眾多，但她肥胖的身軀無法被人群淹沒，她的胖，真是鶴立雞群啊！

服務員去拉收銀票了，鄰桌的一位男客人從洗手間回來，經過劉萌萌桌邊，脫口說了一句：哇塞，這樣子吃法，要變相撲運動員的。

劉萌萌忽然生出一股決鬥者視死如歸的豪邁之氣，她端起鍋子，仰起腦袋，在周圍食客驚異的目光下，把鍋底剩下的辣湯「咕咚咕咚」喝了下去。

劉萌萌打了一個飽嗝，是酸的，酸味直衝鼻子，眼淚頓時冒了出來。她想，鍋子還沒涼下來，嘴唇燙掉了一層皮，好痛！

劉萌萌站起來向門口走去，大堂裡的食客和服務員們不約而同地目送著這個目光流油、面紅耳赤的胖女人。胖女人滿目含淚、步履蹣跚地向門口移動著，她肥胖的臉面因為蒸汽的薰染，闊大臃腫得格外離譜。

六

離五一勞動節還有一個月，準新娘劉萌萌竟還毫無動靜，劉母開始著急了：萌萌，妳再不去拍婚紗照就來不及了，是妳結婚，不是我們結婚，怎麼皇帝不急太監急呢？

劉萌萌說：幹嘛非要拍婚紗照？不拍就不算結婚了？

劉母說：人家結婚不是都拍嗎？上次妳答應了要拍的，還說要貼在請柬上。

劉萌萌虎著肥臉、粗啞著嗓子低吼了一聲：不想拍。

劉母還想勸，劉父衝她做了個眼色，劉母就住了口。這對父母對自己的女兒還是有比較客觀的認識的，他們猜到劉萌萌是擔心自己太胖，拍出來的照片不好看，就乾脆不想拍。

婚紗照的話題擱淺了，劉母又換了話題：上個禮拜，我和妳爸爸已經去美林閣預訂了酒席，再晚就訂不到了。喜糖呢，我們也已經看好了，就買德芙巧克力，兩粒一盒的那種，包裝很喜氣，很漂亮的。還有請柬……

劉萌萌嘀咕了一句：真麻煩！

聲音很輕，父母沒聽見，也不管劉萌萌的臉色，顧自商量起了請柬怎麼寫。劉父說：那個老顧，叫什麼名字？

劉母笑出來：老顧是你叫的？他還能比你老？人家叫顧志堅好哇。

劉父也笑了：對對對，叫顧志堅。

劉母眉頭一皺，又想起了一樁不滿意的事：這個顧志堅也真是的，就上過一次門，來吃了一頓飯，都要結婚了，也不主動來找我們商量商量。

劉父畢竟是男人，心胸開闊一些：妳就別計較那麼多了，是萌萌和他結婚，我們老頭老太不要瞎摻和，畢竟人家是……

劉父降低了音量，後面的話劉萌萌就聽不見了，可是聽不見也能猜得出，總歸逃不掉那幾句：老顧是結過一次婚的人，想低調一些，辦婚宴啊，拍婚紗照啊，不都是我們一廂情願？

劉萌萌不再聽父母討論，獨自進廚房，拆了一包速食麵，香辣牛肉味的。劉萌萌一邊往碗裡注開水，一邊想：明天一定要去找老顧攤牌了，要不父母這邊沒法交代。攤什麼牌？怎麼攤？劉萌萌其實並沒想好。在結婚這件事上，父母確是有些一廂情願，他們並不知道，小肥羊火鍋城遇到以後，劉萌萌和老顧陷入了冷戰。兩個星期了，老顧沒有邀請劉萌萌去他們家，也沒有拜託她去接瓜瓜，似乎，這個男人在向他的未婚妻示威，他要告訴她，雖然是他主動提出結婚的，但他並不懼怕過單身生活。

起初，劉萌萌決定憋著，他不找她，她就不主動去他家，看誰憋得過誰。可是兩個星期過去了，老顧一點動靜都沒有。劉萌萌倒是有些憋不住，好幾次下班後，兩隻腳不由自主地往老顧家方向走，有時候又朝瓜瓜的學校走。可是總在快到時又開始自責，甚至痛恨自己不爭氣的雙腳，於是，似是下了狠心，猛地扭頭，腦袋都要被甩脫一般，帶著一臉哀傷和悲憤，加急腳步往回折去。

劉萌萌扭頭折回的動作幅度總是過於猛烈，導致有兩次不小心扭了脖子。可她一定要用這麼堅決、誇張的動作，才能不給自己留有餘地。說出來也沒有人相信，其實，她肥胖醜陋的外表下，還隱藏著一顆高貴而脆弱的心。她要守住陣腳，做一個有氣節的女人，而不是一個為了嫁人而丟掉臉面丟掉尊嚴的賤女人。所以，她便需要自我宣告一般發出一番劇烈的動靜，又好像，有一只監視器隨時在監視著她的一舉一動，只有通過戲劇化的動作和表情，才能讓理解力極差的監視器讀懂她內心的痛苦和矛盾。劉萌萌為此付出的代價是，她多肉的脖子裡隱藏著的骨節發出一串「噝嗟、噝嗟」的呻吟，隨即，一陣痛感從脖頸處傳至大腦。劉萌萌嘴角一抽「噺——」，奇怪，焦灼以及憤恨的情緒倒是有所緩解，彷彿肉體的疼痛讓受傷的心得到了些許安慰。

然而，眼看五一節就要到了，父母已經預訂了酒席，選好了喜糖，並且準備發請柬了，無論如何，她是不能不去找老顧了，哪怕吵上一架，她也需要主動出擊了。

劉萌萌埋頭吃著速食麵，同時想像著，倘若果真不嫁老顧，那麼她將如何處置自己？這是一個很難解決的問題。與父母生活在一起直到終老？也未嘗不可，只是，一個老處女想活得怡然自得，那是要有資本的。假如她天生麗質、收入頗豐、情趣高雅、品味高尚，那麼人們就會想，這個漂亮姑娘是心高氣傲，看不上那些臭男人而不願意嫁，這樣的老處女，哪怕不討人喜歡，也是被人敬重的。可是劉萌萌並不漂亮，還胖，還黑，物資回收公司的薪水僅夠養活自己，琴棋書畫沒一樣會擺弄，這就不是不願意嫁了，而是沒人要，嫁不出去。一個嫁不出去的女人——頂著這樣的名聲做老處女，別說活得少尊嚴，簡直就是一輩子的恥辱。況且，和老顧交往之前，她是不是處女？這一點，劉萌萌始終不敢確定。

吃完速食麵，劉萌萌就覺頭腦發沉，睏乏感席捲而來。她走進臥室，躺倒在床上，沒有開燈，屋內漆黑著。她閉著眼睛撫摸飽脹的肚子，手卻不由自主地往上攀爬，然後，探入了內衣。肥胖的蚯蚓蠕動著鑽進胸罩罩杯的鋼絲托邊，她觸到了自己沉碩的胸，柔軟、結實。蚯蚓繼續探尋，便是飽滿、滾實的梅子，卻不再艱澀生硬，而是被老顧的手揉捏侵襲過無數遍的熟透的果子。老顧的手老繭叢生，粗糙、冰冷，那雙手摩挲著她的肌膚時，如同砂紙摩擦玉石，珠圓玉潤的肉體在這樣的手下便過於快速地成長並且爛熟了。這樣的手是不會讓她生出任何浪漫想像的，更無法與記憶中那幾條笨拙的蚯蚓相比。

記憶中，那是幾條年輕而莽撞的蚯蚓，它們雖然笨拙，但它們白淨、光滑、彈性，甚至含羞。它們在她身上的探尋和觸摸，就如漏進窗簾的陽光落在身上，所到之處便是斑斑溫暖，她眩暈著，卻清晰地感到小股的快樂從腹部雀躍而出，直衝胸腔，彷彿，她就是黑色泥盆裡盛開的太陽花中的一朵，午後的日照中，她開得恣意而張狂……

她閉著的眼睛睜開一條縫，臥室裡漆黑一片，並沒有陽光照進窗戶，也沒有那個黑叢叢的頭顱，更沒有一張垂著眼皮、撒著幾顆青春痘的白皙面龐，沒有，什麼都沒有。

劉萌萌擤了擤鼻子，她聞到一股從自己身上散發出的汗味，以及空氣中濃烈的牛肉湯料的香辣味。

七

劉萌萌決定找老顧談談，是否舉辦婚宴還在其次，主要是，將來結婚了，凡事都要相互商量著辦，總不能碰到意見不統一就冷戰吧？所以，劉萌萌認為，在即將結婚的前夕，兩個人坐下來開誠布公地談一談是有必要的。既然自己主動，那麼不妨姿態高一些、主動一些。她想，兩個禮拜沒去了，給瓜瓜買點禮物帶去。

劉萌萌進超市入口時，有意無意朝收銀台那邊掃了一眼。下午四點不到，顧客很少，收銀台邊站著一長溜空閒的紅馬甲，沒有一個穿藍色西裝制服的。他不在？走開了？休息？她略微失望地想。

劉萌萌在二樓給瓜瓜選了一個凱蒂貓手錶，標價一百九十八元，粉色的錶帶上撒著銀色的愛心，還要挑幾樣老顧喜歡吃的菜和瓜瓜的零食，以及自己的甘草橄欖。劉萌萌推著購物車在貨架之間七拐八彎地走，眼角餘光裡總感覺有一個始終跟隨著她的身影。她沒有回頭，只是放慢了腳步，並且盡力挺直腰板、收縮臀部，讓走姿顯得優雅一些。劉萌萌想像了一下自己的背影，其實，從後面看，大概不能算十分胖吧？至多是豐腴。她聽小尹和小方說過，男人喜歡胖一點的女人，抱在手裡軟糯適宜。雖然老顧從沒說過喜歡她的胖，但老顧也從沒表示過不喜歡。她一邊像散步似地走，一邊想著，腦袋左顧右盼搜索著貨架上的商品，眼角餘光裡的身影依然在，深藍色，高大，微胖、大概，是一個男人……

這是一個豐腴的女人——劉萌萌繼續用想像替代身後的人打量著自己的背影，並且及時無誤地感覺到了心跳的加速，甚至，後背開始發燙。她站定在一個貨架邊，拿起一包甘草橄欖，低頭看包裝上的產品說明。其實她很熟悉這種橄欖的出處，她經常買，根本不需要看說明。所以，這會兒她的眼睛在看說明，腦子卻注意著身後的追隨者。她感覺那個身影越來越靠近了，十米、五米、三米、兩米……她不敢回頭，就像很久很久以前的那個夢，在她回頭的瞬間，一瓶不知從哪裡飛來的醬油會打碎在地上，褐色的醬油飛濺而起，染髒了她雪白的連衣裙裙裾，然後，她抬頭尋找，目光所及之處，只有一個遠去的高大背影……

劉萌萌又揀起一包丁香橄欖，猶豫著，彷彿很難在兩種橄欖中挑選哪一種，卻聽見身後傳來熟悉的男聲：對不起女士，請讓一下。

劉萌萌一激靈，猛回頭，白皙面龐的藍制服店員推著堆滿貨物的手推車迎面看著她，劉萌萌手裡的丁香橄欖「撲通」一聲掉在了地上。藍制服反應極快地跨前一步，彎下腰把丁香橄欖撿起來，直起身交給她：對不起，嚇著妳了吧？

說著，指了指手推車：我要給貨架添貨，打擾您購物了，不好意思。

劉萌萌什麼話都沒說，只看著他，眼神怪異、表情緊張。藍制服又說了幾句表示歉意的話，卻發現女顧客並不動彈，不由地上上下下打量起她來，目光在她身上尤其鼓脹的部位略多停留幾秒。劉萌萌忽然醒悟，面色霎時赤紅，她急速扭過身，提著購物籃向出口走去。

藍制服看著女顧客肥胖的背影，從腰間掏出了對講機。

劉萌萌去收銀台結帳時，顧客明顯比剛才多了，她看了一眼凱蒂貓手錶上的指針，已經超過四點半，瓜瓜該放學了，她想。剛要掏皮夾子付款，一位保安走過來對她說：對不起，請妳跟我到辦公室去一趟吧。

劉萌萌驚訝地問：為什麼？

保安面無表情：去了就知道了。

我是顧客，你總該告訴我為什麼去辦公室吧？

為什麼？妳自己心裡清楚，還是去一趟吧。保安似笑非笑地說。

周圍的目光被吸引過來，劉萌萌急了：我得去接孩子了，快給我結帳。

保安說：妳要是不配合，那就別怪我扣留妳了。

劉萌萌拔高嗓門：我又沒做犯法的事，你有什麼權力扣留我？

保安舉起對講機：李組長，她不肯配合，請你過來一趟。

藍制服從貨架間出現，高大的身軀向著收銀台接近。劉萌萌忽然感到一陣心悸，他認出她了，她想，他不僅認出了她，還要利用職權扣留她，他想幹什麼？與她算帳？因為她曾經是他的原告之一？因為她在一張讓他領受十年牢獄的罪證上簽了字？可她並沒想過要告他，連一點責怪他的想法都沒有，甚至她還覺得負疚於他，哪怕因為他，她要承受沒有牢獄的終身判決，她都沒有一點點想過要去恨他。她只是覺得有些傷心，因為她並不是他唯一的原告，他有那麼多女孩，她只是其中之一，就像那盆太陽花，開得恣意和張狂的，並不只是她一朵……

藍制服走到劉萌萌跟前，直視著她：還是去辦公室吧，那裡說話方便一些。

劉萌萌卻不肯挪步，只羞憤地低著頭，彷彿，站在她面前的男人，就是那個離開她多年現在終於浪子回頭的負心人，這讓她既是感到心痛，又覺揚眉吐氣。她總覺得應該說些什麼、做些什麼，比如，給他一巴掌以解心頭之恨，或者當著眾人的面對他進行一番聲淚俱下的斥責，他因此而追悔莫及、負荊請罪，並且發誓洗心革面、重新做人，然後，她就原諒了他，於是破鏡重圓，從此過上了幸福的生活……

「哎，叫妳呢，發什麼呆？真的不去辦公室嗎？」熟悉的男聲說。

劉萌萌的想像被打斷，她抬起頭，發現身周已聚集了一群圍觀者。想像讓她熱血沸騰、頭暈目眩，她呆站著，不知道如何回答藍制服。

「既然不肯去辦公室，那麼在這裡也行，不過，這樣就不太有面子了。」藍制服伸手指著她鼓脹的身體：「翻開妳的衣服口袋，還有包，檢查一下，別讓我動手，自己翻。」

劉萌萌一驚，面上的赤紅色潮還未褪下，沸騰的身軀霎時冰涼。周圍，人們的議論聲此起彼伏：什麼事？胖女人偷東西？被抓住了，還抵賴，要抄身呢……

一波憤怒的血液重新湧上劉萌萌的臉頰，胖臉上的色澤近乎成了醬紫。她的確胖，可她從來不曾偷過東西，他為什麼要誣陷她？報復，這是報復！劉萌萌更加肯定，他認出她了，沒想到，他認出她後的第一件事，竟是報復她。

劉萌萌忽然覺得有些可笑，她抬頭看了一眼藍制服，這一眼看得很深，看得藍制服前傾的身軀不由自主往後縮了縮。劉萌萌咧嘴笑了：李明啟組長，你不知道搜身是犯法的？

藍制服一愣，低頭看自己胸前的工作牌，馬上反應過來：喲，還記住我名字了。不過，妳搞搞清楚，我搜妳身了嗎？沒有吧？我是讓妳自己翻。不同意？可以，我打一一〇，員警搜妳身總不犯法。

藍制服得意地扯開嘴角衝劉萌萌笑，這一笑，讓她頓時記起了那張久遠的白皙面龐，一張喜歡對她笑的臉，兩頰撒著幾顆紅色青春痘的臉，黑叢叢的頭顱因為青春的氾濫而濃密凌亂……那張臉，其實是可親的，那張臉上的眼睛看著她時，就像初秋的太陽照射到她身上，暖熱得令她興奮，乃至沉迷，以及恐懼……劉萌萌看著藍制服，從頭至腳，細細地看了一遍，不再長青春痘的臉龐更加白皙了，兩鬢有幾絲斑駁的白髮，卻梳理得整齊光亮，深藍色制服使略微發胖的中年男人顯得嚴肅並且正派……他不是十六年前的那個人了，劉萌萌想，有那麼久了嗎？十六年了，像上輩子的事，可又那麼快，快得如流水一樣，就這麼消逝了……

藍制服摸出手機：怎麼不說話？說啊，我來打一一〇，還是妳自己動手？

劉萌萌又看了他一眼，她看見了他臉上歲月的痕跡，卻看不見讓她感到溫暖的目光。劉萌萌心裡緊繃的弦忽然一鬆，焦灼感頓然消失。她亮開嗓子：好，我翻，要是翻不出東西怎麼辦？

說這話時，劉萌萌的表情是無所畏懼的，可是，由一張肥胖臃腫的臉演繹出來，卻是一副破罐子破摔的厚臉皮相。

要是翻不出東西，隨妳怎麼辦，藍制服說著，又「呵呵「笑了兩聲。在劉萌萌聽來，這笑聲恰是一種意味深長的諷刺。她不再說話，她放下挎在肩上的皮包，拉開拉鍊，「嘩啦」一聲，包裡的東西一股腦傾倒在了收銀台上：鑰匙、手機、一包用掉一半的餐巾紙、一個紅色的皮夾子。眾人探頭張看，並且小聲議論：沒有，包裡沒有。

劉萌萌看了一眼藍制服，輕蔑的目光裡隱藏著一絲由衷的喜悅。藍制服說：還有身上。

劉萌萌揚起下巴，把倒空的包包扔到收銀台上，然後掃視了一圈周圍的人，像一個魔術師一樣，微笑著開始一個一個掏口袋。

劉萌萌是從褲子口袋開始掏的，褲子口袋裡當然什麼都沒有。掏完褲子口袋，劉萌萌又去掏衣服口袋，就在掏到上衣的第二個口袋時，她胖臉上自信的微笑忽然凝固，隨即，人群中發出了「轟」的一聲。

人們看見，這個胖女人的手上，抓著一包還沒撕下價格標籤的甘草橄欖，胖女人臉上的微笑還沒消退，眼睛裡，已經湧出了兩股洶湧的眼淚。

八

劉萌萌跟著藍制服進了超市辦公室，她想申辯，她要告訴他，她沒有偷那包甘草橄欖，她從來不偷東西。可是甘草橄欖明明白白在她口袋裡，她無法解釋那是怎麼回事，當時她的確在一包甘草橄欖和一包丁香橄欖之間徘徊，可她是心不在焉的，她的注意力在身後，隨後，她就聽到了那個熟悉的男聲……

藍制服說，要麼罰款，要麼每天到超市來做兩小時義工，打掃衛生，兩者選一。

劉萌萌選擇罰款。藍制服說，算了，一包甘草橄欖，也就六塊多，看妳不是慣偷，就罰五百塊錢吧。

劉萌萌沒有帶夠現金，工資卡也沒帶在身邊，又不想驚動父母，想來想去，只能打電話給老顧。

等老顧時，藍制服表情冷漠地坐在辦公桌邊記錄著方才他們的談話，劉萌萌目光呆滯地坐在辦公室裡的一把椅子上，她覺得有些恍惚，甚至懷疑自己是不是認錯了人？劉萌萌又偷眼看了看他胸口的工作牌，分明寫著那個名字，絲毫不錯。那麼，他沒認出她？劉萌萌深深地吸了口氣，霎時，一種新鮮的疼痛緊緊地揪住了她的心。

藍制服停下筆，抬起頭：嗨，妳身分證拿出來，我登記一下。

把身分證交給藍制服後，劉萌萌就再也沒有抬起頭來。即便方才他沒認出她，現在他在登記她的身分證，上面清清楚楚地寫著她的名字，他總該想起她來了。可是他想起她的時候，她已經成了一個小偷……這麼想著，劉萌萌眼睛裡再次湧出眼淚。她想起很久很久以前的那個夢，夢裡的她，就是在猛一回頭的瞬間，醬油瓶碎了，黑褐色的汙漬飛濺到她身上，她潔白的連衣裙被玷汙了……可是即便在夢裡，醬油瓶也是她自己帶倒的，是她自己把白裙子弄髒了，怪不得別人。就像那包甘草橄欖，不知道怎麼回事，她就塞進了自己的口袋，沒有人栽贓誣陷她。

老顧終於來了，他繃著臉聽藍制服講完事情的來龍去脈，繃著臉替劉萌萌付了罰款，什麼話都沒說，繃著臉獨自走了。

藍制服把罰款發票交給劉萌萌時問了一句：剛才那個，是妳老公還是妳父親？

劉萌萌心頭一痛，脫口道：關你屁事！

藍制服白臉一沉：怎麼罵人呢？以後手腳乾淨點，好了，妳可以走了……

劉萌萌鼻子發酸，眼淚又要湧上來，她噓了噓呼之欲出的哽噎，看著藍制服，一字一頓厲聲說：我不是小偷！

說完，猛地扭過頭，脖子裡頓時發出一連串「劈啪」聲響，身後傳來罵罵咧咧的聲音：碰著赤佬了，明明偷了東西，還不承認……

劉萌萌沒有回頭，她梗著鑽心疼痛的脖子，像一個飛行的沙包一樣，裹著一股巨大的旋風衝出了超市。

天色已向晚，劉萌萌感到餓極了，可是她不能先去填飽肚子，她要去老顧家，她要向他解釋一下，她不是小偷，她是不小心……現在，她完全不能確定，那個藍制服店員究竟是不是他了，哪怕是他，他也已經把劉萌萌這個名字從他的記憶中刪除。她早已不是那個少女劉萌萌，她和劉萌萌毫無關係，她只是一個三十二歲的女人，一個在超市裡偷東西的長得很醜的胖女人。

關鍵時刻，幫她忙的人是老顧，他不僅會幫她修拉鍊，幫她做指甲銼，幫她按摩扭傷了的腳踝，他還幫她付了那五百元罰款。雖然他自始至終繃著臉，也沒有和她說話，但他還是來了，他沒有拒絕她的求救，沒有說這個女人他不認識，這樣的男人，她還有什麼不滿意的？他們的婚期就快到了，離五一長假還有兩個星期，她要對老顧說，不拍婚紗照了，不辦喜酒了，麗江旅遊也不用了，結婚，就結婚吧……

劉萌萌走進老顧家的樓洞，摸黑爬上三樓，走道裡黑漆漆冷冰冰的，一絲白亮的燈光從三〇二室門下的縫隙裡瀉出來，她聽到門內傳出嬉笑的聲音，一個男人，和一個小女孩，是老顧和瓜瓜。一扇門把樓洞裡的漆黑冰冷阻隔在外，劉萌萌彷彿看見了溫暖的房子裡正演繹著天倫之樂的一幕，現在，這些是她最最最需要的。

劉萌萌沉了沉氣息，舉起手按響了門鈴，門內的嬉笑聲戛然而止，片刻，沒有動靜。劉萌萌又按了一次門鈴，等了好一會兒，門內的女孩問：誰啊？

劉萌萌對著門說：是我，瓜瓜。

又是片刻無聲，隨後傳來老顧的聲音：妳來幹什麼？

她來幹什麼？她不是他的未婚妻嗎？他怎麼這樣問？劉萌萌有些聽不懂老顧的意思，剛想伸手第三次按門鈴，門內忽然傳出一聲女孩尖銳的叫囂：我們家不歡迎小偷！

劉萌萌一下子驚呆了，瓜瓜也知道了？他怎麼可以把這事告訴孩子？他根本不顧及她的尊嚴，連薄薄的一層臉面都不給她留。看來，他是真沒有把她當成他的家庭成員，或者說，他拒絕接受她成為他家的一員。可是，還有兩個星期就是五一勞動節了，那是他們結婚的日子。親朋好友都知道她要出嫁了，她的父母已經訂好了喜酒，買好了喜糖，寫好了請柬……她該怎麼辦？她可以一個人去吃火鍋，可是她不能一個人結婚。誰能幫她？老顧不肯幫她這個忙了，他拒絕了她，他可以幫她修拉鍊，可以幫她做指甲銼，可以幫她按摩扭傷了的腳踝，可是現在，他不願意幫她最後一個忙——與她結婚。

一腔怒火從心底洶湧而上，劉萌萌舉起手，重重地按了好幾下門鈴，並且張嘴喊道：開門，我是來還錢的，還你五百塊錢。

劉萌萌身邊沒有足夠的現金，她很清楚，可她就是要這麼說，她要告訴他，她不欠他什麼，她也不求他什麼。門內依然沒有動靜，劉萌萌乾脆舉起拳頭砸向門板：開門，開門，我是來還錢，不是來討債，你開門。

隔了好一會兒，老顧緊貼著門板的聲音傳出來：錢我不要了，就算我買個教訓。妳回去吧，以後別再來了。

劉萌萌一屁股坐在樓梯上，她目瞪口呆地看著三〇二室緊閉的門。門內什麼聲音都沒有，然後，門縫下面漏出的一條光忽然消失，父女倆把燈熄了，他們連最後一絲光也收走了。樓道裡一片漆黑，劉萌萌努力睜大眼睛，可她看不見眼前的世界，什麼都看不見。

劉萌萌在黑暗中坐了很久，坐得幾乎凝固了。包裡的音樂鈴聲驚醒了她，她拿出手機，看了一眼雪亮的螢幕，是家裡打來的。她按了接聽鍵，她聽見她母親喧喧嚷嚷、東拉西扯的說話聲：萌萌，妳怎麼還不回家？剛才張阿姨夫妻倆送禮金來了，想想還有誰沒發請柬？想得周全一些，不要漏掉誰……

劉萌萌就著手機的光亮，掏出身邊所有的錢，三張一百元，兩張二十元，一張十元，還有幾個硬幣，她把錢整整齊齊地擺放在三〇二室的門墊下，然後，什麼話都沒說就合上了手機，劉母的聲音霎時在聽筒裡消失。

劉萌萌對著黑暗中的三〇二室，默默地說：本來嘛，結婚的事，就是請你幫我一個忙，好讓人家曉得我嫁人了。幫個忙而已，不肯就不肯，我又沒有真的想嫁給你……

說完，劉萌萌摸著黑，下了樓梯。

九

劉萌萌又回到了超市，離關門打烊還有半小時。她在貨架間兜了一圈，停留在食品區內，神情自若地東挑挑、西撿撿。半小時後，關門鈴聲打響，劉萌萌背著鼓鼓囊囊的包，甩著兩隻空空的手，隨著最後一批閒逛的顧客，擠擠挨挨地走過收銀台，出了超市。

劉萌萌好像沒有回家的打算，她在街上漫無目的地逛著，不知不覺逛到了十五歲以前住過的地方——同樂里。同樂里已經不存在，擁擠的老式民房被蔥郁的樹木和平整的草坪替代，現在，這裡是一所公園。夜已深，她在黑暗中走遍了公園的每一個角落，最後確定，她以前的家，同樂里三十六號，正是現在公園中心湖泊的位置。

劉萌萌在湖邊找了一塊石頭坐下，打開包，變戲法似地拿出兩個五芳齋肉粽和兩個夾奶油的麵包，又從上衣口袋裡分別翻出一瓶老乾媽辣醬和一包雨潤火腿腸。劉萌萌看著攤開在草地上的食物，臉上露出一抹近乎幸災樂禍的快意。只是此刻已經夜深，她粗糙微紅的胖臉以及胖臉上異樣的表情完全隱沒在了夜色中，雖然有月亮，但細眉般的上弦月太過微弱的白光無法照亮她，況且，公園裡沒有別人，誰會半夜三更來逛公園？即便有，也不會看一眼這麼一個毫無吸引力的胖女人。

劉萌萌開始了深夜的野餐，她餓極了，她要吃，她太想吃了。吃第一個粽子時，她都來不及拆開粽葉，就一口咬下去，接著連葉帶肉大口大口地往下吞。第二個粽子，她就吃得耐心了一點，她拆開粽葉，蘸著辣醬，一口一口地吃，吃完還把黏在粽葉上的米粒舔了個乾淨。吃麵包時就從容多了，她掰開麵包，把奶油挖出來先吃掉，然後把辣醬塗在麵包上，塗一截，吃一截。掉在身上的麵包屑，她還就著暗弱的月光，用手指沾起來，小心翼翼地送進嘴裡吃掉。劉萌萌吃得細緻而周到，蘸麵包屑的時候，她簡直要得意地笑出聲音來了，在這樣一處地方，這樣一個時間，除了老天爺，沒有誰看見她，她不需要在追光燈一樣的注視下假裝做一個快樂無憂的女人，也不用在眾目睽睽下扮演一個嚴格控制進食的女人，哪怕她吃的所有食物都是偷來的，哪怕她用這些沒有付錢的食物證明了此刻她的確已經是個小偷，她也不用擔心被人當小偷追蹤圍觀……這麼想著，劉萌萌吃得更加有激情了，她拆開火腿腸包裝袋，用牙齒咬住腸衣，一甩頭，薄薄的腸衣就被撕掉了。劉萌萌的腦袋甩了十次，牙齒撕咬了十下，十根火腿腸的腸衣全部被剝掉了。她抓起兩根赤身裸體的火腿腸，用力塞進口腔，又抓起兩根塞進去，再抓兩根……她用最後一根火腿腸，仔仔細細地刮下瓶壁上殘留的辣醬，然後，鼓著一嘴紅黑混雜的肉食，努力而艱難地往下吞嚥著……

劉萌萌終於覺出了飽脹感，她吃得很過癮，很滿足，她知道，這樣的吃法，是不能讓別人看見的，別人裡頭，除了顧志堅和李明啟，當然還有更多更多認識的和不認識的人。在這樣一個夜深人靜、杳無人煙的時刻，劉萌萌體驗了一次最酣暢淋漓、最沒有顧忌的吃。所有的食物都吃完了，她意猶未盡地抬起頭。上弦月斜斜地掛在墨藍色的天幕一角，落下來，落在湖面上，波光一閃一閃的，微弱，卻神祕而美麗。湖面上閃爍的水光忽然讓劉萌萌感到口渴，她吃了太多辣醬，她需要用清水洗淨火燒火燎的嘴巴，她想，真遺憾，剛才在超市裡忘了拿水。

劉萌萌站起來，走到湖邊，站在一塊探出湖面的石頭上。她伸手撩了一掬湖水，湊上嘴巴喝了一口，再撩起一掬，又喝了一口。她想起有一回，老顧叫她帶瓜瓜去學游泳，她說她不會游泳。老顧說，有教練，不用妳教，再說，妳這身材，落在水裡也不會沉下去。當時她有些生氣，可現在想起來，只是覺得不真實，就像做了一場夢，一場很可笑的夢。這麼想著，果然，她就「呵呵」地笑出了聲，笑聲擊打在湖面上，泛起幾輪隱約的回聲。她側耳傾聽了一會兒，然後，乾脆俯下身，把臉湊到湖面上，張開嘴，「咕咚咕咚」猛喝起來。

劉萌萌感覺到液體流入身體的另一種飽脹，就像喝酒，酒液瘋狂入侵她的身體、流入她的血管和心臟，她感到滿足極了，滿足得腦袋都眩暈了，就像喝醉的人，眼前的世界開始飄忽起來。她發現腳下有一面波光粼粼的鏡子，她彎著身子對鏡子看，她想再看一看自己究竟長什麼樣，她想證實一下，那個大眼睛、鵝蛋臉，梳著兩個辮團的小巧玲瓏的女孩，究竟是不是自己？

可是，看不清影子的五官，因為夜色籠罩，投落在鏡子上的身影被虛化了輪廓。這個身影是黑色的，鼻子、嘴巴、眼睛，全是一個個黑洞，整張臉是黑的，身軀也是黑的。可黑色的身影卻顯得十分苗條，甚至幾近消瘦。

誰說我是一個胖女人啊！她咧開嘴，滿意地笑了……然後，她聽到一聲重物落入水中的巨響，霎時，她感覺到月光正擁擠著流進了她的口腔、鼻子、耳朵，很快，她的身體裡就充滿了月光，她通體銀白，恍如穿上了一條純白的連衣裙，又彷彿一隻披著滿身潔白羽毛的鳥兒。她嘗試著舉起雙臂，她發現她的雙臂果然變成了翅膀，她抖動了兩下，霎時間，她變成了一隻鳥，一隻正展開翅膀飛翔起來的鳥。

她不再是一個肥胖的女人，現在她是一隻小巧而輕靈的鳥，她在起伏的雲海裡飛翔著，她正飛離冰冷的世界，她離太陽越來越近，陽光照在她身上，暖熱到令她沉迷，以及恐懼。她知道，她從來是喜歡這種沉迷和恐懼的感覺的，就像一朵烈日下的太陽花，哪怕即刻就會被曬得蔫捲枯萎，也要恣意地、張狂地綻放……

湖面寂靜下來，上弦月已入中天。湖岸邊的一塊石頭周圍，散落著一些粽葉、紅色的火腿腸衣和空瓶子。一只敞開的皮包躺在草叢中，裡面有一串鑰匙，一支手機，半包用過的餐巾紙，一只紅色的皮夾子，還有一包未拆封的甘草橄欖。

二〇一二年三月六日初稿，於辰凱

二〇一二年三月十四日第二稿

後記
生活不勝其煩

先說說「香鼻頭」吧。

上海人把接吻叫「香鼻頭」。上世紀七〇年代末，外國電影開始進入中國。有一次，六歲的我跟隨父母去看日本電影《追捕》，影片演到杜秋和真由美接吻的橋段，原本寂靜的影院內，飄浮起一陣陣克制的輕微喘息。我不明就裡，響亮地問父親：他們幹嘛要咬嘴巴？卻聽後排有人悄聲說：是「香鼻頭」。黑暗中頓時響起一片竊竊笑聲。

那時候，人們從未有過在大庭廣眾之下共同見證男女親密行為的經驗，哪怕是在電影中。

幾年後，參加親戚的婚禮，鬧洞房時人們吆喝新郎新娘「香鼻頭」，小學三年級的我才略微明白一些什麼，卻也並未全然明白。一個孩子，如何能懂得「香鼻頭」之於戀愛中人的意義？

還有一件發生在我們小鎮上的舊事，有必要提一下。某日，一群青年去縣城看電影，結束已是深夜。歸家途中，一男青年想和三位女青年開個玩笑，於是躲在黑暗角落裡，待女青年們走近，一躍而出。女青年們自然被嚇一跳，其中兩個追打了一陣男青年，也就無事了，而另一個，卻出了問題。姑且把她叫做「小妹」吧，據說，小妹被嚇出了痴病，鎮上的老人說，那男青年必須和小妹「香鼻頭」，她的病才能好。後來事情究竟如何解決的，我卻因母親工作調動舉家搬遷而並不知曉。直到三十年後的某天，偶遇小鎮老鄉，提起小妹，說是嫁了，生了兒子，只是兒子長到青春期，竟重蹈他母親的覆轍，發了痴病。起因？未知。

這就是我關於「香鼻頭」的記憶，三十年前發生在上海浦東遠郊的一段往事，也許它被眾口傳說，已然成為歪曲了真相的虛構事件。小說，就這麼來了。

再來說說我凡俗的生活。

過日子，我是一個信奉極簡主義的人。家居一律沒有裝飾性元素，朋友送的木雕、畫框、掛毯全被我收進箱子，只在每年一次整理居室時拿出來清點一遍。飾品的意義，於我而言，就是讓收納箱變得沉重，並使我內心常年保持某種非物質的、文化的、遺產般的安全感。

我喜歡做菜，據家人反應，我的烹飪手藝還算不錯。但我從不用調配顏色的點綴式食材，盤口擺個胡蘿蔔花、黃瓜花，用青椒的時候配半個紅椒……這些我都不喜歡，在我看來，這對菜的口味提升沒有任何作用。我是能在一口鍋裡解決問題的，絕不願啟用第二口鍋。

最近，外子提要求，買一台很酷很新潮的電視機。我口頭答應，心裡卻忍不住無限焦慮。家裡已經有兩台用了五年狀態依然良好的老電視機，又要多一台新的，叫我如何安放？即便家裡放得下，我心裡也是放不下的。於是苦口婆心、迂迴拖延、鬥智鬥勇，終於讓這個人自行打消了買新電視機的念頭……不知道這算不算心理問題，抑或已是心理疾病。在快節奏運行、高速度前進的現代化大都市裡生活，什麼樣的閒情逸致還能在那股無形卻又激烈的洪流下倖存？

可是，什麼是情致？按照辭典解釋，情致，就是有一定價值和理性的情趣、情感。我想，我是一個被生活的洪流沖毀了內心情致的人。那些源源不斷、夜以繼日地湧出的不勝其煩的生活，真的會讓人對一切有趣抑或無趣的物事全然失去興趣。我在想，我是不是不再熱愛生活？或者，我這樣的言論，會不會是一個憂鬱症早期患者不經意的病症流露？可我從不願意承認，根本上，我就是一個沒有情致的人。這不是真的。

幸好有寫小說這件事情，讓我在虛構中重拾情致。至少，它讓我知道我是一個並沒有放棄生活的人，儘管只是虛構，儘管更多的是「雞飛狗跳」、「男盜女娼」。當然，除此以外，還有丁香弄裡白蘭花清逸的幽香，甘草橄欖濃郁到毀滅味覺的錯綜複雜，當然還有「香鼻頭」這樣浪漫憂傷的往事，「準備結婚吧」這樣的現實考驗，以及，人與人之間從不相互厭煩的關注、記得、較量，即便是結仇，亦是需要走心。

好吧，如此說來，我是應該感謝文學的，它讓我跳出高速運轉的都市軌道，看一眼身旁的人，看一眼自己的腳下。當然，更要感謝我那些小說裡的人物，很多時候，他們替我活出了情致。只是，我必須承認，即便可以在虛構世界裡再活無數次，現實的焦慮和煩躁依然會時不時地打擾我。生活不勝其煩，而我們的趣味，要在咖啡館、健身房、或者徒步旅行中保留，還是需要在內心保留一縷目光，射向世俗平庸的生活背後所不及的真相？那些只能解決情緒困境的小資生活，一如裝飾品，在我眼裡，只是聊以自慰的形式，它擔負不起生活本身，亦解決不了生活的困頓。

多年前，我有一個中篇小說投稿《人民文學》，進入終審，需稍作修改。當時李敬澤老師是主編，我發短信向他求教。他回覆我一句話：小說家只需說三分話。以我淺陋的理解，我想，也許敬澤老師是要告訴我，寫小說，不做狹隘的評判者，亦不輕視每一種可能性。

每個人都有自己的世界，也許我們永遠無法走進別人的世界；每個人都有自己的愛情，也許我們永遠無法懂得別人的愛情。當我們嘗試用別人的目光，看別人的一切，或許，誤解與更多誤解的錯綜延續，才是萬般人間世情的造主。

大概，這就是我的情致所在吧。

二〇一八年五月二十七日，於復旦江灣

當代名家・薛舒作品集1

香鼻頭

2018年7月初版　定價：新臺幣350元

著者	薛舒
叢書編輯	黃榮慶
校對	施亞蒨
內文排版	極翔企業有限公司
封面設計	陳恩安
編輯主任	陳逸華

出版者	聯經出版事業股份有限公司
地址	新北市汐止區大同路一段369號1樓
編輯部地址	新北市汐止區大同路一段369號1樓
叢書編輯電話	(02)86925588轉5307
台北聯經書房	台北市新生南路三段94號
電話	(02)23620308
台中分公司	台中市北區崇德路一段198號
暨門市電話	(04)22312023
台中電子信箱	e-mail：linking2@ms42.hinet.net
郵政劃撥帳戶第	0100559-3號
郵撥電話	(02)23620308
印刷者	世和印製企業有限公司
總經銷	聯合發行股份有限公司
發行所	新北市新店區寶橋路235巷6弄6號2樓
電話	(02)29178022

總編輯	胡金倫
總經理	陳芝宇
社長	羅國俊
發行人	林載爵

行政院新聞局出版事業登記證局版臺業字第0130號

本書如有缺頁，破損，倒裝請寄回台北聯經書房更換。　ISBN　978-957-08-5144-1 (平裝)
電子信箱：linking@udngroup.com

國家圖書館出版品預行編目資料

香鼻頭/薛舒著．初版．新北市．聯經．2018年7月（民107年）．280面．14.8×21公分（當代名家．薛舒作品集1）

ISBN 978-957-08-5144-1（平裝）

857.63 107010183